外套與彼得堡故事

果戈里經典小說新譯

【修訂版】

櫻桃園文化

國家圖書館出版品預行編目（CIP）資料

外套與彼得堡故事：果戈里經典小說新譯 (修訂版) / 尼古拉 · 果戈里 (Nikolai Gogol) 著 ; 何瑄 譯 . -- 修訂 1 版 . -- 臺北市 : 櫻桃園文化 , 2021.03
304 面 ; 14.5x20.5 公分 . -- (經典文學 ; 5R)
ISBN 978-986-97143-4-1 (平裝)

880.57　　110001535

經典文學 5R
外套與彼得堡故事：果戈里經典小說新譯【修訂版】
Николай В. Гоголь. Шинель. Петербургские повести

作者：尼古拉 · 果戈里（Nikolai Gogol）
譯者：何瑄
導讀：鄢定嘉
推薦跋：鄭清文
編輯：丘光
校對：陳錦輝、何瑄
版面設計（封面及內頁）：丘光
出版者：櫻桃園文化出版有限公司
地址：116 台北市文山區試院路 154 巷 3 弄 1 號 2 樓
電子郵件：vspress.tw@gmail.com
網站：https://vspress.com.tw/

印刷：世和印製企業有限公司

總經銷：遠足文化事業股份有限公司
地址：231 新北市新店區民權路 108-2 號 9 樓
電話：02-22181417　傳真：02-86671891

出版日期：2021 年 3 月 12 日修訂 1 版（тираж 1.3 тыс. экз.）
定價：340 元

本書譯自俄文版果戈里作品全集：Н. В. Гоголь. Собрание сочинений в 7-ми томах, Издательство: Художественная Литература. Москва, 1977.

外套與彼得堡故事

果戈里經典小說新譯

【修訂版】

Шинель

Петербургские повести

Николай В. Гоголь

尼古拉・果戈里 著　何瑄 譯

鄒定嘉 導讀　鄭清文 推薦跋

評價讚譽

偉大的詩人、偉大的藝術家（果戈里）在我面前，我看著他，心懷景仰聆聽他，甚至連不贊同他的時候都如此。

——作家 **屠格涅夫**

我們都是從果戈里的《外套》出來的。

——作家 **杜斯妥也夫斯基**

果戈里多麼直率，多麼有力，他真是個藝術家！……這是一個最偉大的俄國作家……

——作家 **契訶夫**

我們看果戈里的世界彷彿要用放大鏡，其中很多教我們驚訝，全都讓我們發笑，看過便無法忘懷……他觀察一切的現象與事物並非從它們的現實面，而是從它們的極限。

「如何用傻瓜來描繪出鬼的樣貌」——這是果戈里自陳他一生以及所有作品的中心思想……在果戈里的信仰認知中，鬼是既神祕又現實的存在……作為藝術家的果戈里，在笑的指引下探究這個神祕存在的本質；作為人的果戈里，則化笑為武器與這個現實的存在爭鬥，因而果戈里的笑——是人與鬼的爭鬥。

——宗教哲學家、文學評論家 **羅贊諾夫**

——作家 **梅列日科夫斯基**

果戈里的作品至少是四度空間的。能夠與他相較的同時代人是毀掉歐幾里得幾何世界的數學家羅巴切夫斯基……

——作家 **納博科夫**

果戈里是說謊家。……他總是在發想：「要是不這樣會怎樣呢」……對果戈里來說，現實——永遠是數千種可能的其中一種……

——文藝學家、符號學家 **洛特曼**

果戈里的《外套》敘事方法非常特殊，採取一種旁觀者說書的雙重視角讓故事開展。書中的說書人是個狡猾的角色，他總是不說事實，反而習慣說謊。這點更加深了故事中真偽辯證的複雜性，尤其是充滿荒謬性的故事主題，真實深刻，很能呼應當代社會和平凡如你我身處於大環境的種種窘境，也讓這部小說具有被改編為「現場（代）劇場作品」的價值。

——國際共同劇場台俄跨界劇作《外套》導演 **奧列格．立普辛**

果戈里才是古今罕見獨特的藝術家。……〈外套〉可視為他最好的藝術作品結晶。……〈外套〉、〈檢察官〉和《死靈魂》才是瞭解果戈里最重要的作品，也是我想推薦有志作家必讀的作品。

——作家 **龍瑛宗**

人生充滿悲喜，讀果戈里的小說，他用一點誇張的手法寫出人間的悲喜，讀他的作品或許可以從悲喜的困境中了解世情，提升自己。（全文見二八〇頁推薦跋）

——作家 **鄭清文**

目次

涅瓦大道

①

①本篇最早刊於一八三五年一月果戈里著的《雜文集》（Arabesque）第二部。——編注（以下注釋除特別標示外，皆為譯注）

世上最棒的地方莫過於涅瓦大道了，至少在彼得堡是如此。對彼得堡而言，涅瓦大道代表了一切。這條街道輝煌燦爛——是我們的首都之光！我肯定，彼得堡所有居民，無論平民百姓或達官貴人，都寧願捨棄世上所有財富，也要換取涅瓦大道。不獨年方二十五，蓄著美髯、身著精緻手工禮服的年輕人深受吸引，就連鬍鬚蒼蒼、頭頂光如銀盤的老人也熱愛涅瓦大道。還有女士們！喔，女士們對涅瓦大道更是情有獨鍾。誰不愛這條街道呢？只要踏上涅瓦大道，一種歡樂氣氛便迎面而來。即便你有要事待辦，可一踏上這街道，鐵定把所有事情忘得一乾二淨。這裡是唯一的悠閒去處，人們來此逛街並非為了生活所需，亦非為充斥全彼得堡的商業利益所驅。涅瓦大道的行人，似乎不像海軍街、豌豆街、鑄造廠街、市民街和其他街道的行人那麼自私自利，無論步行或搭乘各式馬車奔馳而過的路人，臉上都顯露出貪婪和利慾薰心。涅瓦大道是彼得堡的交通樞紐。彼得堡區和維堡區一帶的居民，假如好幾年沒有拜訪住在沙地區和莫斯科關口①的朋友，可以確信他們必定會在涅瓦大道重逢。官員通訊錄②或詢問處提供的消息，都不如涅瓦大道來得準確可靠。涅瓦大道無所不能！是無聊的彼得堡擁有的唯一娛樂聖地。這裡的人行道清掃得多麼乾淨，而且，天啊，上頭留下了無數足跡！一個退伍士兵踩著笨重骯髒的長靴，重重踏在花崗岩路面上，整條路彷彿都要給撞裂了；年輕女士足蹬小巧玲瓏、宛若輕煙的女鞋，不停轉動腦袋望向五光十色的商店櫥窗，好似向日葵跟著太陽旋轉；一個滿懷抱負的准尉攜著鏗鏘作響的軍刀，在地上劃出一道深深的痕跡——所有或輕或重的足跡全都宣洩在這條大道上。短短的一天內，這條大道發生多少迅速的人事變幻！一夕晝夜交替，又歷經多少變遷！

我們先從清晨說起吧，這時，全彼得堡洋溢著剛出爐的麵包熱騰騰的香氣，衣衫襤褸的老乞婆們一窩蜂奔向教堂，朝富有慈悲心的路人乞討。這時，涅瓦大道還是空蕩蕩的：一些體格結實的商店老闆和店員③還穿著荷蘭襯衫呼呼大睡，也有些人起來用肥皂搓洗自己高貴的臉頰並享用咖啡；乞丐們圍在糕點鋪門口，等待睡意朦朧的侍者④出來，昨天他端著巧克力像隻蒼蠅一樣四處亂飛，現在他沒繫領帶，手持掃帚，把剩菜和又乾又硬的餡餅扔給他們。要辦事的民眾懶洋洋地在街上散步：有時，一些趕著上工的俄羅斯男人會橫越大街，他們的長靴沾滿石灰，就連以清澈聞名的葉卡捷琳娜運河⑤也無法洗淨這些髒靴。這個時候，女士通常不會出門，因為俄國人喜歡破口大罵，說些在劇院也聽不到的髒話。有時，睡眼惺忪的官員腋下夾著公事包，慢吞吞在街上行走，涅瓦大道是前往局裡的必經之路。可以肯定地說，在這個時候，意即正午十二點前，涅瓦大道不是人們的目的地，而是途經之路：街上人潮逐漸增加，人們各自有工作、有操心、煩擾的事物，無暇想到這條街道。一位俄羅斯男人絮叨著十戈比的銀幣或七枚兩戈比的銅幣；老先生和老太太們揮舞雙手，或者自言自語，有時還會做出相當驚人的手勢，

①彼得堡區、維堡區、沙地區和莫斯科關口都是彼得堡各區地名。
②帝俄時期由中央發行，每年編印一次高級官員的頭銜與住址。
③原文為法文「commis」。
④此處原文用加尼米德（Ganymede），他是希臘神話中特洛伊國王特羅斯之子，年少貌美，天神宙斯深受吸引，將他帶到天上服侍眾神斟酒；美術作品中常見宙斯化身為鷹將他擄走的情節。
⑤現名格里博耶多夫運河，位於彼得堡市中心。

可是無人聆聽他們的話語，也不會有人嘲笑他們，除非碰上一群頑童，他們身穿花色粗布長衫，手持空酒瓶或是做好的靴子，以迅雷不及掩耳的速度飛奔過涅瓦大道。這個時候，無論你穿什麼衣服，即使戴著便帽而非禮帽，或是衣領高高立起在領結之上——也不會有任何人注意。

到了中午十二點，不同國籍的家庭教師，帶著身穿細亞麻布高領服飾的孩子們湧入涅瓦大道。英國的瓊斯小姐與法國的寇克小姐們①，挽著受託照顧的孩子來逛街，一邊鄭重向他們解釋，店家掛招牌是為了讓人們知道裡頭出售哪些商品。家庭女教師們——面色蒼白的英國小姐和雙頰紅潤的斯拉夫女子，端莊地走在活潑好動的女孩身後，提醒她們肩膀上抬、身體挺直。簡而言之，這個時候的涅瓦大道是戶外教學的所在。不過，接近下午兩點鐘，家庭教師、學校老師和孩子便逐漸消失，終為他們的柔情父親所取代，他們挽著打扮得五光十色、繽紛多彩卻神經兮兮的女伴在街頭漫步。漸漸地，一些結束了重要家務的人士也加入了大夥的行列，例如：有些人和家庭醫生聊完了天氣和鼻子上冒出的小痘子；有些人詢問過自己天資聰穎的孩子和馬匹的健康狀況；有些人讀完了報上刊登的廣告與重要文章，內容和一些來來去去的大人物有關；有些人則是喝過一杯咖啡和茶才來。這當中有一些官員擁有令人稱羨的好運，來這兒處理特別公務；還有一些在外交部任職的官員，無論職業和習慣都比旁人來得高尚。天啊！這裡充斥著多少前程似錦的職位和官銜！使人多麼滿足、歡欣！可惜我不做官，也就無緣得到上司微薄的眷寵。

您在涅瓦大道上所見的一切都合乎禮儀：男士們穿著長下襬的禮服、手插口袋；女士們頭戴緞帽，身著粉紅、純白和淡藍色的綢緞外衣。在這裡您可以見到獨一無二的落腮鬍，以不同凡響的驚人技巧穿過領帶而出；有些落腮鬍似天鵝絨般柔細，有些光亮如緞，有些黑如貂皮或煤炭，可是呢，唉，只有外交部官員才蓄有這樣的美髯。上帝不肯讓其他部門的官員擁有黑色落腮鬍，他們只能心不甘情不願地蓄留紅棕色的鬍子。在這裡您可以見到筆墨難以形容的絕美唇髭，有這種傾注半生大好時光、長年日夜不息蓄留的唇髭，有那種灑了沁人心脾的香水香精、搽了名貴稀有的香膏的唇髭，也有夜晚要用薄牛皮紙捲起來的唇髭，還有那種讓男士②用無比感動的迷戀吐著氣息的唇髭，使路

①瓊斯和寇克為英國和法國人常見的姓氏，此處泛指英、法籍家庭教師。

②原文為拉丁文「possessor」，物主、擁有者之意，此處指蓄有美髭的男士。

人嫉妒不已。成千上百種女帽、服飾、頭巾——五彩繽紛、輕盈透薄，使買主整整兩天愛不釋手。涅瓦大道上任何人見了都會目眩神迷，好似無數彩蝶，潮水般自草上瞬間飛起，閃閃動人、成群結隊在公甲蟲的上方飛舞。這裡您會看見連作夢也見不到的纖纖柳腰，如此纖細、瘦長，幾乎和玻璃瓶頸一樣細。您迎面遇上，一定會畢恭畢敬退到一旁，唯恐一不小心，粗魯的手肘碰碎了它；您內心誠惶誠恐，生怕不經意呼出一口氣，便吹折了那天生麗質的絕妙藝術品。您在涅瓦大道上還能看見無比美麗的女子衣袖！啊，真是美極了！那衣袖的形狀有點像兩顆氣球，若不是身邊有個男伴挽著，女士便忽而飄上天了，因為要讓女士飄上天空輕而易舉，就像把斟滿香檳的酒杯送到嘴邊那樣容易。

在涅瓦大道，人人見面都會相互點頭致意，舉止如此高尚自然，無處能及。這裡您可以見到獨一無二的笑容，那是種技藝高超的笑容，有些使您愉悅得渾身酥軟；有些使您頓覺卑如草芥、不敢抬頭；有些又使您自覺高高勝過海軍部大廈的尖頂，心情好似攀上頂端。這裡您可以看見，有些人談論音樂會或天氣的同時，擺出一副異常高貴、自傲的神氣。這裡您會看見成千上百種難以理解的人事物。上帝啊！在涅瓦大道會碰見多少稀奇古怪的人哪！許多人朝您迎面走來，必定細細打量您的靴子，而當您走過，他們又會回過頭來，審視您禮服的後襟。至今我仍不明白這些人為何要這麼做。起初，我以為他們是鞋匠，然而，根本不是如此：這些人多數是各局處官員，其中不少人能以優美文筆書寫來往公文；或者，有些人無事閒晃，在糕點鋪裡看報紙——總之，他們大多是正派人士。下午兩點到三點的美好時刻，堪稱是涅瓦大道的活動高峰期，世上最棒的產品都在這裡展示。其中一位展示鑲了上等河狸皮的漂亮常禮服；另一位炫耀自己高挺好看的鼻子；第三位蓄著極為美麗的落腮鬍；第四位有一雙動人明眸，頭戴一頂款式特別的女帽；第五位的漂亮小指戴了一枚可辟邪的寶石戒指；第六位足蹬一雙優雅魅惑的女鞋；第七位繫著一條教人驚歎的領帶；第八位的唇髭令人歎為觀止。但一過三點，展覽便告終，人群逐漸散去……三點後又是一番新氣象。涅瓦大道霎時彷彿春天降臨，街上滿是身著綠色制服的文官。飢腸轆轆的九等文官、七等文官和其他官員們努力加快腳步。年輕的十四等、十二等和十等文官趕緊抓住這個空檔，在涅瓦大道上閒晃，看他們的神情姿態，彷彿絲毫不曾在辦公室枯坐六個鐘頭。不過，上了年紀的十等、九等和七等文官則是低頭快步行走，毫無心思觀察過往行人；他們依舊滿心操煩，腦中一團混亂，滿是成堆未了的公事；好長一段時間，他們眼裡看到的不是商店招牌，而是塞滿了公文的紙匣或是上司的圓臉。

從四點開始，涅瓦大道又變成一片空蕩蕩的，您在這裡說不定連個官員都見不到。

偶爾有個女裁縫從店裡出來，手裡捧個盒子，快步跑過涅瓦大道；還有個身穿粗呢外套的女乞丐，她原是一位風流司法官的可憐戰利品，如今卻淪落到路邊乞討；還有外地來的怪人，無論什麼時間對他而言都無所謂；一位高䠷的英國女士拎著手提包和一本小書冊在街上行走；還有個俄羅斯搬運工，穿著一件下襬只到背部的厚棉布常禮服，留著一撮尖尖的鬍鬚，一輩子過得窩窩囊囊，當他彬彬有禮地走過人行道時，他的後背、雙手雙腳和腦袋都在顫抖；有時，街上也會出現個子矮小的工匠；除此之外，您在涅瓦大道上便見不到其他人影了。

不過，當暮色籠罩家家戶戶與大街小巷，警察披著簑衣，爬上梯子點燃路燈，商店的低矮小窗內又可見到白天不敢展出的版畫①之際，涅瓦大道再度活躍起來，變得熱鬧萬分。這時，神祕的時刻來臨，燈火使萬物散發一股奇異而魅惑的光彩。您在這裡可以看到許多年輕人，他們大多未婚，穿著暖和的常禮服和大衣。此時此刻，您會感受到他們懷有某種目的，或者，確切地說，是某種近似於目的的本能渴望。眾人的腳步都加快了，而且變得十分凌亂。長長的身影掠過牆壁和路面，幾乎投射至警察橋②的橋頭上。年輕的十四等、十二等和十等文官在街上徘徊許久不肯離去；而上了年紀的十四等文官、九等文官和七等文官則多半待在家裡，或許是因為他們已有了妻室，又或者是家中有個燒得一手好菜的德國廚娘。這裡您會見到一些德高望重的老紳士，下午兩點時，他們曾擺出高高在上的神氣，在涅瓦大道漫步；此時，您會看到這些老人和年輕的十四等文官一樣奔跑，只為一窺他們老遠就盯上的女士帽簷下的姿容：那搽了胭脂的豐唇和紅潤雙頰，使許多閒晃的路人心蕩神馳，特別是那些店員、搬運工、商人，以及一群總是身穿德國常禮服、挽手逛街的行人。

「等等！」這時，皮羅戈夫中尉喊道，抓住了同行的伙伴——一位身穿燕尾服、披著斗篷的年輕人。「你看見了嗎？」

「看見了。佩魯吉諾③筆下的絕色佳人。」

「你說哪位啊？」

①多半指有情欲暗示、引人遐想的美女圖。——編注

②現稱綠橋，涅瓦大道跨越莫伊卡河（Moyka）的橋。

③佩魯吉諾（Pietro Perugino, 1446-1523），文藝復興時期的義大利畫家，是拉斐爾（Raffaello Sanzio da Urbino, 1483-1520）的老師。這裡指的是佩魯吉諾的壁畫作品《三博士朝拜》（1504）中的聖母形象。

「就是她，那位黑髮女子。她的眼睛多美麗呀！天哪，美極了！她的儀態、身段和臉型──真是絕色！」

「我跟你說的是另一位金髮尤物，就是走在她後面的那位。既然你看上那個黑髮女子，怎麼不跟上去呢？」

「噢，那怎麼行！」身穿燕尾服的年輕人滿臉通紅，大聲嚷道：「你把她說得好像她是夜晚在涅瓦大道賣淫的女子似的？她一定是個貴族小姐。」他嘆了口氣，繼續說：「光是她身上那件斗篷就值八十盧布。」

「你這呆子！」皮羅戈夫叫道，用力推了他一下，使他轉向那一身飄動鮮豔斗篷的女子。「快去呀，笨蛋！別錯過好機會！我去追那個金髮尤物。」

兩位朋友各自分開了。

「妳們女人的心思，我們可是一清二楚。」皮羅戈夫暗忖，臉上掛著得意又自負的微笑，深信沒有女子可以抵擋他的魅力。

穿著燕尾服和斗篷的年輕人，戰戰兢兢地朝鮮豔斗篷飄動的遠方走去，隨著路燈遠近，斗篷時而散發炫麗的光彩，時而又隱沒在黑暗之中。年輕人的心怦怦跳，情不自禁加快了腳步。他不敢奢望能得到遠方那飄然行走的佳人青睞，更不敢存有皮羅戈夫中尉暗示的非分之想，他只想知道這個美若天仙的女子住處，她彷彿由天上翩然降臨涅瓦大道，也許又會飛往他處。他一路飛奔，不停推開人行道上那些蓄著銀髯、儀表堂堂的紳士們。

在我們的社會中，這個年輕人隸屬一種非常古怪的團體，他們既是彼得堡的公民，又是我們在夢中才會見到的真實人物。在充斥著官員、商人和德國工匠的城市裡，這種特殊團體顯得十分另類——這就是畫家。可真是怪現象不是嗎？一個彼得堡畫家！一個雪國畫家，芬蘭人群聚之境的畫家，然而這塊土地的所有事物盡是一派潮溼、無起伏變化、蒼白且灰暗朦朧。這些畫家絲毫不像義大利畫家那般高傲，或像義大利的天空那樣熱情充沛。相反地，他們多是一群善良溫和、羞怯靦腆、無憂無慮的人，默默沉浸於自己喜愛的藝術，與兩位知交聚在陋室品茶，謙虛地談論喜愛事物，對其他瑣事毫不關心。他經常請一個老乞婆來家裡，讓她坐上整整六個鐘頭，以便在畫布上描繪她那卑微可憐又漠然的神情。他也畫自己房間的透視圖，畫中處處可見藝術家的凌亂與隨性：石膏製的手腳，因長年積滿灰塵，顏色由白轉褐；幾副折斷的畫架；翻倒的調色盤；彈吉他的朋友；遭顏料弄汙的牆壁和敞開的窗戶，窗外隱約可見黯淡的涅瓦河，還有幾個穿著紅襯衫的窮苦漁夫。這些畫家的作品幾乎都透著一抹灰暗色調——那是北國擦不去的印記。即便如此，他們依舊滿心歡喜，埋首於創作之中。他們通常具有真材實料，倘若受到義大利清新風氣的薰陶，其才華便像從房間移至戶外的植栽一般無拘無束、自由生長。然而，他們總是十分膽怯：一枚星章和厚厚的帶穗肩章便使他們侷促不安，不由自主降低了畫作的價錢。

這些畫家偶爾也喜歡盛裝打扮，可他們的穿著總讓人覺得不搭調，好似衣服上帶有補丁。有時，您會看見他們身穿上等燕尾服卻搭配髒兮兮的斗篷，或是昂貴的天鵝絨背心配上濺滿顏料的常禮服。同樣地，您會在他筆下一幅未完成的風景畫裡，見到一位低頭的寧芙仙子，這是因為他找不到合適的地方，於是在自己先前喜孜孜描繪的作品底稿上畫的草圖。他從不正眼看您，即便看著您，眼神也總是撲朔迷離；他不會用老鷹般的銳利目光監視你，或用騎兵軍官那猛隼般的眼神刺探你。因為他在觀察你臉部特徵的同時，還要對比房中海克力斯①石膏像的線條與特點，又或者，他腦中恰好浮現構思中的圖畫。因此他說話經常沒頭沒尾，有時又答非所問，思緒一團混亂，從而加深了他那膽怯的性格。

我們描述的年輕畫家皮斯卡留夫，便屬於這一類人物，他的個性靦腆羞怯，然而靈魂中蘊含著情感的火花，遇上合適時機便會燃成熊熊大火。他懷著忐忑不安的心情，急匆匆跟在他一見傾心的美人身後，對這種無禮行為自己也深感訝異。他的目光、心思與情感全都集中在那位陌生女子身上。她忽然轉過頭來，望了他一眼。天啊，多麼聖潔美麗的臉龐啊！白皙光潔的前額覆蓋著瑪瑙般的瀏海，幾綹美麗捲髮探出帽下，雙頰因夜晚的寒氣泛起淡淡嫣紅。她的櫻唇緊抿，鎖住了一連串美妙幻想。種種兒時回憶、長明燈下的冥想與靈感，一切彷彿都融合、映照在她那勻稱的雙唇上。她瞄了皮斯卡留夫一眼，他的心不由得隨之悸動；見到有人厚顏無恥地跟蹤自己，她的目光嚴厲，臉上顯出怒意。然而，即便怒氣沖沖，她那嬌豔的臉龐依舊嫵媚動人。一絲羞愧與膽怯襲上心頭，他停住腳步，雙眼低垂。可是，怎麼能與這位女神失之交臂，甚至全然不知她所寄寓的聖地呢？想到這點，年輕的幻想家決定繼續跟在女子身後。為了不被發現，他刻意保持一段距離，漫不經心地東張西望，打量四周的招牌，同時一瞬也不曾忽略陌生女子的去向。行人逐漸稀少，街上也變得冷清許多；前方的佳人回眸一望，他彷彿看見一絲淺淺笑意掠過她的唇畔。他渾身顫抖，不敢相信自己的眼睛。不，那只是路燈虛幻的光線投

---

①希臘神話中的大力士，為宙斯與凡間女子所生之子。

射在她臉上所產生的微笑假象；不，這是自己的幻想，正對他加以嘲弄。然而，他的胸膛開始急速起伏，渾身興起一股莫名的顫慄，所有情感為之沸騰，眼前一切都蒙上了一層迷霧。腳下的人行道急速奔馳，本應拉著馬車飛馳的駿馬彷彿靜止不動，大橋延伸開來，忽地在圓拱處折斷，房屋上下顛倒，崗哨朝他迎面倒下，哨兵的長斧連同招牌上的金色字體及剪刀圖樣，似乎都在他的眼睫上方閃閃發光。一切全起始於佳人的一次回首顧盼。他對一切視而不見、充耳不聞，也無心他顧，只跟隨佳人的輕盈腳步一路飛奔，同時極力克制自己那隨著心跳節奏加快的步伐。偶爾他也疑惑，女子的神情是否真的對他有意——這時他便停下腳步，但鼓動的心跳、一股難以遏制的力量和澎湃的情感再次驅使他向前奔。他甚至沒有發現，一幢四層樓的房屋忽然矗立在他眼前，四排窗戶燈火通明，像炯炯有神的眼睛緊盯著他，大門前豎立的鐵欄杆頂了他一下。他看見那陌生女子飛奔上樓又回過頭來，玉指放在唇畔，暗示他可以跟著上樓。他的雙膝打顫，滿腔情思沸騰，一抹狂喜如閃電般直刺心窩。不，這不是夢！天啊！這一瞬間他感到無比幸福！生活無比美妙！

然而，這不是在作夢吧？為了得到女神的回眸一瞥，他情願奉獻自己的生命；能夠接近她的住所，他將其視為難以言喻的幸福；莫非這女子真的垂青於他？他飛奔上樓。

他心中沒有摻雜任何世俗邪念，也未燃起情慾之火，不，此刻的他一派純真無邪，宛如一個童貞少年，對情愛只懷抱著一種精神上的模糊渴望。女子的舉動本會激起好色之徒的非禮欲望，他卻恰好相反，思想反而更加高尚聖潔。這是那位柔弱的美人給予他的一種信賴，這種信賴使他立誓像騎士一樣正直，效忠她所有命令。他只期盼她的命令能夠更加困難、辛苦，他便能竭盡全力克服萬難達成使命。他相信，必然有某件祕密而重要的事情使她必須信賴他、仰仗他全力協助，他深覺自己有能力與決心去完成任何事情。

樓梯盤旋而上，他那疾馳的幻想也同樣千迴百轉。「小心腳步！」她的聲音如豎琴般琤琮響，使他再次感到血脈賁張。到了黑暗的頂樓處，陌生女子敲敲門——門開了，他們一齊走進去。一位頗具姿色的女子拿著蠟燭迎上前來，卻用奇怪而放肆的目光瞥了皮斯卡留夫一眼，他不由得垂下雙眼。他們走進房間，只見三個女子分別坐在不同角落。其中一位在擺放紙牌；另一位坐在鋼琴前面，用兩根指頭彈著一首像是古波蘭舞曲①的拙劣調子；第三位坐在鏡前梳理一頭長髮，儘管有陌生人進來，她卻絲毫沒有停止梳

①一種波蘭民族舞曲（Polonaise）。

妝的打算。房內亂七八糟、令人生厭，這種情景一般只有在自由自在的單身漢房間才會見到。上好的家具布滿灰塵，一隻蜘蛛在雕花線板上結網；另一間房間的門沒關緊，透過門縫隱約可見一隻閃閃發亮的帶刺馬靴和制服的紅色飾帶；四周轟然響起男女放蕩的歡笑言語。

天哪，他來到了什麼地方！起初他不願相信，開始仔細端詳房間的擺設；然而房內空蕩蕩的，甚至沒有窗簾，毫無女主人細心操持的跡象；這些可憐的女子神情憔悴，其中一位幾乎大剌剌地坐在他跟前，神情自若地上下打量他，彷彿檢視別人衣服上的汙點——這一切使他確信，他走進了一間可憎的妓院，裡頭充斥著卑鄙可憐的荒淫之徒，全是浮華風氣和人口氾濫之下形成的都市產物。在這間妓院裡，人們大肆褻瀆、摧殘和嘲笑一切使生活得以豐富多姿的聖潔事物；這裡的女子——本是這個世間的美麗產物、創作之冠，而今淪為一種怪異、輕佻的玩物，喪失了純潔的心靈和女性的美德，這些女子還可憎地仿效起男性乖張無恥的作風，不再是與男性有別的柔弱、美麗形象。皮斯卡留夫從頭到腳打量那位陌生女子，眼裡滿是驚愕，彷彿想要確定，眼前的女子就是那位在涅瓦大道上迷惑了他，並帶他來到這裡的女神。然而，站在他面前的女子依舊美麗無比，秀髮仍是那般亮麗動人，雙眸璀璨好似蒼穹；她正值芳華，只有十七歲；看得出來，她才落入這魔窟不久；他仍不敢伸手觸碰她的臉頰，那嬌嫩的雙頰泛著一抹淡淡紅暈——真是美麗無比。

他一動也不動地站在她面前，打算如同之前那樣，傻乎乎地出神望著她。但佳人厭倦了長時間的沉默，直視他的雙眼，意味深長地嫣然一笑。然而這抹微笑卻充滿一種卑鄙無恥的意圖；這種微笑出現在她臉上顯得十分詭異，宛如貪贓枉法者硬要裝出篤信上帝的嘴臉，或者明明是詩人卻去讀帳本那樣格格不入。他渾身顫抖。只見她張開櫻桃小嘴，說了幾句話，然而內容全都愚蠢、庸俗不已……彷彿一個人墮落了，連智慧也跟著消失殆盡。他已經什麼都不想聽了。他像個十分單純可笑的孩子，既沒有把握這個豔遇的良機，也沒有為此感到高興（不用懷疑，換成別人早就欣喜若狂了），反而像頭野山羊一樣拔腿狂奔，跑到街上。

他垂頭喪氣坐在自己房裡，宛如窮光蛋找到一顆價值連城的珍珠，下一瞬珍珠卻掉入茫茫大海。「這般美麗的女子，這般天仙絕色——可她身陷何處？淪落在什麼樣的地方啊！」他只能吐出這幾句話。

確實，令我們心痛至極者，莫過於目睹美麗事物慘遭腐臭的淫蕩氣息染指。且讓醜惡與淫蕩苟合吧，然則美人，柔弱的美人……在我們心目中只能與純潔無瑕融為一體。

可憐的皮斯卡留夫所著迷的美人，確實是個脫俗的天仙絕色。她卻委身於卑鄙低下的淫窟，顯得更加怪異離奇。她的美麗渾然天成，姣好的姿容透著一抹高雅氣度，怎麼也無法想像，淫魔竟然對她伸出了利爪。她本該是深情丈夫捧在手心的無價之寶，亦為他的世界、他的天堂和所有財富的象徵。她本該是平凡人家中一顆寂靜而美麗的星子，櫻唇微啟，便流瀉出甜蜜的吩咐。她本該是一尊女神，身處於萬頭鑽動的大廳、閃閃發亮的鑲木地板和熠熠生輝的燭光旁，接受一群拜倒在她跟前的愛慕者無言的景仰。可是呢，唉，她竟屈從魔鬼的旨意，從而毀掉了平和的生活，被惡魔獰笑著扔進了萬丈深淵。

他滿懷哀憐，面對殘燈餘火傷心獨坐。午夜已過，塔樓上的鐘已敲過十二點半，他仍在原位枯坐，既不想睡，也不想做其他事。睡意趁他呆坐之際，悄悄襲來，房間逐漸消失遠去，唯有燭火穿透他的夢境熠熠生輝。驀地，傳來一陣敲門聲，他倏然一震，清醒過來。門開了，一個衣著華麗的僕從走進來。從不曾有衣著華麗的僕從光顧他獨居的房間，尤其是這種不尋常的時刻……他感到十分困惑，急切而好奇地望向進門的僕從。

「我家夫人，」僕從恭敬地朝他一鞠躬：「就是幾小時前您曾到過她府上的那位，遣我來此邀您至府上作客，並派了馬車專程接送您。」

皮斯卡留夫站在原處，默不作聲，心裡滿是驚訝：「一輛馬車，還有穿著華麗制服的僕人！……不對，應該是弄錯了……」

「聽我說，朋友。」他怯生生開口：「您大概走錯地方了。您的夫人要您接的是別人，不是我。」

「不，先生，我沒有弄錯。是您一路護送我們夫人回到鑄造廠街的房子和四樓房間，難道不是嗎？」

「是我沒錯。」

「好的，那就請您快點動身吧。夫人十分渴望見到您，請您務必大駕光臨。」

皮斯卡留夫飛奔下樓。外面確實停著一輛廂型馬車。他坐上馬車，車門砰地一聲關起來，路上的碎石子被車輪和馬蹄輾得軋軋作響——遠處一幢幢燈火通明的房子和閃亮的招牌在車窗邊一閃而逝。一路上，皮斯卡留夫百思不得其解，不知該如何解釋這樁奇遇。夫人的私宅、廂型馬車和衣著華麗的僕從……他怎麼也無法把眼前的一切和那四樓的房間、髒兮兮的窗戶以及音調失準的鋼琴連接起來。

馬車在一座燈火輝煌的大門前停了下來，皮斯卡留夫再次驚愕不已：許多馬車一字排開，車夫們相互閒聊，窗戶燈火通明，樂聲流瀉而出。衣著華麗的僕從協助他下了馬車，恭敬地領他來到前廳，只見大理石圓柱聳然而立，看門人身著金線繡製的衣服，斗篷和皮衣四處堆放，廳內燈火熠熠、輝煌燦爛。通往二樓高聳的樓梯和晶亮的欄杆灑滿了香水。他爬上樓，才踏入第一間大廳，便為洶湧的人潮嚇得連連倒退。人們稀奇古怪、五顏六色的衣著打扮，使他深感慌亂不安；彷彿惡魔把整個世界捏成許多碎片，又雜亂無章地拼湊起來。閃閃發亮的女士披肩、黑色燕尾服、一盞盞吊燈和油燈、輕盈翻飛的紗羅和緞帶，以及華麗的樂池欄杆上方露出一截的低音大提琴──這一切使他感到眼花撩亂。他頭一次見到這麼多燕尾服上佩戴星章，地位崇高的中年和老年紳士，以及眾多身段輕盈、神情高傲而嫵媚的女士，她們或沿著鑲木地板走動，或成排端坐；他聽見許多賓客用法語、英語交談，身著黑色燕尾服的年輕人氣宇軒昂，無論交談或沉默不語，神情都是一派莊重，不會多說半句閒話，他們蓄著一口漂亮的落腮鬍，臉上掛著謙恭的微笑，與人已經談笑風生，優美雙手靈巧地調整領帶；女士們身段輕盈，全然沉浸於喜悅與自滿中，明眸低垂……不過，皮斯卡留夫仍是一臉恭順，滿心惶恐地挨在柱子旁邊，顯得不知所措。這時，眾人上前圍住一群翩翩起舞的女子。她們的禮服輕薄如雲，身攏巴黎的透明薄紗翩然飛舞，晶瑩玉足隨意踩踏地板，比足不點地更加飄逸。不過，其中一名女子特別出眾，衣著打扮尤其華麗耀眼。她的裝扮流露出一種難以言喻的優雅品味，而且，這點似乎並非刻意為之，而是渾然天成的美。她有意無意望著圍觀群眾，嫵媚的長睫淡淡垂下，當她低下頭來，一道淺淺陰影遮住美麗的額頭，她那白皙晶瑩的臉龐，便顯得格外光彩動人。

皮斯卡留夫使勁推開眾人，想要看清女子的容貌；然而，令他十足惱火的是，一顆長滿捲曲黑髮的大頭不停擋住她的身影；此外，他夾在人群當中，進退不得，又怕不小心推擠到三等文官之類的達官貴人。儘管如此，他還是擠到前面去了，同時瞥一眼自己的衣服，想要整理得體面些。天哪，這是怎麼回事！他竟然穿了一件沾滿顏料的常禮服；他出門的時候太急，忘了換一件正式的禮服。他不禁垂下頭來，羞得連耳根都紅了，恨不得找個地洞鑽進去，偏偏無處可躲：穿著耀眼制服的宮廷侍從像堵牆似地擋在他身後。他打算盡可能遠離那位有著長睫毛和美麗額頭的絕色佳人。他惶恐不安地抬眼偷瞄，想知道她是否在看他：天哪！她正好站在他面前……但，這是怎麼回事？怎麼會這樣呢？「是她！」他幾乎大聲喊了出來。沒錯，的確是她，正是他在涅瓦大道邂逅且跟她回到住處的女子。

此時，她微微揚起睫毛，清亮的美眸掃了眾人一眼。「唉呀呀呀！多美呀……」他激動得喘不過氣，只能吐出這句話。女子環顧四周，眾人爭先恐後上前，渴望得到她的青睞，可她卻露出倦怠之色，迅速移開視線，轉而與皮斯卡留夫四目相接。噢，他來到了美好的天堂！幸福的樂園！上帝啊，請賜給他承受這一切的力量吧！生命將離他遠去，他的靈魂亦將隨之毀滅、消失。女子給了他一個暗示，並非透過手勢傳達，也非點頭示意，不，她那對勾魂攝魄的美眸流露出一絲幾不可察的訊息，無人發現這個暗示，唯獨他察覺了，並理解她的暗示。這支舞持續許久，倦怠的樂曲彷彿即將止息，忽而又竄揚起來，尖銳高亢、震耳欲聾；終於——樂曲終了！她坐下來，胸脯在輕盈的薄紗底下起伏；她的纖纖素手（天啊，多美麗的玉手！）放在膝上，緊捏住那身輕盈透薄的禮服，衣服摩擦的窸窣聲彷彿動人的天籟，一襲淡紫色衣裳襯得她的玉手更加晶瑩透白。只要能輕觸她的小手——僅此而已！他別無所求——否則就太過放肆了……他站在她的座椅後方，不敢開口說話，也不敢大聲呼吸。

「您覺得很無聊吧？」她說：「我也是。我看得出來，您討厭我……」她補了一句，垂下長長的羽睫。

「討厭您！您說我嗎？我……」皮斯卡留夫本想解釋，但他心慌意亂，可以想見，再說下去會變得語無倫次，但這時有位說話俏皮討喜的宮廷侍從，頂著一叢漂亮、捲曲的雞冠頭走了過來。他得意地露出一排潔白的牙齒，說出來的俏皮話句句都像銳利的釘子，直刺入皮斯卡留夫心裡。幸好，終於有人來找宮廷侍從問事情。

「真受不了！」她抬起天仙般的美眸，對他說：「我要坐到大廳的另一頭去；您也一起來吧！」

她悄悄穿過人群，隨即不見蹤影。他發瘋似的推開眾人，隨她而去。

她就在那裡！端坐的姿態宛如尊貴的女王，高高在上、豔冠群芳，美目流轉正在找尋他。

「您來了。」她輕聲說道：「我要向您坦誠：您一定覺得我們相識的情形很奇怪吧？您或許認為，我屬於您所見到的那種無恥之徒吧？您或許覺得我的舉止很詭異，但我要告訴您一個祕密。」她細細凝視他的雙眼，說：「您能保證永不洩密嗎？」

「噢！一定、一定、一定！……」

然而，這時一位老人走了過來，用皮斯卡留夫聽不懂的語言跟女子交談，並朝她伸出手來。她用懇求的目光望了皮斯卡留夫一眼，暗示他留在原地等她回來。可他心急萬分，在這狀態下，任何人的話他都聽不進去，即便她親口吩咐亦然。他尾隨她的腳步，可洶湧的人潮使兩人分隔開來。那襲淡紫色的禮服消失在他視線之外；他焦急地穿過一個又一個房間，無禮地推開所有迎面碰上的賓客；然而，每間房內只見社會名流坐在一起打惠斯特牌，他們聚精會神、鴉雀無聲。幾位老人家聚在房間的一角，為了文武官職孰優孰劣爭論不休；另一方角落，一些穿著上等燕尾服的紳士，針對一位多產詩人的詩集，提出輕率的評論。皮斯卡留夫看到一位外貌可敬的老先生抓住一位紳士的燕尾服鈕扣，針對他的評論，提出一番極為公允的意見，可那位紳士卻粗魯地推開他，甚至無視於他掛在脖子上的那枚大有來歷的勛章。皮斯卡留夫跑到另一間房——她不在那裡；又奔向第三間房——依舊不見蹤影。「她到底在哪裡？讓我見她！噢，見不到她，我就活不下去了！我想聽她訴說祕密。」然而，他的尋覓僅是徒勞。他又急又累，縮在角落望著人群，雙眼發直，周遭的一切漸趨模糊。最後，他眼前清晰浮現房間的牆壁。他抬眼一望，只見面前擺著一座燭臺，燭芯深處僅存一點半熄的微弱火光。一支蠟燭燒盡了，蠟油流淌到桌面上。

原來他睡著了！天哪，多美妙的一場夢！為何讓他醒來呢？為何不多等一會？也許她會再次出現。惱人的黎明伴隨可憎的昏暗曙光，透進他的窗戶。房間沐浴在一團灰暗模糊的雜亂光影中……啊，現實多麼醜惡！為何總和美夢相反呢？他匆匆脫掉衣服上床、蓋上被子，希望召回已逝的美夢，哪怕只有片刻也好。果真，他又進入夢鄉，可內容完全不是他渴望的情景：一會是皮羅戈夫中尉叼著煙斗出現；一會又夢見藝術學院的看門人；一會又冒出一個四等文官；一會又出現一顆芬蘭女子的頭，他曾幫她繪製肖像

——諸如此類，亂七八糟的夢境。

他一直睡到中午，還想繼續睡下去。可是女子再也沒有入夢，即使只有片刻，能看到她露出美麗的臉龐，聽到她輕盈的腳步聲，還有那光潔如高山白雪的赤裸玉臂在他眼前一閃而過的話，他便心滿意足了。

他掀開被子，哀傷而絕望地坐在床沿，所有事情全拋諸腦後，一心想著那場夢。他無心做其他事，無神的雙眼了無生氣地望著窗外庭院。一個髒兮兮的水伕正把結冰的水倒出來；一個沿街叫賣的小販扯著山羊般的嗓音，顫巍巍喊道：「**有舊衣賣嗎？**」這些日常生活的真實情景，他聽了反而覺得詭異。他就這樣坐到傍晚，滿懷渴望地倒在床上，輾轉反側許久，終於入睡。他又做了一個夢，一個下流、可恥的夢。「上帝啊！可憐可憐我吧！讓我見她一面，就算只有一分鐘也好！」他再次等待夜晚降臨並沉沉睡去。他又夢見一位官員，對方既是官員又是低音管演奏家。啊，這真是痛苦！終於她出現了！她那小巧的頭和美麗的捲髮……她凝眸相對……噢，美夢苦短！再度化成一團迷霧，轉為其他愚蠢夢境。

最後，作夢成了他的生活重心，從這時起，他的生活起了奇怪的變化：可以說，他清醒時仍在作夢，入睡後卻在夢裡活躍。假使有人看見他沉默地坐在空盪盪的桌前或沿街行走，必定以為他得了夢遊症或被酒精毀了。他的眼神茫然，原本心不在焉的毛病變得更加嚴重，強勢抹去了他所有的神情變化。只有在入夜後，他才恢復生氣。

這種情況耗損了他的精力，最後連夢也做不成了，對他而言是莫大的痛苦。為了挽回這項僅有的財富，他用盡千方百計試圖重溫舊夢。他聽說，有種方式可以達成他的願望——只要服用鴉片即可。可是上哪去找鴉片呢？他想起一個經營披巾店的波斯商人，這人幾乎每次見面都求他畫一幅美人圖。他認為波斯商人肯定有鴉片，決定去找他幫忙。波斯商人接待皮斯卡留夫，自己在沙發上盤腿而坐。

「你要鴉片做什麼？」波斯商人問。

皮斯卡留夫說了失眠的問題。

「好，我可以給你鴉片，不過你要幫我畫一幅美人圖。要畫個絕色美女才行！有烏黑的濃眉和橄欖一樣又大又圓的雙眼，而我就叼著煙斗躺在她身邊！聽清楚了嗎？要畫得非常漂亮，是個大美女才行！」

皮斯卡留夫全部應好。波斯商人起身離去，片刻後拿著一個裝滿黑色液體的小玻璃瓶回來，小心倒了一點在另一個小瓶子裡，然後交給皮斯卡留夫，叮囑他服用時要摻在水中，每次不得超過七滴。皮斯卡留夫貪婪地抓起這瓶千金難買、珍貴無比的藥，急匆匆奔回家去。

回到家裡，他倒了幾滴鴉片在水杯裡，一口喝完，倒頭就睡。

天哪，他高興極了！是她！又見到她了！不過，她已經換了另一副裝扮。噢，她倚坐在農舍明亮窗邊的姿態多麼動人！她的打扮如此樸實無華，體現了詩人反璞歸真的理想。而她的髮型……上帝啊，那髮型是如此簡單且適合她！短短的三角頭巾輕輕披在她勻稱的纖頸上；她渾身散發出一種樸質淡雅、難以言喻的神祕風韻。她走路的姿態多麼優雅甜美！她的腳步聲和樸素衣裙摩擦的窸窣聲又是多麼悅耳動聽！玉臂戴著鑲了鬃毛的手鐲①顯得多麼美麗！她含淚泣訴：「不要瞧不起我：我完全不是您以為的那種女人。您看看我，仔細地看我，您說，難道您真的認為，我會做那種低賤苟且之事？」

──「噢，不！不！有人敢這麼想，就讓他……」他卻在這時醒來，心痛欲絕、眼淚盈眶。「假如妳不存在該有多好！假如妳不曾存在這世間，而是熱情洋溢的畫家筆下的畫作該有多好！我便守著畫布寸步不離，永遠凝望妳、親吻妳。我會把妳當成最美好的理

①當時流行的一種飾品。

想，和妳心意相通、生死與共，那便是莫大的幸福了，我別無所求。我在睡前與清醒之際，都會呼喚妳的名字，像呼喚守護天使。當我需要描繪神聖而美麗的作品，我會等待妳的出現。可如今……這是什麼可怕的人生！她存在這世上又有什麼益處？他這樣一個瘋子，過著如此可怕的生活，從前深愛他的親朋好友還會感到開心嗎？天哪，我們過著什麼樣的生活？夢想與現實永遠爭執不休！」這樣的思緒不停糾纏著他。他什麼都不想思考了，甚至幾乎不吃不喝，只是急切而狂熱地等待夜晚和幻夢降臨。他的癡迷不悟終於支配了他全副身心與想像力，心心念念的女子幾乎每天都出現在他夢裡，她的形象永遠與現實相反，因為皮斯卡留夫的思想完全跟孩童一樣單純。而在夢境裡，女子變得更加純潔，完全換了一種形象。

接連服用鴉片，使他的思緒更加亢奮。假如有人陷入熱戀，愛到極度癡狂熱切，愛到痛苦萬分、自我毀滅、生活頹廢，那個不幸的人非他莫屬。

其中一場夢使他倍感歡欣：他夢見了自己的畫室，他十分快樂，手拿調色盤，愉悅地坐在畫布前方。女子也在畫室裡。她已經成為他的妻子，挨坐在他身邊，美麗的手肘擱在他的椅背上，看他作畫，慵懶困倦的美眸盈滿幸福；他的畫室如此乾淨明亮、整齊有序，宛如和樂的天堂。上帝啊！她那美麗的頭依偎在他胸前……他從未做過如此甜蜜的美夢。醒來後，他變得神清氣爽，不再像以前那般心神不寧，腦中產生一種奇特的念頭。「也許，」他心想：「她是遭逢厄運，逼不得已才淪落風塵；或許，她內心深感後悔；或許，她也渴望能逃離火坑。莫非我要無動於衷地任她自生自滅嗎？我只要伸出一隻援手，她就能免於滅頂之災啊！」皮斯卡留夫想得越發深遠。「沒有人認識我。」他自言自語：「別人管不到我的家務事，我也不去管別人。如果她真心悔改、走回正途，我就娶她。我一定會娶她，總比許多人娶自己的女管家，甚至娶下流貨當妻子要好得多。我這樣的行為堪稱偉大無私。我把一個絕世美人奉還世間。」

想出如此輕浮的主意，他感到面紅耳赤；他走到鏡前，看見自己雙頰凹陷、面色慘白，不禁吃了一驚。他仔細打扮一番：洗淨臉孔、梳齊頭髮，穿上嶄新的燕尾服和漂亮的背心，再披上一件斗篷，便走到大街上。他吸了一口新鮮空氣，頓覺神清氣爽，好似一個久病初癒者終於出門了。當他走近那條街，一顆心劇烈跳動，自從那次不幸的邂逅之後，他再也不曾踏進這裡。

他找那棟房子找了許久，他的記性似乎變差了。他在街上走了兩遍，不知該停在哪棟房前。終於，他找到了一棟有些相似的房子。他迅速飛奔上樓，敲了敲門；門開了，前來應門的人是誰？正是他的意中人，他深埋在心底的美人、傑作的靈感來源，讓他飽受相思之苦卻又深感甜蜜的可人兒。她就站在他的面前。他渾身發抖，內心湧起一陣狂喜，虛弱得差點站不穩。他面前的女子儘管睡眼惺忪、臉色蒼白，少了一絲明豔光彩，可依舊美麗動人。

「啊！」她一見皮斯卡留夫，立刻喊道。她揉揉眼睛（當時已經是下午兩點了），說：「您那天為什麼跑掉了？」

他虛弱無力地倒在椅子上，呆望著她。

「我剛起床。早上七點才把我送回來。我醉癱了。」她微笑著，多補了一句。

啊！妳若是個啞巴就好了，總勝過從妳嘴裡聽見這番話！她像展示地圖一樣，一下子就把自己的私生活全抖出來。儘管如此，他還是強忍住氣，決定嘗試一下，看他的勸導能否對她起點作用。他鼓起勇氣，用顫抖而熱情的嗓音告訴她，她置身於水深火熱之中。她十分專注地聆聽，臉上露出錯愕的神情，我們只有在遇上了出乎意料和古怪至極的事情，才會露出那樣的表情。她輕笑，瞟向另一位坐在角落的妓女，那妓女已經停止清理髮梳，也在仔細聆聽這位剛來的說教者發言，看他會說出什麼大道理。

「的確，我很窮。」經過一番冗長而深富教訓的規勸之後，皮斯卡留夫終於說道：「不過，我們能以勞動維生。彼此同心協力、努力工作改善生活。最大的快樂莫過於自食其力了。我可以作畫，妳就坐在我的身邊，做點女紅貼補家用，我們便衣食無缺了。」

「那怎麼行！」她一臉鄙夷，打斷他的話。「我又不是洗衣婦和裁縫，為什麼要工作？」

天哪！一番話顯示出她對這卑賤、下流的生活充滿貪戀——那是終日與淫蕩為伍，空虛、無聊至極的生活啊！

「娶我好了！」之前坐在角落悶不吭聲的妓女，這時厚顏無恥開口：「我嫁給您，就這麼乖乖坐著！」

同時，她那張卑劣的臉孔故意裝出一副傻乎乎的表情，逗得那個美人哈哈大笑。

啊，太過分了！這番嘲笑他已無力承受。他神情木然、毫無意識地離開那裡。他變得神智不清：對所有事物皆視而不見、充耳不聞、毫無所覺，他癡癡傻傻、漫無目的地在外頭遊蕩了一整天。沒人知道他是否在其他地方過夜；然而第二天，他憑著下意識回到自己的住處，面色慘白、神情駭人、頭髮蓬亂，一副精神錯亂的樣子。他把自己反鎖在房裡，不讓任何人進來，也不讓人送東西進去。四天過去了，他的房門一次也沒打開過；又過了一個星期，房門依然深鎖。人們聚在他房門前，高聲呼喚他，可是沒有半點回應。最後，眾人撬開了門，發現他已割斷喉嚨慘死。血跡斑斑的刮鬍刀落在地板上，他的雙手張大抽緊，臉孔扭曲得可怕，可以推知他割喉時下刀不夠精準，經過長時間的折磨與痛苦，他那有罪的靈魂終於離開人世。

可憐的皮斯卡留夫，一個狂熱激情的犧牲品，便這樣一命嗚呼了。他安靜膽小、謙和單純，懷有藝術天分的火苗，假以時日也許會燃起熊熊大火。無人為他哭泣，在他的遺體旁，除了一個管區巡警和一個面無表情的法醫外，再無旁人了。他的棺材被悄悄運往奧赫塔①，甚至無人幫他舉行宗教儀式，只有一個守衛的士兵跟在後頭哭泣，因為他多喝了一瓶伏特加。就連皮羅戈夫中尉都不曾來弔唁這位不幸的可憐死者，而在生前中尉對他可是照顧有加。不過，皮羅戈夫中尉實在無法顧及此事：他忙著處理一件十分重要的事。現在我們就來談談他吧。

我不喜歡見到死人，當長長的出殯隊伍經過我行走的街道，殘廢士兵穿得像托缽修士②，左手拿著鼻煙嗅聞，右手舉著火把，總讓我覺得不舒服。當我看到裝飾華麗的靈車和覆蓋著天鵝絨的棺木，心底總會升起一股沮喪。然而，當我看見運貨馬車拖著窮人家的紅色棺材，上頭沒有任何遮蔽物，只有一個女乞丐碰巧在十字路口遇上了，無所事事而慢吞吞地跟在後頭，我那沮喪的心情便添了一股哀傷。

我們之前提及，皮羅戈夫中尉和可憐的皮斯卡留夫分手後，便匆匆跑去追那名金髮女子。這名金髮女子確實是個身材窈窕的美麗尤物。她在每間商店前面都會流連片刻，出神地凝視櫥窗內陳列的寬版腰帶、三角頭巾、耳環、手套等飾物，她不停轉來轉去，四處張望，又頻頻回顧。「親愛的，妳逃不出我的掌心啦！」皮羅戈夫自信滿滿說道，繼續窮追不捨，還豎起大衣領子遮住臉，免得遇見熟人尷尬。說到這裡，應當向各位讀者介紹一下皮羅戈夫中尉。

不過，在介紹皮羅戈夫中尉之前，應該先談談他所屬的社交圈。在彼得堡有一群軍官，形成本地社會的中產階級。在經歷四十年奮鬥，終於爬升到五等或四等文官所舉辦的午宴或晚會上，您總會見到其中一位軍官在這裡出沒。茶几、鋼琴、家庭宴會——這一切都和軍官密不可分，他們佩戴的肩章在燈光輝映下閃閃發亮，身邊總為端莊的金髮小姐、身穿黑色燕尾服的同袍或親戚所包圍。這種場合還會出現一些臉色蒼白，如彼得

①彼得堡的一個偏郊地區與河流名稱，位在涅瓦河右岸。

②中世紀有許多虔誠天主教徒力行安貧與傳教生活，組成教士團體四處布道，托缽行乞，稱為托缽修士。

堡一樣黯淡失色的女孩，有些已經錯過了適婚年齡。這些生性沉靜的女孩極難逗引她們活潑發笑，想達成這點，需要一些技巧，或者，準確說來，不需要任何技巧，只要談話內容不過分艱深、不過分滑稽，再處處添加一些女人愛聽的瑣事即可。

說到這裡，必須為上述的軍官先生們說句公道話。他們有一種特殊的天賦，能讓這些黯淡無光的女孩子聆聽他們說話，而且笑個不停。「唉唷，別說了！把我們逗樂成這樣，您害不害臊啊？」她們連聲喊道，笑得喘不過氣來——對軍官們而言，這就是最好的獎賞了！軍官們甚少有機會躋身上流社會，或者更確切地說，是無緣高攀。這個社會稱之為貴族的階級排擠他們；不過，這些軍官們依然自詡為有學問、有教養的人。他們喜歡談論文學，對布爾加林、普希金和格列奇充滿讚賞，卻用尖銳鄙視的口吻嘲諷奧爾洛夫①。他們不會放過任何公開演說的機會，即便是談論會計或森林保育亦然。無論劇院上演什麼劇目，您總會看見一些軍官到場，除非上演的是《傻子費拉特卡》②一類的鬧劇，侮辱了他們挑剔的品味。他們是劇院的常客，也是為劇院經理帶來滾滾財富的貴人。他們特別喜歡劇中穿插著優美的詩詞，也喜歡大聲鼓掌叫好，替演員捧場。這些軍官中，有許多人在公立學校任教，或指導學生報考公立學校，終於藉此賺到足夠的錢買兩匹馬和一輛單人座的雙輪輕便馬車。於是，他們的社交圈變得越來越廣；他們終於能夠迎娶富商的女兒為妻，她不只會彈鋼琴，還帶來一筆約十萬盧布的現金做為嫁妝，同時附贈一堆大鬍子親戚。但是，他們至少要爬到上校官階，才有幸獲得這份殊榮。因為俄羅斯的大鬍子老爺，即使渾身充滿白菜味，也非要把女兒嫁給將軍不可，要不，至少也得是個上校才行。屬於軍官階級的年輕人，主要特點大抵如此。不過，皮羅戈夫

---

①布爾加林（F. V. Bulgarin, 1789-1859），俄國作家、出版家，被視為沙皇政權安插在文化界的眼線，是當年最不受歡迎的人物之一，年輕時曾參軍抗法，後考核未過除役而輾轉至歐洲加入法軍，一八一二年隨拿破崙大軍侵俄，一八一四年被俘遣送回俄，對十二月黨人起義事件立場反覆，被視為一個毫無原則的人，與普希金文人圈敵對，是當時普希金、萊蒙托夫等作家諷刺詩的對象。普希金（A. S. Pushkin, 1799-1837），帶領俄國走向詩歌黃金時期的詩人。格列奇（N. I. Gretsch, 1787-1867），俄國作家、語言學家，一八二五年與布爾加林合辦《北方蜜蜂》報紙，相當暢銷。奧爾洛夫（A. A. Orlov, 1790-1840），俄國通俗小說家，當時被評為下流作家。這裡列舉四位作家，似乎在嘲諷「這些軍官們」只看表面，一知半解。——編注

②該喜劇為俄國劇作家格里戈里耶夫（P. G. Grigoryev, 1807-1854）的作品，最早在一八三一年上演，廣受大眾歡迎，然貴族知識分子卻批評這齣喜劇破壞眾人的高雅品味。

中尉天賦異稟。他朗誦《德米特里．頓斯科伊》①和《聰明誤》②裡的詩詞極為悅耳動聽；他還有一個特別的本事，能從煙斗一連吐出十幾個環環相連的煙圈；他很會逗趣說笑，像是說加農砲和獨角獸火砲③可是各自不同的東西。不過，要一一列舉命運賜予皮羅戈夫的天賦，真是不勝枚舉。他喜歡對女演員和女舞者品頭論足，但不像年輕准尉說話那麼刻薄。對於不久前晉升的官階，他感到十分滿意，雖然偶爾也會躺在沙發上唉聲嘆氣：「唉，唉！一切都是虛幻的浮雲！我就算當了中尉又怎麼樣呢？」——不過，得到了新頭銜他還是暗自心喜，言談中常常拐彎抹角暗示這點。有一次，他在街上遇見一位無禮的抄寫員（就他的角度看來），他立刻命令對方站住，簡單說了幾句尖刻的話，就讓對方知道，站在他面前的是一個中尉，而非下級軍官。這時，正好有兩位漂亮女士從旁邊經過，他便說得格外動聽。此外，皮羅戈夫酷愛附庸風雅，還曾勉勵畫家皮斯卡留夫；不過，他之所以這麼做，或許是想得到一幅英姿煥發的個人肖像。關於皮羅戈夫的人品已經談得夠多了。這樣的一個大好人，要細數其所有的美德，真是不勝枚舉，而且越是細察，便會發現越多新特點，如要一一描述，那可真是沒完沒了。

話說皮羅戈夫緊跟著陌生女子，不時追問她各種問題，對方則是有一句沒一句、含糊且生硬地應付他。他們經過黑暗的喀山大教堂大門外，轉進市民街④。這條街上開滿了煙草店、雜貨鋪，也是德國工匠和芬蘭「妖精」⑤匯集之地。金髮女子加快了腳步，輕快閃進一道髒兮兮的大門裡。皮羅戈夫尾隨著她。女子沿著黑暗狹窄的樓梯奔上樓，進了一間房裡。皮羅戈夫也大膽地鑽進去。他發現自己置身於一間偌大的房中，牆壁和

---

①奧澤羅夫（V. A. Ozerov, 1769-1816）一八〇七年的悲劇作品，當時極為流行。德米特里．頓斯科伊（Dmitry Donskoy, 1350-1389）本名德米特里．伊凡諾維奇，為一三五九至八九年在位的莫斯科大公。一三八〇年德米特里率兵在頓河流域的庫利科沃原野與蒙古韃靼軍隊決戰，擊敗金帳汗國的部隊，打破了蒙古軍難以戰勝的神話，德米特里因而被尊稱為「頓斯科伊」，意為「頓河的德米特里」。

②《聰明誤》為俄國作家格里博耶多夫（A. S. Griboyedov, 1795-1829）所寫的諷刺喜劇，尖銳諷刺和批判當時的政治、社會制度。

③十六到十八世紀，帝俄使用的一種火砲武器，砲尾成圓錐形。

④涅瓦大道上的地標喀山大教堂東臨格里博耶多夫運河，西側外是（大）市民街，現稱喀山街。——編注

⑤原文用希臘神話的「寧芙」（nymph），指當時這裡的街頭妓女，且多半來自波羅的海地區。果戈里偏好這種具有想像空間的詞。——編注

天花板都被煙薰得黑漆漆的，桌上擺了一堆螺絲釘、鉗子、閃閃發亮的咖啡壺與燭台，地板滿是銅鐵粉屑。皮羅戈夫立刻知道這是一位工匠的家。那陌生女子又飄然晃進一扇偏門。他思索片刻，還是決定按照俄國人的習慣，繼續往前走。他進了那間偏房，房內整理得乾乾淨淨，和外頭的房間大不相同，這點說明了屋主是個德國人。眼前怪異的情景使他大吃一驚。

他的面前坐著席勒——不是那位寫《威廉．泰爾》和《三十年戰爭史》的作家席勒①，而是市民街上大名鼎鼎的鐵匠席勒。席勒身邊站著霍夫曼——同樣不是作家霍夫曼②，而是軍官街③的一位好鞋匠，也是鐵匠席勒的好友霍夫曼。席勒喝醉了，坐在椅子上，一邊跺腳、一邊激動地說話。這一切對皮羅戈夫而言稀鬆平常，使他詫異的是兩人詭異的姿勢。席勒坐在椅上，仰頭挺起自己的大鼻子；霍夫曼則用兩根指頭捏住他的鼻子，並以修鞋刀的鋒刃在鼻子上頭刮來刮去。兩人都用德語交談，是以只懂一句德文「早安」④的皮羅戈夫中尉完全搞不懂他們在做什麼。不過，席勒的話大意如下：

「我不想要鼻子，我不需要鼻子！」他揮舞雙手喊道：「光一個鼻子每個月就要用掉三俄磅⑤的鼻煙。我得花錢向可惡的俄國煙草店購買，因為德國煙草店不賣俄國鼻煙。俄國店家每磅要價四十戈比，一個月就要花掉一盧布又二十戈比；一年下來就是十四盧布又四十戈比。你聽得懂嗎？我的朋友霍夫曼，光一個鼻子就要花掉十四盧布又四十戈比。而且碰上喜慶節日，我還要吸拉比煙⑥，因為我不想連過節的時候都要吸俄國的爛煙。一年我要吸兩俄磅的拉比煙，一磅要價兩塊盧布。六加十四⑦——單是鼻煙的錢就要花掉二十盧布又四十戈比。這是敲詐！我問你，我的朋友霍夫曼，這是不是敲詐？」

霍夫曼也喝醉了，肯定地說是。

---

①席勒（Johann Christoph Friedrich von Schiller, 1759- 1805），德國偉大的作家。

②霍夫曼（E. T. A. Hoffmann, 1776-1822），德國浪漫主義作家、作曲家，作品以神祕怪誕聞名。

③離市民街不遠，現名十二月黨人街（Ulitsa Dekabristov）。

④原文為德文「Gut morgen」。

⑤一俄磅約四〇九．五公克。

⑥一種老牌的法國鼻煙。

⑦席勒喝醉了，將四盧布說成六盧布。

「二十盧布又四十戈比！我是士瓦本①的德國人；我在德國也有國王。我不要鼻子！割掉它！我的鼻子就在這，動手！」

要不是皮羅戈夫中尉突然闖進來，那麼，毫無疑問地，霍夫曼一定不顧一切就把席勒的鼻子割掉了，因為他已經舉起刀子，架勢宛如要裁切鞋底。

席勒十分不悅，忽然有個陌生人不請自來，還不巧礙了他的事。儘管他又灌啤酒又灌葡萄酒，喝得醉醺醺的，卻也知道當著外人的面，自己這副模樣和舉止有失體面。這時，皮羅戈夫微微欠身，用他獨特的動聽語調說：「請您見諒……」

「出去！」席勒拉長聲音喝道。

這使皮羅戈夫中尉尷尬不已。他不曾遭受過如此粗魯無禮的對待。原本掛在臉上的微笑瞬間消失。他感到自尊心受創，開口道：「我很好奇，先生……您大概沒有注意到……我是一位軍官……」

「軍官又怎麼樣！我是士瓦本德國人。老子（這時席勒掄起拳頭往桌上一敲）就要當上軍官了：一年半升士官生，兩年升中尉，明天我就會是個軍官。不過我不想當兵；我對軍官就是這個態度——呸！」席勒邊說，邊伸出一隻手掌，往掌心啐了一口。

皮羅戈夫中尉無計可施，只好悻悻離去。然而，這番無禮的對待有辱他的身分，使他深感不悅。他幾度在樓梯間停下腳步，彷彿想鼓起勇氣回去，想個辦法讓席勒明白他的無禮。經過一番考慮後，他決定原諒席勒，因為他喝醉了，腦袋神智不清；而且皮羅戈夫腦海又浮現那位金髮女子的美麗倩影，於是他決定忘了這件事。隔天一早，皮羅戈夫中尉再次來到鐵匠的工坊。在前頭的房間裡，他遇見那位金髮美女，她神情嚴肅，冷冷問道：「您需要什麼？」

「啊，您好啊，親愛的！您不認得我了嗎？小騙子，您的眼睛多美呀！」皮羅戈夫中尉說著，便想故作親熱，伸手去撫摸她的下巴。

但金髮女子發出一聲驚叫，再次冷冷問道：「您需要什麼？」

「我只是想見您，沒別的事。」皮羅戈夫中尉說，一邊露出親切的微笑，一邊朝她靠近。不過，見到金髮女子嚇得要躲進門裡，隨即補上一句：「親愛的，我要訂做一副馬刺。您能為我做一副馬刺嗎？這都是因為我愛您啊，我根本不需要馬刺，倒是需要一副馬籠頭。您的纖纖玉手多美啊！」

---

①為中世紀日爾曼的一個強大公國，位於德國西南部歷史地區。

皮羅戈夫中尉訴說這類情話的時候，態度總是十分殷勤。

「我去叫我的丈夫過來。」德國婦人大聲說完便離開了，過了幾分鐘，皮羅戈夫看見席勒走出來，一臉睡眼惺忪，才剛擺脫昨晚宿醉的模樣。席勒朝軍官瞥了一眼，隱約想起昨晚發生的事。他完全忘了昨天失態的樣子，但還是意識到自己做了某件蠢事，因此擺出一副冷漠的姿態來接待這位軍官。

「沒有十五盧布，我不做馬刺。」他說，希望藉此趕走皮羅戈夫，因為他是個誠實的德國人，面對一個曾經看見他失態模樣的人，心裡覺得十分羞恥。席勒喝酒時只邀請兩三位好友，他不喜外人在場，這種時候他總會鎖上門，連雇工都拒於門外。

「為什麼這麼貴呢？」皮羅戈夫好聲好氣問道。

「因為是德國人的手藝。」席勒摸摸下巴，冷冷回答：「俄國人只要兩盧布就肯接這份工作。」

「好吧，為了表示我欣賞您，願意和您交個朋友，我付這十五盧布。」

席勒沉思片刻。他是個誠實的德國人，對此有點不好意思。但他還是想讓皮羅戈夫放棄訂做馬刺，便聲明至少需要兩個星期才能做好。沒想到皮羅戈夫二話不說便答應了。

德國人開始思索該如何把這副馬刺做得盡善盡美，使其具有十五盧布的價值。這時，金髮女子走進工坊，在擺滿咖啡壺的桌上翻找東西。中尉趁席勒沉思之際，走到她身邊，捏捏她的裸肩和手臂。這使席勒非常不高興。

「我的老婆！」①他大喊。

「什麼事？」②金髮女子應道。

「快走！③回廚房去！」

金髮女子轉身離去。

「要等兩個星期是嗎？」皮羅戈夫問。

「是的，過兩個星期。」席勒一邊思索，一邊回答：「我手邊目前還有很多工作。」

「再見！我之後再來。」

---

①原文為德文「Meine Frau!」。

②原文為德文「Was wollen sie doch?」。

③原文為德文「Gehen sie in die Kuche!」。

「再見。」席勒說完，立刻把門鎖上。

皮羅戈夫中尉決心窮追不捨，儘管那名德國婦人擺明了不理會他。他實在搞不懂，怎麼會有人拒絕他呢？尤其他態度殷勤，又有閃亮的頭銜，完全有資格獲得女子的青睞。不過，必須說明一下，席勒的妻子儘管長得漂亮，頭腦卻十分愚蠢。然而，愚蠢這項特點在美麗少婦身上卻有種特殊魅力。至少，我知道許多丈夫對於妻子的愚蠢深感歡喜，視其為天真無邪的象徵。美貌會產生特別的奇蹟。美女的種種性格缺點，不僅不會招致厭惡，反而具有異常的吸引力，縱有再大的缺陷也讓人覺得可愛；然而，一旦美貌不再——女人就得比男人聰明二十倍才行，即便不能贏得男人的愛慕，至少可以獲得尊重。不過，席勒的妻子雖然愚蠢，卻始終謹守婦道，因此皮羅戈夫的大膽計劃想成功並不容易。但是攻克阻礙，總帶給人一種愉悅感，是以他對金髮女子的興趣一天比一天濃厚。他經常過去探聽馬刺做好了沒有，終於讓席勒感到厭煩，他全力以赴，盡快把馬刺完工。終於，馬刺做完了。

「啊，好出色的手藝！」皮羅戈夫中尉一見馬刺便高喊：「天哪，作工真棒！連我們的將軍都沒有這麼好的馬刺。」

席勒內心充滿自豪感。他的雙眼現出快樂的神采，不再對皮羅戈夫心存芥蒂。「這個俄國軍官是個聰明人。」他暗忖。

「那麼，您可以幫我做個套具嗎?例如，做個劍鞘或幫其他東西做個護套?」

「噢，那有什麼問題。」席勒微笑說道。

「那就幫我做個劍鞘吧。我把劍拿來給您。我有一柄很好的土耳其短劍，不過我想另外做一把劍鞘。」

席勒一聽，彷彿挨了顆炸彈。他倏地皺眉蹙額。「怎麼會這樣!」——他心想，暗暗責罵自己不該攬下這份工作。出爾反爾他又覺得不光彩，何況俄國軍官還誇讚過他的手藝呢!他只好略略搖頭，表示接下這份工作;但是皮羅戈夫離開時，又厚顏無恥地往金髮美女的嘴唇親了一下，這使席勒深感疑慮。

我認為簡單向讀者介紹一下席勒是必要的。席勒是個道道地地、不折不扣的德國人。自二十歲起，也就是俄國人還在虛度光陰的時候，席勒已經把自己的生活安排得井井有條，無論任何情況都不例外。他規定自己七點起床，下午兩點吃午餐，一切按時進行，每逢禮拜天就大醉一場。他立志要在十年內存到五萬盧布的資本，這份堅持宛如命運般無可動搖，因為與其勸德國人改變誓言，倒不如勸官員別去窺探上司的門房來得容易。他無論如何都不會增加自己的開支，即便馬鈴薯的價格比平時上漲許多，他也只會少買一些，絕不多添一戈比。儘管有時免不了餓肚子，但他還是可以忍受。他處事精準到規定自己一天最多只能親吻妻子兩次，為了避免多吻一次，他只在湯裡放一匙胡椒①。不過，到了星期天，這項規定就沒有這麼嚴格遵行了，因為這個時候席勒要喝兩瓶啤酒和一瓶茴香酒，然而，對於後者他總是罵聲連連。席勒喝起酒來，和英國人用完午飯後喜歡鎖上門獨自小酌一番的習慣大為迥異，相反地，他這個德國人喝酒總是熱情洋溢，不是跟鞋匠霍夫曼，就是跟木匠孔茨——同樣是德國人和酒鬼——一同暢飲。這就是席勒的大方性格，因而最終落得經濟十分拮据。儘管他是個性格冷淡的德國人，但皮羅戈夫的舉動還是在他心裡激起一絲醋意。他絞盡腦汁，還是想不出辦法擺脫這位俄國軍官。與此同時，皮羅戈夫正與自己的同袍聚在一起抽煙斗——因為上帝刻意安排，只要軍官出現的地方就會有煙斗——他一邊抽煙斗，一邊意味深長地含笑暗示，他跟德國美女有了私情。用他的話來說，他們兩人已經關係匪淺，可實際上，他對此幾乎不抱任何希望了。

有一天，他沿著市民街閒晃，不時望向席勒那間掛著咖啡壺與茶炊招牌的房子；令他大喜過望的是，他看見金髮美女正探出窗外，注視過往行人。他停下腳步，朝她揮手喊：「早安！」金髮美女也像見到熟人似地朝他點點頭。

「您丈夫在家嗎？」

「在啊。」金髮美女回答。

「那他什麼時候不在家？」

「星期天他都不在家。」傻乎乎的金髮美女說。

「這樣倒好。」皮羅戈夫暗忖：「這是個好機會。」

於是，到了下星期天，他冷不防出現在金髮美女家中。席勒果然不在家，美麗的女主人嚇壞了；不過，皮羅戈夫這次謹慎多了，態度十分恭謹，行了個鞠躬禮，展現他那靈活而富有魅力的束腰身段。他極為親切有禮地說說笑笑，但愚蠢的德國婦人只是簡扼地隨口應答。他什麼方法都試過了，還是無法引起她的興致，最後，他只好提議一起跳舞。德國婦人立刻答應了，因為德國女人都愛跳舞。這下可讓皮羅戈夫滿懷希望：第一，跳舞可以引起她的興致；第二，可以展現他的敏捷身段；第三，跳舞的時候，兩人的身體貼得很近，他可以摟住德國美女，順勢大吃豆腐；簡而言之，他認為這麼一來就能成

①當時歐洲人認為胡椒具有催情作用，因此不能放太多。

功。他先跳起一支加沃特舞①，他知道對付德國女人要慢慢來。美麗的德國少婦走到房間中央，抬起一隻纖纖玉足。這個姿勢使皮羅戈夫欣喜若狂，撲上去狂吻她。德國婦人大聲喊叫起來，看在皮羅戈夫眼裡，更加風情萬種，因而連連狂吻她。門忽然開了，席勒帶著霍夫曼和木匠孔茨一起走進來。三位可敬的工匠全都喝得酩酊大醉。

但席勒見到這一幕內心的怒火有多熾烈，我還是留給讀者自行想像。

「混帳東西！」他怒氣沖沖大喊：「你竟敢親我老婆？你是個下三濫，不是俄國軍官。下地獄去吧！我的朋友霍夫曼，我可是德國人，不是俄國豬！」

霍夫曼直稱是。

「噢，我不想戴綠帽！我的朋友霍夫曼，抓住他的領子轟出去，我不要看見他。」他用力揮舞雙手說道，臉孔漲得和身上的紅色呢背心一樣紅。「我在彼得堡住了八年，我的母親在士瓦本，我的舅舅在紐倫堡；我可是德國人，不是任人宰割的牛肉！叫他滾蛋，我的朋友霍夫曼！抓住他的手腳，我的夥伴孔茨！」

接著三個德國人一起抓住皮羅戈夫的手腳。

皮羅戈夫試圖抵抗但徒勞無功；住在彼得堡的德國人中，就屬這三位工匠最孔武有力，而且痛扁他時毫不留情。說真的，我找不到合適的字眼來形容這樁慘劇。

我相信，席勒隔天必定膽戰心驚，渾身抖如落葉，等待警察隨時上門，天知道他願意付出一切，只要昨天發生的事能像一場夢般煙消雲散。但事情已經發生了，也無從挽回。皮羅戈夫內心的怒火難以名狀。一想到那可怕的羞辱，他便燃起一陣狂怒。他認為讓席勒受一頓鞭刑和流放到西伯利亞都算是最輕微的懲罰。他飛奔回家，打算換裝後，直接前去晉見將軍，將那些德國工匠的暴行大肆渲染一番。他想立刻呈遞一份公文到總司令部去，要是總司令部懲辦不力，那就直接上訴國務會議，再不然就上告沙皇本人。

然而，這件事情卻奇怪地不了了之：他順路轉進一家糕點鋪，在裡面吃完兩塊酥皮餡餅，讀完《北方蜜蜂》②的某些文章後，走出來時已不再那麼怒氣沖天。此外，夜晚涼爽宜人，正適合在涅瓦大道上悠閒散心；接近晚間九點時，他的心情已完全平復，覺得在星期天去打擾將軍不甚妥當，而且將軍肯定受邀到其他人家做客去了。於是他便去參加一位檢察官同事舉辦的晚宴，許多文武官員都在那裡歡聚。他在那裡度過了愉快

①一種法國古時的慢舞。

②當時一份談論政治與文學的主要報紙，由布爾加林與格列奇主辦（見四五頁注釋①）。

的夜晚，跳瑪祖卡舞①時出盡了風頭，不僅讓女士欣喜萬分，男士也紛紛叫好。

「世界真是無奇不有！」三天前，我走在涅瓦大道上，想起這兩件軼事，不禁暗忖：「命運以多麼奇特而不可思議的方式捉弄我們哪！我們何曾真正得到自己期望的事物？又何曾達到我們似乎力所能及的目標？事事皆與願違。命運賜給一個人出色的馬，他卻冷漠地役使牠們驅車，絲毫不懂牠們的價值——而另一個人愛馬成癡，卻徒步而行，當別人牽著快馬經過時，他只能嘖嘖稱奇。有的人僱了頂尖名廚，可惜天生小嘴，只能吞進兩小塊肉；而另一個人的嘴闊如總司令部的拱門，唉，可惜呀！只能吃以馬鈴薯為主食的德國菜。命運以多麼奇特的方式捉弄我們哪！」

但最奇怪的是涅瓦大道上發生的一切種種。噢，千萬別相信涅瓦大道！當我經過這條大道時，總是用斗篷把自己包得密不通風，極力忽視眼前所見的事物。一切都是幻覺、想像、虛有其表！您以為那位身著上等常禮服、悠閒漫步的紳士極為富有嗎？全然相反，他唯一值錢的財產就是那件禮服。您以為那兩位胖子站在未完工的教堂前是在談論建築藝術嗎？完全不是，他們在談論兩隻烏鴉面對面相棲十分古怪。您以為那個揮舞雙手、熱情洋溢的男子，是在說他的妻子如何把一顆小球扔出窗外落到一位陌生軍官身上嗎？完全不是，他可是在談論拉法葉將軍②呢！您以為這些女士……不過，女人是最不能信賴的生物。盡量別去張望商店櫥窗：裡頭陳設的飾品十分精美，可要價不菲，讓你倒退連連。您千萬別去窺探女士帽簷下的俏臉！無論佳人的斗篷在遠方如何飄揚，我絕不會好奇地跟上去一探究竟。離遠一點，看在上帝的份上，離路燈遠一點！而且腳步要快一點，從旁邊經過時盡量快一點！如果路燈只是在您那漂亮的常禮服上灑了些髒臭的燈油，那還算是您的福氣。然而，除了路燈，這條大道上的一切都是幻象。涅瓦大道無時無刻都在欺騙世人，特別當深濃夜色籠罩大地，將家家戶戶白色、淡黃色的牆壁映得格外分明之際，當全城一片熱鬧、燈火通明，無數廂型馬車紛紛從橋上經過，前座馬夫高聲吆喝，在馬背上顛晃之際，當惡魔親自點燃燈火，為世間萬物籠罩一層假面之際，尤其如此。

①一種波蘭的民族舞蹈，當時十分流行。

②拉法葉將軍（Gilbert du Motier, Marquis de Lafayette, 1757-1834），法國政治家、軍事家，曾參與美國獨立運動和法國大革命。

1834年的果戈里，維涅茨安諾夫（A. G. Venetsianov, 1780-1847）繪，此時作家正準備出版〈涅瓦大道〉等一系列「彼得堡故事」的作品；從這幅畫像很難分辨出我們所認識的果戈里，似乎是反映出那個時候果戈里對未來充滿想像期待的心境。

鼻子

①

①本篇最早刊於一八三六年九月的《現代人》（Sovremennik）雜誌第三期。果戈里本在前一年先投稿給斯拉夫派友人籌辦中的雜誌《莫斯科觀察家》，但似乎是書報審查制度的因素而未被採用，後來普希金得知此文相當欣賞，建議投到他剛創辦的《現代人》。——編注

1

三月二十五日①，彼得堡發生了一件離奇怪事。住在耶穌升天大道②的理髮師伊凡·雅科夫列維奇（其姓氏已不可考，甚至在他的招牌上——除畫了一位雙頰塗滿肥皂泡沫的紳士，並標示「兼營放血」幾個字外——再無其他說明），一大早就醒來，聞到熱騰騰的麵包香氣。他從床上稍稍坐起，看見他的妻子——一位愛喝咖啡、莊重可敬的女士，正從烤爐取出烤好的麵包。

①這天為俄國舊曆的聖母領報節，典出《新約聖經路加福音》第一章——天使加百列告知童女馬利亞：「你在上帝面前已經蒙恩了。你要懷孕生子，可以給他起名叫耶穌。」（聯合聖經公會新標點和合本）——編注

②耶穌升天大道（Voznesensky Prospekt），彼得堡最早規劃從海軍部輻射出三條主幹道的右線。——編注

「普拉斯科薇雅．奧西波芙娜，我今天不喝咖啡，」伊凡．雅科夫列維奇說：「我想來一塊麵包夾洋蔥就好。」

（其實，伊凡．雅科夫列維奇咖啡、麵包都想要，但他知道一次要兩樣東西是絕對不可能的，因為普拉斯科薇雅．奧西波芙娜非常討厭這種要求。）「就讓這傻瓜吃麵包吧，這對我來說更好，」妻子心想：「我可以多喝一杯咖啡。」於是拿了一塊麵包放到桌上。

伊凡．雅科夫列維奇為了體面，在襯衫外多穿了一件燕尾服，他坐在桌前，往麵包上頭灑點鹽，放了兩顆洋蔥頭，接著拿起刀子，擺出一副耐人尋味的神情，開始切麵包。他把麵包切成兩半，看看中間，驚訝地發現裡面竟然有塊白色的東西。伊凡．雅科夫列維奇小心地用刀子挑它，又用手指按了按：「還挺結實的！」他自言自語：「究竟是什麼東西呢？」

他把手指伸入麵包，抓出那樣東西——竟然是個鼻子！……伊凡．雅科夫列維奇鬆開手，揉揉雙眼，再次摸摸那個東西：鼻子，真的是個鼻子！而且看上去似乎有點眼熟。伊凡．雅科夫列維奇滿臉驚恐，但是這點驚恐與他妻子的怒火相比，根本微不足道。

「你這個禽獸！究竟是從哪裡割下這個鼻子的？」她怒氣沖沖大吼：「你這騙子！

酒鬼！我要親自上警局告發你。可怕的土匪！我已經聽三個人說過，你幫他們修臉的時候，差點把他們的鼻子給揪下來。」

然而伊凡．雅科夫列維奇早就嚇得魂不附體。他看出這個鼻子不是別人的，正是八等文官柯瓦留夫的鼻子，他每週三與週日都要上門去幫他修臉。

「好了好了，普拉斯科薇雅．奧西波芙娜！我拿塊破布把它包起來放在角落。過一陣子再拿去外面丟掉。」

「我不想聽！你以為我會讓你把割下來的鼻子放在房間裡？沒血沒淚的傢伙！成天只會在皮帶上磨剃刀，連自己分內的事都做不好，你這賤貨，壞蛋！以為我會在警察面前替你說話？唉呀，你這髒鬼，蠢木頭！快拿走！拿走！拿去什麼鬼地方丟掉都隨便你！我就是不要聞到它的臭味！」

伊凡．雅科夫列維奇像死人一樣直挺挺站著。他左思右想，還是想不出個所以然。

「鬼才知道是怎麼回事，」最後，他搔搔耳朵說：「我昨天回來的時候到底有沒有喝醉呢？現在也搞不清楚了。但不管怎麼說，這都是不可能的事：因為麵包是烤熟的，可鼻子不是。我真不明白！……」

伊凡．雅科夫列維奇沉默下來。一想到警察會在家裡搜到鼻子並起訴他，他嚇得幾乎量過去。眼前彷彿已經浮現警察的身影：銀線縫製的紅衣領與佩劍……他害怕得渾身發抖。最後，他拿出內衣與靴子，全部亂七八糟地套在身上，伴隨著普拉斯科薇雅·奧西波芙娜難聽的責罵聲，他用破布包好鼻子，出門去了。

他打算隨便找個地方丟掉鼻子：或塞在某個門柱底下，或裝作不小心掉在地上，然後拐進小巷一走了之。不幸的是，他總是碰到熟人，還追問他：「你要去哪裡？」或「這麼早要去幫誰修臉啊？」因此伊凡·雅科夫列維奇一直找不到時機丟掉鼻子。有一次，他已經把鼻子扔在地上了，可是遠處站崗的警察卻用長斧指給他看，說：「你東西掉了！撿起來！」伊凡·雅科夫列維奇只好撿起鼻子藏進口袋裡。隨著店鋪一間間開門，街上人群越趨熙攘嘈雜，他也陷入絕望之中。

伊凡·雅科夫列維奇決定去以撒橋[1]：也許有機會把鼻子扔進涅瓦河裡？……不過，真不好意思，我到現在都還沒介紹一下伊凡·雅科夫列維奇，從許多方面來看，他都是個值得敬重的人物。

伊凡·雅科夫列維奇和所有正派俄國工匠一樣嗜酒如命。雖然他每天幫人修臉，但自己的鬍子可是從來沒剃過。伊凡·雅科夫列維奇的燕尾服（他從不穿常禮服）滿是斑點，更確切地說，他的燕尾服是黑色的，卻布滿黃褐、深灰色的斑點；衣領磨得油亮，上頭三顆鈕釦脫落了，只剩一點線頭。伊凡．雅科夫列維奇還是個厚臉皮的人，每當八等文官柯瓦留夫在修臉時批評他：「伊凡．雅科夫列維奇，你的手老是有股臭味！」——這時他就會反問：「怎麼會有臭味呢？」——「不知道，老兄，就是有股臭味。」八等文官說，於是伊凡．雅科夫列維奇嗅嗅鼻煙，然後在他的雙頰、耳根、鼻子下方與下頷——總之，隨心所欲地抹上一大團肥皂泡沫做為回報。

這位可敬的市民已經走上以撒橋。他先四下張望一番，然後俯靠欄杆，裝出一副觀看河水裡的魚多不多的樣子，接著悄悄把包著鼻子的破布扔下去。伊凡．雅科夫列維奇感到如釋重負，甚至笑了起來。他沒有去幫官員們修臉，而是朝一間掛著「茶點食鋪」招牌的小店走去，想點一杯潘趣酒②來喝。突然他發現一個管區巡警站在橋頭，他相

①彼得堡跨越大涅瓦河的第一座浮橋，連接海軍部島與瓦西里島，最後的位置在現今的參政院廣場前通往聖彼得堡大學，一九一六年焚毀。橋梁名稱由鄰近以撒大教堂而來。——編注

②潘趣酒是一種低酒精飲料，英文名稱「Punch」源自梵語的「五」，因為飲料內含酒、糖、水、檸檬汁、茶（或香料）五種成分，十七世紀初由英國東印度公司的水手傳回英國與歐洲各國。

貌威嚴，蓄著落腮鬍，頭戴三角尖帽，腰間佩掛一柄長劍。伊凡．雅科夫列維奇愣住了；這時，巡警伸手指向他，說道：「朋友，你過來！」

伊凡．雅科夫列維奇知道規矩，遠遠就摘下帽子，快步上前說：「大人您好！」

「不、不，老兄，我可不是什麼大人。快說說你剛才在橋上幹什麼？」

「我發誓，先生，我去幫人修臉，只是順便看一眼河水流得快不快而已。」

「你胡說！撒謊！別想敷衍我。快說實話！」

「我願意每週為您修兩次臉，甚至三次也行。絕不食言。」伊凡．雅科夫列維奇回答。

「不，老兄，別說廢話了！我有三個理髮師為我修臉，他們都覺得是無上的光榮呢！你快點說，剛才到底在橋上幹什麼？」

伊凡．雅科夫列維奇臉色發白……然而至此，事件彷彿墜入迷霧之中，後續情況便無從知曉了。

2

八等文官柯瓦留夫一大早便醒過來，掀動嘴唇發出「噗嚕嚕……」的響聲。每次他醒來總是這麼做，雖然他自己也不知道為什麼。柯瓦留夫伸了個懶腰，吩咐僕人把桌上的小鏡子拿過來。他想看看昨晚鼻子上突然冒出的小痘子消了沒有；然而，讓他大吃一驚的是，鼻子不見了，原先鼻子所在之處變得一片光滑平坦。柯瓦留夫驚駭不已，叫僕人端上水來，用毛巾擦擦眼睛，再看一次：沒錯，鼻子不見了！他摸摸自己，想確定是否還在作夢？似乎不是在作夢。八等文官柯瓦留夫從床上跳起來，渾身哆嗦：鼻子不見了！……他吩咐僕人為他更衣，隨後便飛也似地直奔警察總長那裡尋求協助。

然而，在此我們必須先介紹一下柯瓦留夫，好讓讀者了解這個八等文官屬於哪一類人物。有些八等文官是經由文憑獲得官銜，他們與在高加索獲封的八等文官不可相提並論①。兩者是完全不同的類型。滿腹學識的八等文官哪……不過，俄國是個奇妙的國家，你隨便談起一個八等文官，那麼從里加到堪察加②所有的八等文官都會認為你是在說他們。其他各種頭銜的官員也不例外。柯瓦留夫屬於在高加索受封的八等文官。他獲得這個頭銜才兩年，因此不曾忘卻自己的身分；為了突顯自己的尊貴與地位，他從不說自己是八等文官，而是自稱為少校③。「聽著，親愛的，」他在街上碰見賣前胸襯衣的女子，總是這麼說：「到我家來坐坐吧，我住花園街；只要問一句：『柯瓦留夫少校是不是住在這裡？』隨便一個街坊鄰居都會告訴妳。」要是遇見頗具姿色的女子，他還會額外低聲囑咐：「寶貝，去問問柯瓦留夫少校的房子在哪裡吧。」基於這個緣故，我們之後就稱呼這位八等文官為少校吧。

柯瓦留夫少校習慣每天上涅瓦大道散步。他的前胸襯衣領子總是乾乾淨淨、漿得筆挺。他的落腮鬍如今和各省縣的土地測量員、建築師、軍醫、執行任務的警察以及所有紅臉豐頰又擅長打波士頓牌④的男士一模一樣：從臉頰中間一路蔓生至鼻子。柯瓦留夫少校隨身攜帶許多玉髓印章，有些刻有圖徽，有些刻著星期三、星期四、星期一和其他字樣。柯瓦留夫少校懷著一番圖謀來到彼得堡，希望謀得一個與他的身分相稱的職位。如果一切順利，就撈個副省長來做做，若是不行——在任何一處重要部門裡當個庶務官也不錯。柯瓦留夫少校也不反對結婚，但新娘必須有二十萬盧布的嫁妝才行。因此，讀者這會兒可以想像，當這位少校看見自己那形狀好看又大小適中的鼻子不見了，原處只剩一片醜陋光禿的平坦時，他心中該有多痛苦！

偏偏這時街上一輛出租馬車也沒有，他只好裹緊斗篷徒步行走，用手帕摀住臉，裝做流鼻血的樣子。「也許是我產生了錯覺：鼻子不可能無緣無故就消失的。」他轉念一想，特地走進一間糕點鋪去照照鏡子。幸好鋪裡沒有顧客，只有小學徒在打掃店面和擺放椅子；幾位學徒睡眼惺忪，用托盤端出熱騰騰的餡餅；桌椅上散落著昨天的報紙，上頭滴滿了咖啡漬。「嘿，謝天謝地，沒有半個客人。」他說：「現在可以仔細看看我的鼻子。」他怯怯走到鏡子前面，看了一眼。「鬼才知道是怎麼回事，真是糟糕透了！」

---

①由於高加索地方政府濫權，在當地取得官職要比其他行政區來得容易。

②里加與堪察加分別為帝俄時期最西邊與最東邊的領土。里加今為拉脫維亞首都，堪察加半島今為堪察加邊疆區，屬俄羅斯遠東聯邦轄區。

③據俄國文武官員職等表，八等文官位階等同軍職少校，但法律規定文武官職銜換稱屬違法行為。——編注

④一種從美國波斯頓傳到歐洲的紙牌遊戲，通常用兩副牌四個人打。

他呸了一聲，說：「隨便一個東西代替鼻子長在這裡都好，偏偏光溜溜的，什麼也沒有！……」

他沮喪地咬住嘴唇，離開糕點鋪，決定一反往日習慣，不再滿面笑容也不去觀望街上行人。忽然，他停在一棟房子的大門前，愣住不動了，眼前發生了一件難以形容的怪事：一輛四輪馬車停在大門前，車門開了，一位穿著制服的紳士彎身跳下馬車，快步上樓去了。柯瓦留夫驚駭不已，他一眼就認出來了，那正是他的鼻子啊！目睹這樣離奇的怪事，他感到眼前事物彷彿都在旋轉；他勉強站著，決定無論如何都要等鼻子回到馬車上。同時，他像得了熱病一樣，渾身發抖。過了兩分鐘，鼻子果然出來了。他身著金線縫製的寬大立領制服與麂皮長褲，腰間佩掛一柄長劍。從帽子上的羽飾可以看出，鼻子高居五等文官。很顯然地，他要坐車去拜訪友人。他朝左右兩邊望了望，對車夫喊：「過來！」隨即坐上車，揚長而去。

可憐的柯瓦留夫幾乎要發瘋了。他實在搞不懂，怎麼會發生這種怪事。真的，他的鼻子昨天還好端端地掛在臉上，既不會走路也不會坐車——怎麼突然間就穿起制服來了！他在馬車後頭急追，幸虧車子沒跑多遠，就在喀山大教堂前停了下來。

他連忙趕過去，穿過一群滿臉包住、只露出兩隻眼睛的老乞婆（以前他總是嘲笑這些人），跟著走進教堂。裡面禱告的人並不多，全都站在教堂入口處。柯瓦留夫心情十分低落，無心禱告，他不停四處張望，尋找那位紳士。終於他發現鼻子站在側邊，臉藏在寬大的立領中，無比虔誠地做禱告。

「我該怎麼接近他呢？」柯瓦留夫心想：「看那制服、帽子，在在顯示出他是位五等文官。鬼才知道該怎麼做！」

他先在鼻子附近咳了幾聲，但鼻子絲毫沒有改變他那虔誠的祈禱姿勢，連連躬身行禮。

「先生……」柯瓦留夫勉強鼓起勇氣開口：「先生……」

「您有什麼事嗎？」鼻子轉身回問。

「我覺得很怪異，先生……我認為……您應該知道自己原本的位置才對。我竟然是在這種地方找到您——在教堂裡。您得同意……」

「不好意思，我完全不懂您在說什麼……請您說清楚點。」

「我該怎麼跟他解釋呢？」柯瓦留夫想了想，再次鼓起勇氣開口：「當然，我……不過，我是少校。我可不能沒有鼻子啊。您得承認，這是很不體面的事。一個在復活橋①上賣去皮柳橙的女攤販沒有鼻子也就算了，可是，我還想獲得升遷……而且我和許多有錢人家的夫人小姐都有往來：像是五等文官夫人契訶塔列娃，還有其他人……您想想看……我不知道，先生……（這時，柯瓦留夫少校聳聳肩）請您見諒，如果從責任與名譽來看待這件事……您自己也能了解……」

「我完全不了解。」鼻子回答：「請您提供一個令人滿意的解釋。」

「先生……」柯瓦留夫正氣凜然說道：「我不知道您言下之意是什麼……事實顯而易見……或者您想……要知道您是我的鼻子呀！」

鼻子瞥了一眼少校，微微皺眉。

「我想您搞錯了，先生。我就是我自己，不是您的鼻子。而且我們之間毫無任何關聯。從您身上的制服鈕扣來看，您應該在另一個部門任職。」

說完，鼻子轉過身去，繼續禱告。

柯瓦留夫十分困窘，不知該如何是好。這時耳邊傳來一陣悅耳的女士衣裙窸窣聲，一個衣服綴滿花邊的中年婦人走了過來，身邊伴著一位窈窕淑女，她穿著一襲潔白連衣裙，勾勒出苗條勻稱的腰身，頭上戴著一頂精緻輕薄如小蛋糕的鵝黃小帽，顯得更加美麗動人。一位高大的隨從站在她們身後（他滿臉落腮鬍，脖子上的圍領足足有十二層），正打開鼻煙盒準備嗅聞。

柯瓦留夫朝他們走近，豎起細亞麻布製成的襯衣領子，擺好掛在金錶鍊上的刻章，微笑著環顧四周，接著把注意力集中在那位窈窕女子身上：她微微俯身，一隻纖纖玉手舉向額前，美麗得如同一朵春天綻放的嬌豔花朵。當柯瓦留夫看見帽子底下露出晶瑩圓潤的下頷和那如初春玫瑰般嫣紅的臉頰時，忍不住咧嘴笑了。可是，他忽然像被火灼燒似地跳開了。他想起自己的鼻子不見了，不禁落下淚來。他轉過身去，本想直接對那位穿著制服的紳士說，他只是個冒牌的五等文官、大騙子和無恥之徒，除了是個鼻子以外，什麼也不是……可是鼻子已經不見蹤影，可能又驅車去拜訪其他人了。

柯瓦留夫陷入絕望深淵。他回頭走出教堂，在廊柱下停留片刻，仔細觀望四周，希望還能找到鼻子。他記得很清楚，鼻子戴著綴有羽飾的帽子，身著金線縫製的制服；但他沒有注意鼻子的外套、馬車和馬匹的顏色，甚至也沒有留意他身後是否跟著隨從、隨從又穿著什麼樣的制服。況且街上車水馬龍，來回穿梭，也難以看得分明。即便看清其

---

①復活橋（Voskresensky most），一七八六年建的市內第二座浮橋，原址在復活大道（現今的車爾尼雪夫斯基大道）北連維堡區之間，現已不存在。——編注

中一輛馬車，也無法叫它停下來。這一天風和日麗，涅瓦大道上人來人往，女士們宛如花色繽紛的瀑布流洩於警察橋至阿尼奇金橋 ① 的人行道上。那邊來了一位柯瓦留夫認識的七等文官，他總是稱對方為中校，當著外人的面尤其如此。另一位是他的老朋友——參政院的長官雅雷金，每次打波士頓牌總是得不到八點的分數。還有一位也是在高加索獲得八等文官的少校，正招手要他過去……

「啊，見鬼了！」柯瓦留夫說：「喂，車夫，直接到警察總長的家去！」

在車上，柯瓦留夫不時催促車夫：「快快，全速趕車！」

「警察總長在嗎？」他一進前廳便大喊。

「不在。」看門的僕人應答：「他剛出門。」

「太不巧了！」

「就是說啊。」看門人補充：「他才出門不久。你要是早幾分鐘來，也許就能見到他了。」

柯瓦留夫仍舊用手帕捂著臉，坐上馬車，絕望地喊：

「走吧！」

「上哪去？」車夫問。

「直走就對了！」

「怎麼直走？這邊要轉彎了：你要右轉還是左轉？」

這問題難住了柯瓦留夫，他不得不重新思索一番。照目前的處境看來，他應該先去警察局報案，倒不是這案子與警察有什麼直接關聯，而是因為警察局辦案效率比其他地方快得多。要是想從鼻子自稱任職的部門上司那兒求得滿意的答案，那就太不明智了，因為從鼻子本人的言談答覆可以看出，他不是什麼高尚人物，在這種情況下他可能會說謊，一如他謊稱兩人從未謀面。總之，柯瓦留夫本想吩咐車夫前往警察局，忽然又想到，這個無賴在初次見面就已經如此寡廉鮮恥，那他可能也會抓住時機，偷偷潛逃出城——屆時再怎麼搜索也是徒勞，說不定拖上一個月還沒有結果。最後，大概是老天有眼，讓柯瓦留夫開了竅。他決定直接去報紙發行處，先刊登一則告示，詳細描述鼻子的所有特

①阿尼奇科夫橋（Anichkov most）的俗稱，涅瓦大道上跨越噴泉河（Fontanka）的石橋，以橋頭兩端的四匹馬雕塑聞名。阿尼奇金（Anichkin）一詞源自安妮雅這個女孩名。果戈里頗好民間的俗俚稱呼，彷佛別有寓意地製造文本的想像空間。——編注

徵，以便有人遇見他時，可以立刻把他抓去報案，或者至少可以通報他的下落。主意既定，他吩咐車夫駛往報紙發行處，沿途還不斷用拳頭捶打車夫後背，連聲催促：「快點，混帳東西！快點，你這騙錢的傢伙！」——「唉，大爺啊！」車夫邊說邊搖頭，用韁繩抽打那匹鬃毛長如波隆納犬[1]的馬。終於馬車停了下來，柯瓦留夫氣喘吁吁，跑進一間小接待室，一位滿頭白髮的官員坐在桌旁，他戴著眼鏡，身穿老舊的燕尾服，嘴裡咬著一枝鵝毛筆，正在清點收到的錢幣。

「這裡誰負責受理廣告？」柯瓦留夫高聲喊：「啊，您好！」

「您好。」滿頭白髮的官員說，抬眼望了柯瓦留夫一下，又低頭去擺弄那幾堆錢幣。

「我想登一則……」

「對不起，請稍候。」官員說，右手按著紙上的數字，左手手指在算盤上撥了兩下。一個制服綴有金銀飾帶的僕從，端出一副在貴族人家做事的架子，站在桌旁，手裡拿著一張紙條，有意展現一下自己的交際手腕。

「相信我，先生，那隻小狗不值八個銀幣，換作我，連八個銅幣也不給。可是伯爵夫人真的很愛很愛那隻狗——所以，誰能把那隻狗找回來，就賞他一百盧布！說句實在話，好比您跟我，人各有所好：要是個獵人，就得養頭獵犬或貴賓犬；別說五百盧布，就是一千盧布也得給，不過，得要是隻好狗才行。」

可敬的官員帶著耐人尋味的神情，一邊聆聽僕從的話，一邊數算紙上有多少字母。桌旁圍滿了人，有老婆婆、商店櫃員和看門人等，每個人手中都握著紙條。其中一張紙條寫著車夫品行端正，待人雇用；另一張紙條寫著出售一輛一八一四年自巴黎購得的半舊四輪敞篷馬車；還有一張寫著，二十歲女佣，擅長洗衣縫補，可兼雜務；輕便馬車堅固耐用，僅缺一根彈簧；出售一匹年輕灰斑烈馬，十七歲；蕪菁與櫻桃蘿蔔②種子剛從倫敦運抵；方便舒適的別墅，附兩間馬廄和一片可種植樺樹或雲杉的庭園；還有一張寫著出售舊鞋底，意者請於每天上午八點到下午三點前來拍賣議價等。小房間裡擠滿了人，氣味十分混濁，不過八等文官柯瓦留夫完全聞不出來，因為他用手帕捂住了臉，而他的鼻子此刻究竟流落何方，只有天知曉。

「先生，請問您……我有急事。」最後他忍不住開口。

---

①原文用「Bolonka」，犬種名稱源自義大利的波隆納。——編注

②歐美各地最常見的蘿蔔，體積較白蘿蔔小。

「快好了，快好了！兩盧布又四十三戈比！馬上就來！一盧布又六十四戈比！」白髮官員邊說，邊將紙條扔到老婆婆和看門人面前。終於，他轉過頭來，問柯瓦留夫：「您有什麼事？」

「我想請您……」柯瓦留夫說：「我到現在都還搞不清楚，這究竟是不是一場騙局。我只想請您刊登一則告示，誰能幫我逮住那個壞蛋，就可以得到一筆可觀的酬勞。」

「請問貴姓？」

「不，問我姓氏做什麼？我可不能說。我交遊廣闊：五等文官夫人契訶塔列娃，校官夫人佩拉吉雅．格里戈里耶芙娜．波德托欽娜……老天保佑千萬別讓她們知道！您可以簡單寫個『八等文官』，或者寫『現役少校』更好。」

「所以是您的僕人逃走了嗎？」

「什麼僕人？那還稱不上是受騙！逃走的是我的……鼻子……」

「哦！好怪的姓氏！這位鼻子先生偷了您很多錢嗎？」

「鼻子就是……您誤會了！鼻子，是我自己的鼻子不見了，不知跑哪去了。魔鬼對我開了這麼大的玩笑！」

「怎麼會不見呢？我有點不明白。」

「我無法跟您解釋鼻子是怎麼不見的，但重要的是，他現在自稱是個五等文官，正滿城亂跑。所以我來請您刊登告示，希望有人盡快抓住他送還給我。說真的，您想想看，我缺了一個這麼顯眼的器官，怎麼能見人呢？這又不像腳趾頭，只要套上靴子——就是少了別人也看不出來。每週四我都要去拜訪五等文官夫人契訶塔列娃；校官夫人佩拉吉雅．格里戈里耶芙娜．波德托欽娜和她的漂亮女兒都是我的老朋友。您想想看，我現在如何能……我現在沒辦法去見她們了。」

從官員緊抿的嘴唇，可看出他陷入了沉思。

「不行，我不能在報紙上刊登這種告示。」沉默許久，他終於說道。

「什麼？為什麼不行？」

「如果我那麼做，報紙就會失去聲譽。要是任何人都來登個啟事，說他的鼻子跑掉了，那麼……而且早就有人在說了，報紙淨登一些荒謬離奇、無中生有的傳聞。」

「這件事哪裡荒謬離奇了？這一點也不奇怪呀！」

「您或許如此認為。可是上星期就發生了這樣的事。一個官員來到這裡，就和您現在一樣，他拿了張紙條，付了兩盧布又七十三戈比刊登一則告示，上頭只寫一頭黑色捲毛貴賓犬走失了。看起來好像沒什麼問題。結果竟然是篇誹謗的文章：那頭貴賓犬其實暗指一位出納員，我忘了是哪個部門的。」

「可是我請您登的告示跟貴賓犬一點關係也沒有，而是我自己的鼻子。可以這麼說，差不多就是關於我本人的告示。」

「不行，無論如何我都不能登這種告示。」

「我的鼻子是真的不見了！」

「真的不見了，應該去找醫生。聽說有些醫生很高明，不管是什麼樣的鼻子都能接回原位。不過，我看得出來，您應該是個性格開朗的人，喜歡在公眾場合開開玩笑。」

「我對您發誓，讓上帝做見證。好吧，到了這個地步，我就讓您看看吧。」

「何必這麼麻煩！」官員嗅嗅鼻煙，接著說：「不過，要是方便的話，」他好奇地補了一句：「我倒想見識一下。」

八等文官拿下遮臉的手帕。

「真的好奇怪啊！」官員說：「這塊地方又平又扁的，就像一塊剛煎好的布林餅①。真的，一片平坦光滑，太不可思議了！」

「喏，您現在無話可說了吧？您自己也看見了，不登告示怎麼行呢。我會特別答謝您；很高興有這個機會認識您……」

從這番話可以看出，少校這回決定要拍拍馬屁。

「登個告示當然不是什麼難事。」官員說：「只不過，我看不出這對您有什麼好處。如果您願意，不妨找個文筆不錯的作家，把這件事當作一種罕見現象加以描述，寫成精妙短文刊在《北方蜜蜂》（這時，他又嗅了一次鼻煙），讓年輕人受點教益（這時，他又擦了擦鼻子），或者可以滿足大家的好奇心。」

八等文官感到失望透頂。他垂眼望向報紙下緣，上頭印著戲劇廣告：他看見一位美麗女演員的芳名，臉上漾出笑意，伸手摸摸口袋，看是否帶了藍色鈔票②，因為在柯瓦留夫看來，校官們理應坐在池座裡——但一想起鼻子，頓時興致全消！

官員似乎很同情柯瓦留夫的窘境。為了稍稍寬解柯瓦留夫的憂愁，他覺得該說幾句話表示一下同情。

「說實話，看到您發生了這樣可笑的變故，我內心感到萬分悲痛。您要不要嗅嗅鼻

---

①布林餅為俄國傳統美食。由於餅煎好後呈美麗的金黃色，形狀又圓，因此俄國人視為太陽象徵。

②為俄國最早發行的紙幣，面額為五盧布，自一七六九年發行到一八四九年廢止。

煙？這可以治頭痛、袪鬱結，甚至對痔瘡也有療效。」

官員說著，將鼻煙盒遞給柯瓦留夫，並熟練地將繪著戴帽美人像的盒蓋翻到煙盒底下。

這無心之舉卻激怒了柯瓦留夫。

「我真不懂，您專會挑別人的痛處來取笑。」他怒氣沖沖說道：「難道您沒看見我少了鼻子，怎麼嗅鼻煙呢？叫您的鼻煙見鬼去！我現在不想看見它，別說是您這劣等的別列津斯基煙，就是給我拉比煙也不希罕。」

說完，柯瓦留夫十分沮喪地離開了報紙發行處，直接去找警察分局長。他是一個嗜糖如命的人，家中的前廳（也兼作飯廳）堆滿了大糖錐[1]，全是商人為了套交情送來的。廚娘這時正幫警察分局長脫掉制服的長筒靴；佩劍與全副披掛已妥善放在各處，他的三歲兒子拎著威嚴的三角尖帽玩耍；而分局長本人，剛脫離戎馬生涯，正準備享受寧靜的清福。

柯瓦留夫走進去的時候，分局長正好伸了個懶腰，心滿意足地哼了一聲，說：「啊，我要痛快地睡上兩個鐘頭！」因此可以想見，八等文官此時來訪，完全不是時候。我不曉得，此時此刻就算他送上幾磅的茶葉或幾疋呢絨，也未必會受到十分熱情的接待。分局長雖然愛好所有的藝術品與手工織品，但國家發行的鈔票才是他的最愛。「錢這玩意兒啊，」他常這麼說：「世上沒有什麼東西比它更好囉：它不吃不喝，又不占多大空間，口袋裡裝得下，掉在地上——不怕碎。」

分局長十分冷淡地接見柯瓦留夫，並說午飯之後不是辦案的時機，人類天性如此，飯後就該稍事休息（八等文官從這句話中得知，警察分局長也知曉古代先哲的格言），又說一個正直的人不會被人割掉鼻子，還說這世上形形色色的少校太多了，有些少校連一套像樣的內衣都沒有，成天在下流地方鬼混。

這番話刺中了柯瓦留夫的要害。應該說明一下，柯瓦留夫是個心胸十分狹窄的人。他可以原諒別人說他的任何閒言閒語，就是不能饒恕別人褻瀆他的頭銜與官階。他甚至認為，戲劇裡可以編派尉官的種種是非，但絕對不能指責校官的不是。分局長的言行使他深感受辱，他搖搖頭，微微擺了擺手，傲然地說：「老實說，聽了您這番侮辱的話，我不想再多說什麼了……」於是就離去了。

①一種圓錐形大糖塊，以錘子擊碎方可食用。

柯瓦留夫疲憊地回到家裡。天色已是黃昏。經過一天無謂的奔波，他覺得這個房子倍感淒清，或者說十分可厭。他走進前廳，看見僕人伊凡仰躺在骯髒的皮沙發上，朝天花板吐口水，還不偏不倚吐在同一個地方。伊凡這副懶散的模樣惹惱了他，他用帽子拍打伊凡的腦袋，罵道：「你這頭笨豬，只會做蠢事！」

伊凡猛地跳起來，飛快上前幫他脫掉外套。

少校進了自己的房間，感到疲憊而憂傷，他倒在沙發椅上，最後嘆了幾口氣，說：「天哪！天哪！我為何如此不幸？若是缺手斷腳，倒還好些；就算少了耳朵——雖然難看，但還可以忍受；可是一個人沒了鼻子——鬼才知道那是什麼樣子：鳥不像鳥，人不像人——乾脆直接扔出窗外算了！若是在戰場或決鬥中被削去，或自己不慎撞斷鼻子也就罷了；可是鼻子竟然無緣無故消失，平白不見了！……不，不可能，」他想了想，又說：「我不信，鼻子會憑空消失，沒有這麼離奇的事。這或許是在作夢，或者是幻覺；說不定，我誤把修臉後擦拭用的伏特加當成開水喝了。伊凡這個笨蛋沒把酒收走，我一定是一口氣喝光了。」

為了確定自己沒有喝醉，少校狠狠捏了自己一把，痛得大叫起來。這證明他不是在作夢。他慢慢走向鏡子，起初瞇著眼睛想，鼻子或許還在原來的地方；但下一瞬，他立刻往後跳，並說：

「真是個醜八怪！」

這真是太離奇了。假如是搞丟一顆鈕扣、一根銀湯匙或一只錶之類的東西，都還說得過去；可是鼻子不見了，天底下有誰會搞丟自己的鼻子？而且還是在自己家裡！……經過全盤思索後，柯瓦留夫少校認為，最有可能搞鬼的不是別人，正是校官夫人波德托欽娜，因為她一心想把女兒嫁給他。少校自己也喜歡向她的女兒獻獻殷勤，卻始終避免給予答覆。當校官夫人直接跟他表明，想把女兒嫁給他的時候，他不慌不忙，說了一番恭維的話，婉言推辭道：自己還年輕，還需服役五年，等到四十二歲再說吧。校官夫人想必是為了報復，請來巫婆施法，決心毀了他，因為不管怎麼想，沒人進過他房間，鼻子不可能被割掉；理髮師伊凡．雅科夫列維奇在星期三為他修臉，接下來一直到星期四，他的鼻子整天都好端端掛在臉上——他記得清清楚楚。況且，鼻子被割了，他也會感到痛啊，傷口也不可能這麼快就癒合，變得像布林餅一樣又扁又平。他在腦中擬定了幾個對策：上法庭正式控訴校官夫人，或親自找她揭發這個陰謀。這時一道光線透進門縫，打斷了他的冥想，是伊凡在前廳點上了蠟燭。不一會，伊凡拿著蠟燭進來了，燭光照亮整個房間。柯瓦留夫的第一個動作，就是抓起手帕遮住鼻子，以免愚蠢的僕人看見主人變成這副怪樣，嚇得目瞪口呆。

伊凡才剛回到自己的小房間，前廳便傳來一個陌生人的聲音：

「八等文官柯瓦留夫住在這裡嗎？」

「請進。柯瓦留夫少校就在這裡。」柯瓦留夫答道，趕忙起身去開門。

一位英俊的警官走進來，他的臉頰豐潤，落腮鬍修剪得疏密合宜，正是故事開頭站在以撒橋的巡警。

「您是不是弄丟了鼻子？」

「沒錯。」

「現在找到了。」

「您說什麼？」柯瓦留夫少校大叫。他高興得說不出話來，直盯著眼前的巡警，燭光搖曳不定，在他豐厚的雙頰與嘴唇上躍動。「怎麼找到的呢？」

「說來奇怪，我們差點來不及攔截他，他已經坐上驛車，準備前往里加了。他早就辦好通行證，上頭寫著一個官員的名字。奇怪的是，我起初也以為他是位紳士。幸虧我戴著眼鏡，立刻發現他是鼻子。要知道我是個大近視眼，您如果站在我面前，我只能看見您的輪廓，可是鼻子、鬍子等全都看不清。我的岳母，也就是內人的母親，眼力也不好。」

柯瓦留夫十分激動。

「鼻子現在在哪裡？在哪兒呀？我現在就去。」

「別著急。我知道您需要鼻子，就把它帶來了。真奇怪，這案子的主嫌就是住在耶穌升天大道上的理髮師，這騙子現在已經拘留在警局裡。我早就懷疑他酗酒、偷竊，三天前他在一間小鋪裡偷了一打鈕扣。現在將鼻子奉還給您。」

巡警說著，把手伸進口袋裡，掏出了用紙包著的鼻子。

「沒錯，就是它！」柯瓦留夫大叫：「真的是我的鼻子！請您留步，今天我們一塊喝杯茶吧！」

「在下深感榮幸，可惜無法接受您的邀請：我必須從這裡前往感化院①巡視……各種食品價格不斷上漲，我家裡還有岳母，也就是內人的母親和幾個孩子要養：我的長子特別有出息，十分聰明的男孩，可惜沒錢供他上學……」

①原文指俄國當時一種以工作矯正惡行的監獄（Смирительный дом），關押輕罪的犯人。——編注

柯瓦留夫領悟話中含意，從桌上抓起一張紅色鈔票①，塞進巡警手裡。巡警雙腳併攏，行了個禮，轉身離去。幾乎同一時間，柯瓦留夫聽見街上傳來巡警的吆喝聲，他接連賞了一個呆頭呆腦的男人幾個耳光，告誡他不能把貨車駛上林蔭道。

巡警走後，八等文官有好長一段時間仍未回過神來，直到幾分鐘後才恢復知覺：突如其來的狂喜使他腦中一片空白。他小心用雙掌捧起失而復得的鼻子，再次仔細端詳。

「沒錯，就是它，真的是我的鼻子！」柯瓦留夫少校說：「左邊還有一顆昨天才冒出來的小痘子呢！」

少校高興得幾乎要笑出聲來。

然而好景不常，最初的歡欣轉瞬趨於黯淡，隨後益發薄弱，最終悄然化為平常心境，宛如一顆石子投入水面，一陣漣漪後終要回復平靜無波。柯瓦留夫細思後才意識到，事情還沒結束呢：鼻子雖然找回來了，但還得把它接回去，安上原本的位置才行。

「萬一接不回去怎麼辦？」

想到這點，少校臉色瞬間發白。

他懷著難以言喻的恐懼奔向桌前，把鏡子移過來，深恐接歪了鼻子。他的雙手抖個不停，小心而謹慎地把鼻子安回原本的位置。喔！糟糕！鼻子黏不住！……他把鼻子放到嘴邊，輕輕朝它呵口氣，再次把它放回兩頰中間那塊平坦光禿禿的位置；但鼻子就是裝不回去。

「喂！喂！快爬上去呀！蠢東西！」他對鼻子說。但鼻子就像塊木頭，掉在桌上，發出跟軟木塞一樣的古怪聲響。少校的臉孔抽搐起來。「難道鼻子真的接不回去了？」他萬分驚恐。但無論他試了多少次，想把鼻子放回原本的位置，依舊徒勞無功。

他叫來伊凡，派他去請醫生。醫生就住在同一棟房子的二樓，一間豪華的公寓裡。醫生相貌堂堂，蓄著閃亮好看的落腮鬍。還娶了一位健康的嬌妻。他每天清晨都吃新鮮蘋果，差不多花上三刻鐘漱口，用五種不同的牙刷清潔牙齒，以保持口腔的非凡潔淨。醫生立刻前來診視。他詢問了這起不幸事件發生的時間後，抬起柯瓦留夫少校的下巴，用大拇指彈了一下鼻子原先的所在位置，痛得少校直往後仰，後腦勺猛地撞上了牆。醫生說這不要緊，並建議他離牆遠一點，接著先把他的頭轉向右邊，摸摸鼻子原本的所在位置，說了聲：「嗯！」然後要他把頭轉向左邊，又說了聲：「嗯！」最後又用大拇指

①為俄國最早發行的紙幣，面額為十盧布，自一七六九年發行到一八四九年廢止。

彈了一下，柯瓦留夫少校不由得縮起腦袋，好似一匹被檢查牙齒的馬。做完這些檢驗，醫生搖搖頭說：

「不行，沒有辦法。您最好還是維持現在這個樣子，因為弄不好會更棘手。鼻子當然可以接回去，我現在就能幫您接。不過，我相信這對您來說更糟。」

「那太好了！沒有鼻子怎麼行呢？」柯瓦留夫說：「情況不可能比現在更糟了！只有魔鬼才知道是怎麼一回事！我頂著這副怪樣子怎麼出去見人呢？我交遊又廣，今天本來應該去參加兩戶人家的晚會。我有很多熟人：五等文官夫人契訶塔列娃、校官夫人波德托欽娜……雖然她現在謀害我，我只能跟她對簿公堂。請您發發慈悲吧。」柯瓦留夫懇求：「難道真的沒有辦法了嗎？隨便您怎麼接都可以，就算接不好也沒關係，只要不會掉下來就行了；即使接不牢，我還可以用手稍稍托住鼻子。而且我不跳舞，不用擔心會因此撞壞它。至於您的出診費，為了答謝您，我傾家蕩產也在所不惜，您儘管放心……」

「不曉得您信不信，」醫生平淡地說，然而嗓音十分柔和動人：「我不是為了賺錢才幫人治病。這與我做人的原則和醫術相悖。不錯，我也收出診費，但那是因為我拒不收費的話，病人會覺得難堪。當然，我可以幫您接回鼻子，但是，假如您還是不相信我的話，我以個人名譽擔保，後果會更不堪設想。最好還是維持原樣，經常用冷水擦拭就行了。我可以向您保證，即使少了鼻子，您的身體還是和以前一樣健康。至於鼻子，我建議您把它裝進罐子裡，用酒精浸泡，或加上兩匙伏特加和溫醋，保存效果會更好——屆時您可以靠它賺一筆大錢。如果您開價不是太高，我自己也想買呢。」

「不！不！我說什麼都不賣！」柯瓦留夫少校絕望大喊：「我寧願它消失算了！」

「抱歉。」醫生告辭：「我本想為您效勞……可是有什麼辦法呢？至少您知道我盡力了。」

說完，醫生風度翩翩地離去了。柯瓦留夫甚至沒有注意他的臉孔，只是木然盯著他露在黑色燕尾服外的雪白襯衫袖口。

他決定隔天——在呈遞訴狀以前，先寫一封信給校官夫人，看她是否同意無條件把鼻子復歸原位。信件內容如下：

亞歷珊德拉·格里戈里耶芙娜女士閣下：

我無法理解您的怪異行徑。請您相信，此舉不僅對您沒有任何好處，也無法以此強迫我娶令嬡為妻。有關鼻子消失的來龍去脈，我已全然洞悉，您就是這起事件的主謀，絕非他人所為。鼻子擅離原位，出逃在外，忽而偽裝成官員，忽而又恢復原本的樣子。這必然是您與同夥施行妖術的結果。我恪盡義務奉勸您：若今日我的鼻子不能復歸原位，我將訴諸法律以求保護。

謹此，敬候回音。

您誠摯的僕人

普拉東・柯瓦留夫

普拉東・庫茲米奇先生閣下：

您的來信使我深感訝異。實不相瞞，無端遭受您的指責，我也深感意外。在此鄭重回覆您，您所提及的官員，無論是偽裝假冒，或以真面目示人者，我都不曾接待。確實，菲力普・伊凡諾維奇・波坦奇可夫先生常來寒舍拜訪。他是位學識淵博、品行端正的紳士，曾向小女求婚，但我從未給他任何希望。您信中又提及鼻子一事。如果您是指，好像是我想要「留下您跟鼻子」①，也就是說對您正式拒婚，那我更不明白您何出此言。誠如您所知，我的本意絕非如此。假如您現在向小女求婚，我將立時予您滿意的答覆，因為這素來是我的心願。

願隨時為您效力。

亞歷珊德拉・波德托欽娜

「不。」柯瓦留夫讀完信後，說道：「她不是元凶！不可能是她！一個作奸犯科的人不可能寫出這樣的內容。」八等文官在高加索服役時，曾多次受命調查案件，因而深諳此道。「現在怎麼辦？怎麼會發生這種事呢？只有鬼才知道！」最後他頹然地放下雙手。

這樁怪事的種種傳聞不脛而走，傳遍了全城，照例經過了一番加油添醋。其時，人們充滿獵奇心態：不久前，催眠實驗才風行一時。同時，馬廄街出現了會跳舞的椅子，這樁傳聞依舊沸沸揚揚。是以不久後，又傳出八等文官柯瓦留夫的鼻子於三點整在涅瓦大道散步的消息，便不足為奇了。好事之徒每天聚在一起說三道四。有人說：鼻子似乎

①這是俄國俗語，意為：「讓您希望落空」或「愚弄您」，是果戈里的文字遊戲。——編注

進了容克商店①——於是商店附近湧進一堆人，把周圍擠得水洩不通，警察都要出來維護秩序。一個看來正派，蓄著落腮鬍的商人，原本在劇院前賣各種糖果點心，如今特地做了一些好看又結實的木板凳，專供好奇的人站上去看熱鬧，一次收費八十戈比。一位戰績卓著的上校還特意提早出門，費了一番力氣才擠進人群裡；令他氣憤的是，商店裡沒有鼻子的蹤影，他只看見櫥窗內掛著一件普通的毛衣和一幅石版畫，上頭畫著一位正在穿長襪的少女，還有一個蓄著小鬍子、身穿翻領背心的富家子躲在樹後窺視她——這幅畫已經掛在這裡十多年了。上校氣呼呼離去：「怎麼能用這種愚蠢、虛假的謠言來唬弄大家呢？」

接著又有傳言說，柯瓦留夫少校的鼻子並非出現在涅瓦大道，而是在塔夫利花園②閒逛，似乎已在那裡出沒一段時日了；哈茲列夫．米爾札王子③仍在當地居住的時候，曾對此自然奇觀大表驚嘆。幾個就讀外科的醫學生也曾前往該處一探究竟。一位可敬的貴婦曾特地寫信給公園管理員，請求對方讓她的孩子觀摩此一特殊奇景，如果可以的話，順便為年輕人進行富有教育意義的解說。

種種稀奇古怪的傳聞讓上流宴會的常客們樂壞了，尤其是那些喜歡與女士調笑的賓客，他們腹中的笑料此時已全數告罄。少數可敬的正派之士曾表達強烈不滿。一位紳士忿忿不平地說，他不懂，現今已是文明時代，竟還四處散播這種荒謬流言，他對當局漠不關心的態度感到訝異。顯然地，這位紳士屬於正人君子之列，希望政府管理所有事務，就連與妻子的日常口角也不例外。後來……然而發展至此，整起事件再度墜入迷霧之中，後續發展便無從知曉了。

---

①容克商店（Junker），當時有名的時尚服裝店，位於涅瓦大道與大海軍街的轉角附近。

②塔夫利花園（Tavrichesky sad），是俄國軍事將領、政治家、凱薩琳女皇寵臣波喬姆金（G. A. Potemkin, 1739-1791）公爵的宅邸塔夫利宮附屬的花園，在容克商店東邊三、四公里處。——編注

③一八二九年初俄國外交特使格里博耶多夫於德黑蘭遇刺身亡後，波斯派遣王孫哈茲列夫．米爾札（Khosrow Mirza, 1813-1875）出使俄國代表波斯致歉，八月抵達聖彼得堡，期間居住於塔夫利宮。

3

世間怪事無奇不有，有時根本不足為信：忽然間，冒充五等文官招搖過市，鬧得滿城風雨的鼻子，又若無其事回到原本的老地方，安坐在柯瓦留夫少校的雙頰中間。這是四月七日的事了。柯瓦留夫醒來，無意間望了下鏡子，赫然發現：鼻子回來了！——用手一摸——確實是鼻子！「嘿嘿！」柯瓦留夫歡呼，差點赤腳在房裡跳起特列帕克舞①來了，但這時伊凡走進來打斷了他。他立刻吩咐伊凡端來洗臉水，洗臉時再次照照鏡子：鼻子還在！他用毛巾擦臉，再看一次鏡子：鼻子還在！

「伊凡，你來看看，我的鼻子上好像有顆小痘子，」他嘴上說著，心裡卻在想：「萬一伊凡說：『沒有啊，先生，根本沒有什麼小痘子，連鼻子都沒看見。』那就糟了！」

但伊凡說：「沒有啊，沒有小痘子：鼻子乾乾淨淨的！」

「很好，真是見鬼了！」少校喃喃自語，彈彈手指。這時，理髮師伊凡．雅科夫列維奇探頭進來，那副畏縮的模樣，就像被人抓到偷吃醃豬脂②慘遭一頓打的貓。

「先說清楚：你的手乾淨嗎？」柯瓦留夫遠遠就喝問道。

「乾淨。」

「騙人！」

「我說真的，我的手乾乾淨淨，先生。」

「好吧，可要小心點。」

柯瓦留夫坐下來。伊凡．雅科夫列維奇幫他蓋上圍巾，瞬間就用刷子把他的鬍子和半邊臉頰抹得像富商命名日宴會上的奶油。

「你瞧瞧！」伊凡．雅科夫列維奇望著鼻子喃喃自語，接著把頭歪向一邊，看看鼻子的側面。「看這！真是鼻子沒錯，像你想的那樣。」說完，他盯著鼻子良久，終於小心翼翼伸出兩根指頭，無比輕柔地抓住鼻尖。這是伊凡．雅科夫列維奇幫人理髮修臉

①一種節奏快速、頓足而跳的俄羅斯民俗舞蹈。

②原文用「salo」（薩洛），是烏克蘭傳統美食，醃製的豬皮下脂肪。——編注

的老習慣。

「喂，喂，喂！小心點！」柯瓦留夫喊道。

伊凡．雅科夫列維奇只好鬆開手，慌張失措，不知該如何是好。最後，他小心用剃刀輕刮柯瓦留夫下巴的鬍根；雖然沒有抓著鼻子，致使他刮起鬍子十分費力又不順手，但是他用粗糙的拇指勉強抵著柯瓦留夫的臉頰與下頷，總算克服重重困難，修完了臉。

一切就緒後，柯瓦留夫趕忙換了衣服，叫了輛馬車，直奔糕點鋪。一進門，他便高聲喊道：「服務生，來杯巧克力！」然後立刻走到鏡子前面：鼻子還在！他興高采烈轉過身來，微微瞇起眼睛，帶著嘲笑的神情打量面前的兩位軍人，其中一位的鼻子只有背心的鈕扣那麼大。隨後，他又前往政府的辦公部門，他曾多方設法，以求謀得一個副省長的職位，或至少撈個庶務官來做做。經過接待室，他又看看鏡子：鼻子還在！接著他搭車去拜訪另一位八等文官（或稱少校），對方是個愛嘲笑人的刻薄鬼，柯瓦留夫每次聽到他那含刺帶針的難聽話，總是回答：「算了，我知道你這傢伙，根本像枝別針！」沿途他想：「如果少校見了我沒有捧腹大笑，那就可以肯定，我的鼻子確實安安穩穩待在臉上。」對方確實什麼話都沒說。「好極了！好極了！真是活見鬼了！」柯瓦留夫暗想。路上他遇見了校官夫人波德托欽娜與她的女兒，他向兩位女士鞠躬致意，也受到她們熱烈的招呼：可見此事沒有造成任何損害。他與兩位女士閒聊了好一陣子，還特意掏出鼻煙盒，在兩人面前徐徐往鼻孔裡塞鼻煙，同時暗自叨念：「瞧妳們倆，蠢母雞！無論如何我都不可能娶妳女兒。純粹是玩玩戀愛遊戲①——如此而已！」此後，柯瓦留夫少校便四處流連，在涅瓦大道、劇院等各個地方都可見到他的身影。而鼻子呢，也安安穩穩掛在他臉上，絲毫沒有出走的打算。柯瓦留夫少校從此滿面春風、妙語如珠，見了漂亮女子總是緊追不放。有一次他還在商場②的一家小鋪前停了下來，不知為何，竟買了一條勛章綬帶，然而他本人從未得過半枚勛章。

這就是發生在我們這座泱泱大國北方首都的故事！只是如今全盤看來，可以發現其中有不少可疑之處。姑且不論鼻子不可思議地離去確實奇怪，還偽裝成五等文官四處亂

①原文用法語「par amour」。

②商場（Gostiny Dvor，最早原意是外地商旅集散市場），位於彼得堡涅瓦大道與花園街交叉口，是當時最主要的商場。——編注

跑——而柯瓦留夫怎麼會不知道，報紙發行處不可能刊登鼻子的告示呢？我倒不是指刊登啟事的費用太貴：這是一派胡言，我並非嗜財如命之人。然而這樣做總是有失臉面，不夠恰當！還有——鼻子怎會無端跑進烤好的麵包裡呢？還正好被伊凡．雅科夫列維奇發現？……不，我怎麼也不明白，完全搞不懂！然而最奇怪也最莫名的是，這些作者究竟從何取得這些天馬行空的情節。老實說，這真的太不可思議了，實在是……不，不，我完全不明白。第一，這種故事對祖國毫無助益；第二……第二點呢，也還是一樣毫無幫助。我實在不曉得這到底是……

不過，話雖如此，依然可以列舉第一點、第二點、第三點，甚至是……畢竟，這世上無奇不有！……然而再仔細想想，又會發覺這故事確實有值得玩味的地方。無論別人怎麼說，世上總有這種怪事發生——雖然罕見，但依然存在。

1840 年的果戈里，畫家友人莫勒（F. A. Moller, 1812-1874）繪，此時他遊歷歐洲，長居羅馬，臉上彷彿有種孩子氣、交錯現實與想像的線條，還散放著一股即將完成大作的自信。

狂人日記①

①本篇最早刊於一八三五年果戈里著的《雜文集》第二部。日記文本的年份雖未標示，但從一一三頁提到十月四日是星期三（俄國舊曆）來推算，此時可能是一八三三年。——編注

十月三日

今天發生了一件離奇怪事。早上我睡過頭，瑪芙拉送來擦淨的長靴時，我問：「現在幾點了？」聽見她回答：「早就過十點了。」我趕緊換衣服。我得承認，如果可以，我一點也不想去局裡上班，我早就知道我們的科長會擺出一張難看的臭臉。他老是對我說：「老兄啊！你腦袋裡都裝了些什麼亂七八糟的玩意？有時候像瘋子一樣跑來跑去，有時又把事情弄得一團糟，就是撒旦親自出馬也無法解決。你還把官銜寫成小寫，也不加注日期與編號。」這隻可惡的鷺鷥①！他呀，肯定是嫉妒我可以坐在局長的辦公室裡，幫大人削鵝毛筆。總之，要不是我想去找出納員，向那個吝嗇的猶太佬預支一些薪

①這裡鷺鷥是罵人的話，批評一個人太過小心謹慎或怯懦。

俸的話，我絕不會去局裡上班。這又是一個討人厭的傢伙！要他提前發月俸——我的老天爺呀，末日審判都比他來得快些。無論你怎麼苦苦哀求，無論你有多大的困難——這白髮老鬼說不給就是不給！他吝嗇到家裡的廚娘都要賞他耳光，這件事情全天下都知道。我看不出在局裡做事有什麼好處，毫無油水可撈。可要是在省政府、民政廳和財政廳裡工作，情況就大不相同了：在那裡，你可以看到一個官員窩在角落裡寫東西，身上的燕尾服髒兮兮的，那副嘴臉醜到讓你想對他吐口水。可是你瞧，他租的別墅多豪華啊！就是送他鑲金的瓷器茶具，他都看不上眼：「這種禮物啊，只配送給你的醫生。」你必須送他一對駿馬，或一輛彈簧馬車，或價值三百盧布的河狸皮才行。他的外表看來如此溫和，說話如此客氣：「懇請借我一把小刀削筆。」——背地裡卻把申請者剝到只剩一件襯衫。說實在話，我們的部門倒是十分清高，到處都是乾乾淨淨、清清白白的，這在省政府裡是永遠看不到的：像是紅木製的辦公桌啦，所有長官都恭恭敬敬相互尊稱一聲「**您**」。說真的，要不是因為這份工作高尚，我早就辭職不幹了！

我穿上舊外套，拿起傘，因為外頭正下著傾盆大雨。街上沒什麼人，只有一些婆婆媽媽用衣襟遮著頭，幾個俄國商人撐傘在街上走，還有一些車夫驅車駛過我眼前。我看見一位同僚在十字路口處漫步，他是這些行人中唯一的上等人。我一瞧他那模樣，就告訴自己：「哈！朋友，你這不是要去局裡上班，你是在追前面的女人哪，一雙眼睛死盯著人家的小腳不放。」我們這個同僚真是狡猾哪，我敢發誓，他在這方面絕不比其他軍官遜色：任何一個戴帽子的女士經過，他立刻就黏上去了。正當我這麼想的時候，我看見一輛馬車駛近商店，正是我方才經過的地方。我立刻認出是我們局長的馬車。但他不會來這裡買東西，我想：「這一定是他的女兒。」於是我貼到牆邊觀望。僕從打開車門，局長的女兒像隻小鳥一樣輕快地從車裡飛出來。她左顧右盼、眉眼靈活閃動的模樣多美啊……我的天啊！我完了，全完了！她為什麼要在這種下雨天出門呢？現在還有誰敢說女人不愛買衣服的？她沒有認出我，我也盡可能把自己藏起來，因為我的外套非常骯髒，式樣又老舊。如今斗篷式外套時興高領，我的卻是雙層短領，就連呢布料都沒經過蒸熨①。她養的小狗來不及跟進店門，便留在街上。我認得這隻小狗，她叫美琪。我站在那兒不到一分鐘，忽然聽見一個細微的聲音：「美琪，妳好！」唉呀，這是怎麼回事？是誰在說話？我環顧四周，看見路上有兩位撐傘的女士：一個上了年紀，另一位

①當時裁縫店製衣都需經過蒸熨手續，以增加布料光澤，防止衣物因潮溼而縮水。

很年輕，可是她們早就走開了。我身邊又傳來聲音：「妳太過分了，美琪！」見鬼了！我看見美琪嗅聞那條跟在兩位女士身後的小狗。「唉呀！」我喃喃自語：「我不會是醉了吧？但我很少喝醉呀。」「不，菲杰爾，你誤會了。」我親眼看見美琪說話：「我是——汪汪！我是——汪汪汪！我是生了一場重病。」——原來說話的是一隻狗啊！我得承認，聽見狗講人話，我真的非常驚訝。但我仔細思索了一會，也就不再感到奇怪了。事實上，這種事情早有先例。聽說在英國有一條魚浮出水面，用古怪的語言說了兩句話，學者們研究了三年，至今仍是無解。我也在報上讀過，有兩頭牛進了店鋪，說要買一俄磅的茶葉。不過，讓我更加吃驚的是美琪竟然說：「我寫了信給你，菲杰爾，大概是波爾康沒把信送到。」我若有半句謊言，就讓我領不到薪水！我這輩子從沒聽過狗會寫信。通常只有貴族才能流利書寫。當然，還有一些商店櫃員，甚至農奴也會寫字，不過他們寫的東西都非常制式，沒有逗點、句點，也毫無文體可言。

聽到狗會寫信真讓我吃驚。我得承認，近來我時常聽見或看見一些別人從未聽聞的事情。「走吧！」我對自己說：「跟著這隻狗，我就能搞清楚牠是誰，又在想什麼。」

我撐開傘，尾隨兩位女士，穿過豌豆街，拐進市民街，再到木匠街，最後來到科庫什金橋的一棟大屋前。「我知道這棟房子。」我自言自語：「這是茲維爾科夫的房子[1]

。」瞧瞧這是什麼地方！這屋裡什麼人都有：許多廚娘、外地人，還有我們的同僚弟兄，全都像狗一樣，一個挨著一個，擠成一堆。我有一位老朋友也住在那裡，他很會吹喇叭。兩位女士走到五樓。「很好。」我想：「現在不需要跟上去了，只要記住地點，一有機會我就過來。」

十月四日

今天是星期三，所以我到局長家的書房。我特意早點到，坐下來削尖所有的鵝毛筆。我們的局長想必是個絕頂聰明的人。他的辦公室擺滿了書架。我讀了幾本書的書名：全是些法文書或德文書，十分淵博，淵博到我們這些凡夫俗子都看不懂。再瞧瞧局長的臉

①位於格里博耶多夫運河堤岸街與木匠街（現稱木匠巷）交叉口，由商人茲維爾科夫建於一八二七年，是彼得堡當時最早的五層樓建築之一。果戈里自一八二九年底到一八三一年五月間正是住在這裡的五樓。

孔：哎，他的雙眼閃爍著多麼尊嚴的光輝啊！我從沒聽他說過一句廢話。只有在遞公文給他的時候，他會問：「外面天氣如何？」「溼氣很重，大人！」我們這些凡夫俗子怎能跟他相提並論！他可是身居要職的大人物哪。不過我發現，他倒是挺欣賞我的。要是他的女兒也……咳，下流……沒什麼，沒什麼，不說了！——我讀了讀《小蜜蜂》①。法國人真是愚蠢的民族！他們到底在想什麼？②說真的，我想把他們統統抓起來，用樹枝好好抽一頓！我還讀到一篇關於舞會的有趣文章，作者是庫爾斯克的一位地主。庫爾斯克的地主們寫得一手好文章。接著我注意到，已經過了十二點半，我們的局長還沒有從臥室裡出來。不過將近一點半的時候，發生了一件筆墨難以形容的好事。門開了，我以為是局長來了，捧著公文從椅子上跳起來；但來的人卻是她，局長的女兒！天哪，她打扮得多漂亮啊！她穿著一襲潔白連衣裙，好似優雅的天鵝：哎，再多言語也無法形容她的美！當她望向你：太陽！千真萬確，像閃閃發光的太陽！她朝我點頭，說：「爸爸不在這嗎？」唉呀呀呀！多麼悅耳的聲音啊！金絲雀，真的，就像金絲雀！「小姐，」我想說：「如果您要我死，那就請您用高貴的雙手處死我，別叫旁人來執行。」可是見鬼了，不知為何，我的舌頭就是轉不過來，只說了一句：「不在。」她看看我，又看看書，一條手帕掉了下來。我飛撲過去，在該死的鑲木地板上滑了一跤，差點沒把鼻子撞歪，但我還是站穩了，並撿起那條手帕。天哪，多麼美麗的手帕啊！用最精緻的細亞麻編織的手帕——就像一塊琥珀，上等的琥珀！散發出高貴的味道。她道了謝，微微一笑，甜美的嘴唇幾乎沒有牽動分毫，接著就離開了。我又坐了一個鐘頭，僕人忽然進來說：「請回吧，阿克森季．伊凡諾維奇，老爺已經出門了。」我實在受不了與僕人打交道：他們總是懶洋洋地坐在門廳裡，見了客人頭都懶得點一下。這還不算什麼：有一次，一個混蛋竟然賴在椅子上，連起身都不肯，就想請我抽煙。有眼無珠的愚蠢奴才，我可是一個官哪，名門出身的官！於是我拿起帽子，自己穿上外套就走了出去，因為這些傢伙是從來不會侍候客人穿外套的。回到家裡，我大部分的時間都躺在床上。後來，我抄了一首很好的詩：「片刻不見親愛的妳，相思漫漫恍如隔年。終日乏味使人生厭，教我如何獨活？」這應該是普希金的詩③。晚上我裹著外套，在小姐家的大門外等了許久，希望

①即《北方蜜蜂》報紙。

②此處指法國七月革命與其後引發的一連串政治活動。

③其實是詩人、劇作家尼科列夫（N. P. Nikolev, 1758-1815）的作品。他有幾首詩成為當時的流行歌曲。

她會出門，坐上那輛馬車，好讓我再瞧她一眼——然而我失望了，她沒有出來。

十一月六日

科長生氣了。我一到局裡，他把我叫到面前，對我說：「喂，說吧，你到底在幹什麼？」「什麼意思？我什麼也沒做呀。」我回答。「得了得了，你還是放聰明點！都已經是四十幾歲的人了——該長點腦袋吧。你當自己是什麼人？以為我不知道你在動什麼歪腦筋嗎？你拚命在追局長的千金！喂，你看看你自己，想想你算什麼東西？不過是個口袋空空的窩囊廢而已！快去照鏡子瞧瞧你那副長相，虧你敢癡心妄想！」見鬼去吧，他這人不過是臉長得有點像藥瓶，腦袋上弄了一撮捲髮，有時往上梳，有時又弄成奇怪的造型，就因此自以為了不起。我知道，我知道他為什麼生我的氣。他這是在嫉妒我呀，他大概已經看出局長對我青睞有加。我真想往他臉上吐口水，七等文官有什麼了不起！不過是戴著一只金鏈錶，有錢訂做一雙要價三十盧布的皮靴罷了——他見鬼去吧！我難道是個平民、裁縫，或是士官的後代嗎？我可是一位貴族哪。我會繼續步步高升。

我才四十二歲——正是大有作為的時候。等著看吧，老兄！我會升到上校的，又或者，假如老天肯幫忙，我還會做到更大的官，名聲比你更響。你憑什麼以為，除了你以外沒有其他的上流人物。只要讓我穿上一件時興的路奇①燕尾服，再打一條像你一樣的領結——到時你連做我的鞋底都不配。不幸的是——我沒有錢。

十一月八日

我去了劇院。上演的劇目是《俄國傻子費拉特卡》。真是笑死我了。另外還有一齣輕鬆喜劇，用可笑的詩句嘲弄司法稽查官們，尤其是劇中一位十四等文官，措辭毫無忌憚，我很訝異這齣劇竟然能通過檢查制度，而劇中談到商人，更直言他們訛詐百姓、攀附權貴和縱容兒子胡作非為。談到評論家，也編了一首滑稽的諷刺詩：說他們什麼都愛

①這是彼得堡的時尚裁縫師，其縫製的燕尾服為當時的時髦款式。

批評，以至於作者必須請求大眾相挺。現在的作家寫的劇本都十分有趣。我很愛上劇院。只要口袋裡還有一點錢，就忍不住想去看戲。可是我們的同僚之中，就有從來不上劇院的粗俗蠢貨，除非你免費送他戲票。有一位女演員唱得可真棒。我想起了那個可人兒……咳，下流！……沒什麼、沒什麼……不說了。

十一月九日

我在八點鐘到了局裡。科長裝出一副沒看見我進來的樣子。我也裝作我們之間什麼事也沒發生。我重新瀏覽並校對公文。四點鐘下班。我經過局長的家，但沒看見半個人。飯後，大部分的時間我都躺在床上。

十一月十一日

今天我坐在局長家的書房裡，為他削了二十三枝鵝毛筆，還有為她，唉呀呀！……為小姐削了四枝筆。局長喜歡筆筒裡多插幾枝筆。唔！他應該是個充滿智慧的人！他總是沉默不語，可是我想，腦子裡一定在深思熟慮。我真想知道他平常都在思考什麼事情，腦中有哪些想法。我想更貼近地觀察這些達官貴人的生活與社交圈，見識他們的社交禮儀與應對進退之道——這都是我渴望知道的事情！我好幾次想跟大人攀談，可是見鬼了，舌頭總不聽使喚：只能說些天氣很冷很熱之類的話，就再也接不下去了。我想偷看一下客廳，裡頭有一扇門不時開啟，通往另一個房間。哎，裡頭的陳設多麼富麗堂皇啊！鏡子與瓷器多麼精美啊！我真想進小姐的閨房偷瞧一眼！看看小內廳裡擺放的所有瓶瓶罐罐，還有嬌弱無比的花朵，讓人連吹口氣都不敢；地板上散落著她褪下的衣服，那不是衣服，更像輕飄飄的空氣。我也想偷看一下臥室……我想，那一定是個不可思議的地方，一定是個樂園，就是天上也找不到的樂土。我還想瞧瞧她起床後用來踏腳的小凳，她如何把白嫩的小腳套進雪白的襪子……唉呀呀呀，沒什麼，沒什麼……不說了。

然而，今天彷彿有人為我點了一盞明燈，我想起日前在涅瓦大道上，曾聽見兩隻小狗對話。「好，」我心想：「我現在要把一切打聽清楚。必須把這兩隻笨狗互通往來的書信都弄到手。我一定會從中得到一些資訊。」坦白說，有一次我還把美琪叫到跟前：

「聽著，美琪，現在這裡只有我們倆，妳要是不放心，我可以關上門，不讓旁人看見。現在告訴我所有關於小姐的事，我發誓不對任何人洩漏。」但狡猾的狗夾緊尾巴、縮成一團，悄悄從門縫溜掉了，彷彿什麼都沒聽見似的。我很早以前就在猜想，狗比人要聰明許多；我甚至相信狗會說話，只是出於某種固執而不願開口。狗兒像政治家一樣敏銳，關注周遭事物和人類的一舉一動。不，無論如何，我明天要上茲維爾科夫的房子，去質問菲杰爾，要是順利的話，我就可以把美琪寫給他的所有信件都弄到手。

十一月十二日

我在下午兩點鐘出門，一定要見到菲杰爾，好好盤問他一番。我非常不喜歡市民街上所有雜貨鋪湧出的包心菜氣味，而且每家門前都會傳出一股惡臭，讓我捏住鼻子，拚命跑開。還有一些下流卑鄙的作坊工匠朝街上排放大量黑煙，讓高尚的人在這裡簡直寸步難行。我好不容易爬到六樓①，搖了一下門鈴，一個姿色中等、臉上有些小雀斑的女孩走了出來。我認得她，就是那天與老太太一塊散步的女孩。她的臉微微泛紅，我立刻猜到：妳呀，小甜心，一定是在想情人。「您有什麼事嗎？」她問。「我需要跟您的小狗談談。」女孩傻住了！我現在看得出來，這個女孩不太聰明：這時小狗一邊吠一邊衝過來，我想抓住他，可是這隻惡犬差點沒把我的鼻子咬下來。然而我看到角落裡有他的窩。欸，這正是我需要的！我走過去，撥開木箱裡的乾草，從裡頭抽出一捆小紙片，我真是太開心了。這隻惡狗見狀，先是咬住我的小腿肚，接著他嗅出我拿到了紙片，開始發出哀鳴，並撒起嬌來，但我說：「少來這一套，親愛的，再見啦！」然後拔腿就跑。

我想，那個女孩一定把我當成瘋子了，她的神情看來十分驚恐。回到家裡，我想立刻著手研究這些信件，因為到了夜晚必須就著燭光閱讀，對我來說有些吃力。偏偏瑪芙拉決定在這個時候擦洗地板，這些愚蠢的芬蘭女人總在不對的時機死要乾淨。因此，我去外頭轉了轉，仔細思索事情的經過。現在我終於能知道所有的事情、想法與動機了，一切終於要水落石出。這些信件將說明一切。狗兒是聰明的動物，牠們懂得一切政治關係，因此信裡一定記載著所有我想知道的訊息：局長的性格和種種事蹟。信裡一定也會提到

①前文提到菲杰爾住在五樓，見一一三頁，作者在這裡或許暗示主角的現實錯亂。——編注

那個可人兒……沒什麼，不說了！晚上我回到家裡。大部分的時間都躺在床上。

十一月十三日

我們來看看這些信吧：讀起來挺流暢的，可仍看得出是狗的筆跡。我們念下去：

親愛的菲杰爾，我總看不慣你這普通又大眾化的名字。難道不能給你取個好聽點的名字嗎？菲杰爾、玫瑰——多俗氣啊，但別提這個了。我很高興我們決定今後常常通信。

信寫得中規中矩。標點符號，甚至字母「ъ」①都用得恰如其分。就連我們的科長都未必有這樣的水準，雖然他吹噓自己曾在某處念過大學。我們繼續往下讀吧：

我認為，能與他人分享思想、感情與種種見聞，是世上最大的幸福之一。

哼！這個想法是摘錄自一部德文譯作。書名我想不起來。

我可是憑藉經驗說這句話的，儘管我的世界最遠只到家門口而已。難道我的生活還不夠愜意嗎？我的小姐，爸爸叫她蘇菲，她疼我疼得不得了。

唉呀呀！……沒什麼，沒什麼。不說了！

爸爸也常常撫摸我。我喝加了鮮奶油的茶和咖啡。啊，親愛的②，我必須告訴你，我對波爾康在廚房裡貪婪大嚼的無肉大骨一點也不感興趣。只有保有骨髓的野禽骨頭才好吃。配上少許醬汁會十分美味，但是不能加續隨子③和青菜。不過我認為最糟糕的

①俄文字母中的硬音符號，一九一八年蘇聯推行俄文正字法改革後廢除，現今俄文僅留在詞中表隔音符號。
②原文為法文「ma chère」。
③續隨子（Capparis spinosa）又名酸豆，一種山柑科多年生灌木，文中指醃過的續隨子花蕾用以調醬汁。

惡習，就屬把麵包搓成小圓球餵狗的舉動。一位先生坐在桌前，什麼髒東西都碰過了，又用這雙髒手搓麵包，把你叫到跟前，把麵包球塞進你的牙縫裡。拒絕又太失禮了，你只能吞下去，雖然厭惡，可還是得吃……

鬼才知道這在寫些什麼東西。盡是些廢話！好像沒有更好的題材可寫似的。我們再看看另一頁吧。不知能否找到一些更有價值的內容。

我很樂意告訴你我們家裡發生的所有事情。我之前已跟你提過一位重要的主人，蘇菲叫他爸爸。這是一個非常奇怪的人。

啊！終於找到了！沒錯，我就知道，狗兒們在洞悉事物方面，有著政治家的敏銳眼光。我們來看看牠怎麼談論爸爸：

……一個奇怪的人。他話很少，多數時間都很沉默。可是一個禮拜前，他不斷自言自語：「能不能得到呢？」他一手捏著小紙條，一手握拳，說：「究竟能不能得到呢？」

有一次，他還問我：「美琪，妳覺得呢？我能不能得到呢？」我一頭霧水，嗅嗅他的靴子就走掉了。後來，親愛的，過了一星期，爸爸得意洋洋地回來了。一整個上午，都是些穿制服的紳士們來拜會他、祝賀他。在飯桌上，爸爸講了許多笑話，那副歡樂的模樣是我從來沒見過的。飯後他把我抱起來，貼在自己的脖子上，說：「看哪！美琪，這是什麼？」我看見一條帶子。我嗅了嗅，可是沒聞到半點香味；最後，我偷偷舔了一下：有點鹹鹹的。

哼！這隻狗未免也太……簡直該打！啊！原來局長是個愛慕虛榮的人，我必須注意這點。

再見，親愛的！我得走了……明天我會把這封信寫完。你好！我現在又來寫信了。今天我的蘇菲小姐……

啊！好啦，我們來看看蘇菲的部分。咳，下流！……沒什麼，沒什麼……我們繼續。

……我的蘇菲小姐十分忙碌。她準備去參加舞會，我期盼她趕快離開，好趁她不在的時候給你寫信。我的蘇菲熱衷於參加舞會，雖然在梳妝打扮的時候，總要發一頓脾氣。不過，親愛的，我真搞不懂舞會有什麼好玩的。蘇菲要到清晨六點才回到家，從她蒼白憔悴的模樣可以想見，這可憐的孩子在舞會上沒有東西可吃。說實在話，我可無法過這樣的日子。要是不給我吃淋上醬汁的榛雞或烤雞翅，那……我不知道我會變成什麼樣子。醬汁摻在粥裡也很好吃。但紅蘿蔔、白蘿蔔和朝鮮薊真是難吃透頂……

雜亂無章的文體。一眼就可看出不是出自人類的手筆。開頭吻合章法，結尾卻是狗的語調。我們再來看一封信吧。內容有點長。哼！而且沒有注明日期。

啊！親愛的，我已經感受到春天的來臨。我的心兒怦怦跳，彷彿期待某件喜事降臨。我的耳朵老是嗡嗡作響。所以我常抬起一隻腳站立幾分鐘，傾聽門外的聲音。坦白告訴你，我身邊的追求者可不少。我常坐在窗臺上觀察牠們。啊！你不知道牠們之中有些長得多醜啊！有一隻醜陋的看門狗，笨得不得了，一臉蠢樣，還大搖大擺地走在街上，自以為了不起，認為大家都會對牠行注目禮。完全沒這回事。我根本懶得理牠，就當沒看見牠一樣。在我窗前逗留的還有一隻可怕的猛犬！牠如果用後腳站立——這野蠻的傢伙大概不會這一招——他會比蘇菲那又高又胖的爸爸還要高出一個頭來。這個蠢蛋非常厚顏無恥。我朝牠低吼，牠卻毫不在乎，眉毛也不皺一下，只是伸長舌頭，晃動著大耳朵，死盯著窗戶不放——真是個土包子！可是，親愛的，你以為我對所有的追求者都無動於衷嗎？——啊，才不呢……你還沒看見從隔壁籬笆爬過來的那位紳士，牠叫特列索爾。啊，親愛的，牠長得多英俊啊！

呸，見鬼了！……全是些廢話！……信裡怎麼都寫些這樣的蠢事！給我寫點人物！我要看人的部分！我需要滋養、撫慰靈魂的養分，而不是這些胡說八道……我們再翻下一頁吧，或許會有更好的內容：

……蘇菲坐在桌邊縫東西。我望向窗外，因為我喜歡觀察路上的行人。忽然僕人進來了，說：「捷普洛夫請見！」「請他進來！」蘇菲喊道，跑過來摟住我。「啊，美琪，美琪！你知道他是誰，一個黑髮的侍從官①，他的眼睛多吸引人啊！烏黑明亮，像團火似的！」接著蘇菲跑回房裡去了。一分鐘後，一位蓄著黑色落腮鬍的年輕侍從官走了進來。他走到鏡子前面，撥撥頭髮，在房裡四處張望。我低聲吠叫，坐回自己的位子。蘇菲很快走進來，開心地彎腰行禮，來回應他的碰腳禮；而我呢，裝作什麼都沒有看見，繼續望向窗外，不過稍微把頭側向一邊，好聽清楚他們的談話內容。啊，親愛的，他們都在說些無聊的廢話！他們提到一位女士跳舞時動作出錯；還有一位波波夫先生穿了件皺褶花邊襯衫，看起來活像隻鸛鳥，還差點跌倒；還有一個莉迪娜小姐自以為有雙藍眼睛，其實是綠色的——諸如此類的話。我心想，這侍從官怎麼比得上特列索爾呢！我的天，差得可遠了！第一，侍從官有張大餅臉，周圍鑲了一圈鬍子，像包了一塊黑頭巾；特列索爾卻有張小巧的臉蛋，額上還有一塊白斑。侍從官的腰圍也沒有特列索爾纖細。無論眼神、舉止、氣度，統統都不一樣。喔，差得可真遠！我不懂她究竟看上侍從官哪一點，怎麼會如此迷戀他？……

我也覺得這中間有問題。區區一個侍從官竟然把她迷得神魂顛倒，這是不可能的。繼續往下讀：

我認為，她要是會愛上侍從官，那麼，她很快也會愛上坐在爸爸辦公室裡的那個官員。啊，親愛的，你不知道那個傢伙長得有多醜。簡直像一隻裝在麻袋裡的烏龜……

這個官員會是誰呢？

他的姓氏非常奇怪。他老是坐著削鵝毛筆。頭髮像乾草。爸爸總是把他當僕人使喚……

這隻卑劣的小狗好像是在講我。我的頭髮哪裡像乾草了？

蘇菲每次看到他都忍不住想笑！

你胡說，這隻該死的小狗！竟敢惡意中傷！我知道，這是出於嫉妒，有人在耍手段。

①原文指低階宮廷侍從官（kamer-junker），官階未必很大，但較一般文官更接近權力中心。——編注

這全是科長搞的鬼。這人和我有天大的仇恨——所以他一次又一次地搞破壞，弄亂我每一步計畫。不過我們再讀一封信吧。也許會在這封信裡找到答案。

親愛的菲杰爾，許久沒寫信給你，請你原諒。我最近處在深深的喜悅之中。有位作家說得好，愛情是人的第二生命。同時，我們家近來也發生了一個巨大的變化。侍從官現在每天都上我們家來。蘇菲瘋狂地愛著他。爸爸非常高興。我甚至聽到擦地板的格里戈里說（他有自言自語的習慣）：不久就要辦喜事啦。因為爸爸希望蘇菲嫁給一位將軍，或是一位侍從官，或是一位陸軍上校。

見鬼去吧！我再也念不下去了……不是侍從官就是將軍。世上最好的東西，都讓侍從官或將軍奪走了。你剛發現一點微薄的財富，本以為唾手可得——卻立刻被侍從官或將軍從你手裡奪去。希望魔鬼抓他們下地獄！我也想當個將軍，倒不是為了方便求婚。不是，我之所以想當將軍，為的是要看看這些人會如何趨炎附勢，搬出種種應酬手段，對我行禮如儀，然後我要對他們父女倆說：「我呸！」讓他們下地獄去吧！氣死我了！我把這隻蠢狗的信撕了個粉碎。

十二月三日

不可能，這狗在胡說八道！這場婚事一定告吹！侍從官有什麼了不起？不過是個虛泛的頭銜罷了，又不是什麼實際可見、伸手可及的東西。當個侍從官，頭上又不會多長一隻眼睛；他的鼻子也不是金子打造的，就跟我的鼻子、跟所有人的鼻子都一樣：用來聞氣味、打噴嚏，而不是用來吃飯和咳嗽。我一直很想知道，為什麼人類要區分等級。為什麼我是個九等文官？只能是個九等文官？也許，我其實是一位伯爵或將軍，九等文官的身分只是個表象？說不定，我還不曉得自己的真實身分。歷史上不乏先例：一位普通平民，不是貴族喔，只是一個小市民，甚至是一個農民——忽然間，真相大白，他原來是個位高權重的大臣，有時甚至是君王本人哪。一個農民尚且如此，換作貴族又會出現什麼樣的變化呢？比如說，突然間，我穿上將軍的制服：左一個肩章、右一個肩章，中間用一條藍色綬帶相連——怎麼樣啊？屆時我的小美人會為我吟唱什麼樣的歌曲呢？爸爸，我們的局長，又會說些什麼呢？哦！這個虛榮至極的傢伙！他是共濟會會員①，一定是共濟會會員，雖然他總是裝模作樣，但我一眼就可以認出來：他如果和別人握手，只會伸出兩根手指頭。哦，難道不能立刻賜我總督、軍需官或是其他頭銜嗎？我想知道我怎麼是九等文官呢？為什麼就只是個九等文官？

十二月五日

今天上午我都在讀報紙。西班牙發生了怪事。我也搞不清楚是怎麼回事。報上寫道，王位空懸，眾臣在繼任者的選定上陷入困境，因此發生了叛亂②。我認為這報導十分奇怪。王位怎麼能空懸呢？報上寫道，該由一位公主繼承王位。千萬不能讓女人繼承王位，無論如何都不可以。只有國王才有資格坐上王位。確實，報上說西班牙沒有國王，但這是不可能的。沒有君主國家就不可能存在。我想一定有位繼任王儲，只是沒人知道他藏在什麼地方。他可能就躲在我們這裡，也許是因為王室鬥爭，或是受到如法國等鄰近國家的威脅，或有其他不為人知的原因，使他不得不躲起來。

十二月八日

我本來應該去局裡上班的，可是種種原因和顧慮阻止了我。西班牙的事件仍在我腦海中揮之不去。怎麼能讓女人登上國王的寶座呢？這太不像話了。首先，英國就不會允許。此外，這也關係到全歐洲的政治形勢：奧國皇帝、我們的沙皇也不會同意……我得承認，這個事件讓我十分震驚、煩亂，一整天什麼事也做不了。瑪芙拉發現我吃飯時心神恍惚。確實如此，我心不在焉，摔碎了兩個盤子。飯後我去山腳下③閒晃，仍得不出什麼有益的結論來。大部分的時間我都躺在床上，思索西班牙事變。

①一八二二年，俄國政府為了壓制社會反對運動風潮，將共濟會等一干祕密組織禁止活動。——編注

②西班牙國王斐迪南七世（Ferdinand VII, 1784-1833）死後，膝下無子，由其三歲稚女繼位為女王，即伊莎貝拉二世（Isabella II, 1830-1904），此舉引發西班牙王室男性親王之不滿，導致長達半世紀的卡洛斯戰爭。

③在聖彼得堡海軍部附近有一座山坡，冬季積雪時，常有遊客在此滑雪。

二〇〇〇年四月四十三日①

今天是個值得慶祝的偉大日子！西班牙有國王了！他現身了！這國王就是我。直到今天我才發現這個事實。我得承認，我彷彿突然間被一道閃電照亮了。我不懂以前怎麼會認為自己是個九等文官。腦子裡怎麼會有這麼瘋癲的想法！幸好目前為止沒人發現，不然他們會把我送進精神病院。現在一切真相大白，所有事情我都瞭如指掌了。而在從前，我是不明白的，一切彷彿籠罩於迷霧之中。我想，這都是因為人們認為人腦就裝在頭殼裡的緣故；事實不然，人腦是裡海的風吹送過來的。我首先告訴瑪芙拉我的身分。當她聽見西班牙國王就站在她的面前，她雙手一拍，差點沒嚇死。這蠢女人活到這把年紀還沒見過西班牙國王呢。不過我努力安撫她，婉言相勸，讓她相信我的善意：我絕不會因為她偶爾偷懶沒把我的靴子擦乾淨，就降罪於她。要知道她是個平民百姓，你無法跟這些人講高深的道理。她之所以感到害怕，是因為她相信所有的西班牙國王都像腓力二世②一樣。可是我告訴她，我跟腓力二世絲毫沒有相似之處，我手下沒有一個托缽修士③……我沒有去局裡上班。去他的！不，各位老兄，你們別想再騙我了，我再也不會幫你們抄寫那些可惡的文件了！

三十月八十六日。晝夜之間

我們的庶務官今天來通知我：要我到局裡去，說我已經超過三個禮拜沒去上班了。我為了看看他們玩什麼把戲，於是前往局裡。科長以為我會卑躬屈膝地向他道歉，可我只是冷冷看著他，面無表情地在自己位子上坐下，好像什麼人也沒有瞧見似的。我望著這群混帳，心想：「要是你們知道坐在你們中間的人是誰……老天爺啊，這會引起你

---

①日期從這一天開始現實錯亂。——編注

②腓力二世（Felipe II, 1527-1598）是哈布斯堡王朝的西班牙國王與葡萄牙國王，治下國勢鼎盛，但他以高壓殘酷手段聞名，作為狂熱的天主教徒，大力支持宗教裁判所迫害異端。

③中世紀的托缽僧團體以改宗異教、擊敗邪說為要務，是宗教裁判所的先鋒。

們多大的騷動，連科長都會向我行九十度的鞠躬禮，就像他對局長鞠躬的方式一樣。」我面前放了一些公文，要我寫摘要。可我連手指頭都懶得動一下。幾分鐘後，局裡開始騷動起來。大家在說局長來了。許多官員爭先恐後跑過去，想在他面前表現自己。只有我動也不動，留在座位上。當局長經過我們處室，幾乎所有人都把燕尾服上的鈕扣扣起來，可我絕不這樣做！局長算什麼東西！要我在他面前站起來——休想！他算什麼局長？他是塊軟木塞，不是局長。他是一塊普通平凡的軟木塞，用來塞瓶子的軟木塞，除此之外，他什麼也不是。當他們把公文塞給我，要我簽名的時候，我覺得十分可笑。他們以為我會在公文的最末端簽下：某某股長。不然還能簽什麼？不料我卻在最顯眼處，應該由局長簽署的欄位上，洋洋灑灑簽下「斐迪南八世①」五個大字。你們真該看看這些人肅然沉默的樣子。但我只是擺擺手，說：「你們用不著多禮！」然後就離開了，直奔局長的住宅。他不在家。僕人不肯讓我進去，可我說了幾句話，他就把手放下來。我逕直走進梳妝間。她坐在鏡子前面，看見我就跳起來向後退。然而我沒有告訴她我是西班牙國王。我只對她說，她所想像不到的幸福正在等待著她，儘管敵人千方百計陷害，我們有情人終成眷屬。話一說完，我掉頭就走。

喔，女人真是種狡猾的生物！我現在才了解女人的本性。截至目前為止，還沒有人知道女人愛的是誰，我是第一個發現這點的人。女人愛的是鬼。真的，我不是在說笑。物理學家寫了許多愚蠢的話，說女人這樣那樣——其實她愛的只有鬼。你瞧那兒，在一樓包廂裡，女人拿著長柄眼鏡。你以為她在看那個戴星章的胖子嗎？完全不是，她看的是站在他背後的鬼。鬼就躲在胖子的星章裡，從裡面向她招手！於是她就要嫁給他，真的嫁了。這些女人哪，還有他們當官的老子，盡是些逢迎拍馬、趨炎附勢的小人，老愛說自己忠君愛國，說來說去，這些愛國者要的就是賞賜，土地的租稅收入！為了錢，他們甘心出賣父母、上帝，一群愛慕虛榮的傢伙，出賣基督的叛徒！這一切都是出於野心、虛榮，因為舌頭底下有一個小水泡，裡頭長了一條針頭大小的蠕蟲，而這一切，都是一個住在豌豆街的理髮師所策劃的。我不記得他的名字。但可以確定的是，他和一位產婆聯手，打算在全世界傳播伊斯蘭教。據說，多數法國人已經承認伊斯蘭教了。

①主角自認為是西班牙國王斐迪南七世的繼任者，故自稱斐迪南八世。

某日。沒有日期的一天。

我微服出巡，走在涅瓦大道上。沙皇殿下正好經過這裡。眾人脫帽致敬，我也照做；然而，我並沒有擺出身為西班牙國王的姿態。我認為當眾表明身分有失體面。因為我應該先進宮覲見沙皇。我之所以到現在還未進宮，是因為我沒有一件皇家服飾。只要有一件王袍就可以了。我想找裁縫訂做，可他們都是些蠢驢，做事又隨便馬虎，只想做投機生意，挑簡單的差事做。我決定把一件只穿過兩次的新制服拿來修改。可是為了不讓這些混帳糟蹋我的衣服，我決定自己縫，我把門鎖得牢牢的，不讓任何人看見。我用剪刀把制服全部剪開，因為式樣應該與眾不同才好。

不記得日期。也沒有月份。鬼才知道是什麼日子。

王袍完成了。當我穿上王袍，瑪芙拉大叫了起來。然而我還在躊躇是否要進宮去。

截至目前為止，西班牙的使節團仍未抵達。沒有使節陪同進宮是件失禮的事，完全無法顯示我的威嚴。我時時刻刻都在等待他們出現。

一日

使節團遲遲未到，我感到十分訝異。究竟是什麼原因耽擱了？難不成是法國從中作梗？不錯，這是一個最不友善的強權霸國。我去郵政局打聽消息：西班牙使節團到了沒有？可是郵政局長是個大蠢蛋，什麼也不知道。不，他說，這裡沒有什麼西班牙使節，如果需要寄信，我們會按規定的價格收費——見鬼去吧！我哪裡需要寫信？信都是在胡說八道！只有藥劑師才要寫信……

馬德里　月二日三十

總之，我來到了西班牙，事情發生得如此迅速，我到現在都還沒清醒過來。今天清晨，西班牙使節來到我家，我們一塊坐上四輪馬車。馬車行駛得如此神速，讓我十分訝異，不過半個鐘頭，我們就抵達了西班牙國境。也難怪，現在全歐洲的鐵路都是貫通的①，輪船行駛的速度也很快。西班牙真是個奇怪的國家：走進第一間房間，我就看到許多人都剃光了頭。但我猜想，他們應該是黑衣修士或是托缽修士，因為他們都是削髮修行的。首相的舉動也讓我感到十分古怪，他抓著我的手，把我推進一個小房間，說：「在這裡坐好，你要是再稱自己為斐迪南國王，我就會好好修理你一頓。」但我知道，這只是一種考驗，於是拒絕了他，首相就用棍子在我背上狠狠敲了兩下，我痛得差點叫出來，可是我忍住了，我想起這是授與騎士頭銜的榮譽儀式②，至今西班牙還流傳著這項儀式。我單獨一人的時候，決定來處理一些政事。我發現中國和西班牙其實是同一個國家，只是人們出於無知，把它們視為兩個不同的國家。各位要是不信，建議你們在紙上寫下「西班牙」，你們會看到這些字變成「中國」。不過我呢，卻為明天要發生的大事感到無比煩惱。明天七點將會出現一種天文奇觀：地球會坐在月亮上③。著名的英國化學家威靈頓④也曾提及此事。我得承認，當我想到月亮是如此柔軟脆弱的時候，我內心感到十分不安。月亮通常都在漢堡製造，而且作工糟透了。我很納悶英國竟然沒注意到這件事。月亮的製造者是一個瘸腿的製桶匠，很顯然地，這笨蛋完全不懂如何製造月亮。他用塗了樹脂的粗繩和些許橄欖油就造出了月亮，因此整個地球都充滿一股可怕的臭味，害得人們必須把鼻子捂起來。也因為月亮是如此柔軟的球體，人們根本無法住在上頭，現在只有鼻子定居在那裡。正因如此，我們無法看見自己的鼻子，因為它們都在月亮上頭。當我想到龐大沉重的地球坐上月亮，會把我們的鼻子壓得粉碎時，我嚇壞了，急忙套上鞋襪趕去國會大廳，下令要警察阻止地球坐到月亮上去。我在國會大廳

①這與事實不符，俄國雖在一八三三至三四年建造出第一輛蒸汽火車頭，但僅用於貨運，到一八三七年才有第一條客運鐵路——沙皇村鐵路。——編注

②中世紀授與騎士頭銜的儀式：受封者跪在授與者面前，授與者將劍平放在其右肩上，施以祝福。

③據馬科戈年科（G. P. Makogonenko, 1912-1986）研究，這段狂想源於一則軼聞：一八三四年，紐約出版的一本書中提到：英國天文學家赫歇爾（John Herschel, 1792-1871）透過天文望遠鏡觀察，發現月亮上有動植物及近似人類的智慧生物。此書譯本流傳全歐，一八三六年傳入俄國，果戈里可能透過法譯本得知。

④當時英國沒有名為威靈頓的化學家，最著名的應為軍事家、政治家威靈頓公爵（1st Duke of Wellington）。

碰見許多托缽修士，他們都是聰明絕頂的人，當我大喊：「諸位，快救救月亮，地球想坐到它身上。」他們立刻過來執行我的聖旨，許多人爬上牆，要去抓月亮，但此時首相進來了。大家一看見他，便一哄而散。我是國王，獨自留在原地。但是出乎我意料之外，首相竟然用棍子敲我，還把我趕回房間。想不到在西班牙中世紀風俗依然具有強大的影響力！

同年一月，接在二月之後

直到現在，我仍然不了解西班牙這個國家。這裡的風俗民情與宮廷禮節十分古怪。我不明白不明白，一點也不明白。今天他們剃光了我的頭髮，儘管我拚命大喊，說我不要當修士。可是我已經記不得，當他們用冷水澆我的頭的時候①，究竟發生了什麼事情。我從來沒經歷過這麼恐怖的事。我陷入瘋狂，他們差點制不住我。我完全不懂這種古怪的習俗有什麼意義，既愚蠢又無知！我不懂國王為何如此糊塗，至今還未廢除這項習俗。看樣子，我恐怕已落入宗教裁判所的魔掌，而我認為是首相的男子，說不定是個大審判官！但我還是不明白，國王為何要接受宗教審判。這鐵定是受到法國影響，特別是波利尼亞克②！波利尼亞克這個畜生！他發誓剷除我，至死方休，於是不斷追捕我。可是我知道，老兄，是英國人在背後操縱你。英國人是老練世故的政客，四處逢迎諂媚耍花招。全世界的人都知道：英國嗅鼻煙，法國打噴嚏。

二十五日

今天大審判官到我房間來，但我老遠就聽見他的腳步聲，立刻躲進椅子下。他見不

①往頭上澆冷水是早期治療精神病患的方法。

②指法國政治家波利尼亞克親王（Jules de Polignac, 1780-1847），波旁王朝復辟後，擔任法王查理十世的首相，屬極端保皇派，政策失去民心，導致一八三〇年七月革命爆發。

到我的人影，就開始叫我。起初他喊：「波普里辛①！」——我不吭聲。接著又喊：「阿克森季·伊凡諾夫！九等文官！貴族！」——我依然沉默。「斐迪南八世，西班牙國王！」——我本想探出頭，但接著想到：「不，老兄，別想騙我！我知道你想做什麼：你又要用冷水澆我的頭了。」然而他已經看見我了，用棍子把我從椅子下趕了出來。該死的棍子打得我好痛。不過，今天一個新發現消弭了我所有痛楚：我發現每隻公雞的翅膀下都有一個西班牙。大審判官還是氣沖沖地離開我，威脅要懲罰我。可我一點也不在乎他那微不足道的憤怒，因為我知道，他不過是具機器，是英國人手裡的工具罷了。

三四九，二月，年月三四日

不，我再也無力承受這些折磨了。老天爺啊，瞧瞧他們都對我做了什麼？他們用冷水澆我的頭！絲毫不關心我的死活，對我視而不見、充耳不聞。我哪裡對不起他們了？他們為什麼要折磨我？他們想從我這可憐蟲的身上榨取什麼？我能給他們什麼？我根本一無所有。我精疲力盡，再也無法忍受他們的折磨，我的腦袋發燙，眼前所有東西都在旋轉。救救我吧！帶我離開這裡！給我一輛疾如旋風的三頭馬車。駕呀！車夫。響呀！我的鈴鐺。奔馳呀！馬兒，帶我離開這世界！遠一點，再遠一點，好讓我什麼也看不見。夜幕降臨，星子在遠處閃爍；黑鴉鴉的森林與月亮一道疾馳，藍灰色的霧靄在我腳下蔓延，霧中有弦樂響起，一端是大海，另一端是義大利；那邊又出現俄國的農村。遠處那棟青燈閃爍的小屋是不是我的家？坐在窗前的是不是我的老母親？媽媽呀，救救妳可憐的孩子吧，把妳的眼淚滴落在他發燙的額頭上！瞧瞧他們如何折磨他！把可憐的孤兒摟在妳的懷裡吧！世間沒有他的安身之處！眾人皆迫害他！——媽媽呀！可憐可憐妳生病的孩子吧！……知道嗎，阿爾及利亞總督②的鼻子下面長著一顆瘤呀？

---

①男主角的姓氏是從俄文的「поприще」衍生而來，詞意原有：立足之地、活動界限、生涯舞台、人生戰場，而這些意思正好與小說情節以及末段的「安身之處」有相互指涉。——編注

②暗指一八三〇年法國入侵阿爾及利亞後遭到流放的末代總督海珊（Hussein Dey, 1765-1838）。

1845-46 年的果戈里，畫家友人伊凡諾夫（A. A. Ivanov, 1806-1858）繪於羅馬，伊凡諾夫似乎點出了此時果戈里面臨心靈危機時的疑惑表情。

外套
①

①本篇最早刊於一八四二年的《果戈里作品集》第三冊；這是果戈里最早的作品集，作家在這第三冊中收錄主題一致的「彼得堡故事」系列七篇小說，親自排序如下：〈涅瓦大道〉、〈鼻子〉、〈畫像〉、〈外套〉、〈馬車〉、〈狂人日記〉、〈羅馬〉。——編注

在局裡……不過，最好還是別說出是哪個部門。沒有比各局、團部、辦公廳，總之，沒有比這些個官員更暴躁的了。如今每個人都認為，冒犯了他就等於冒犯整個階層。據說，不久前，有位縣警局局長，我忘了是哪個縣，遞了一份呈文，裡頭詳細陳述，國家法紀式微，他的神聖名字無端遭到褻瀆。文末還附上一整冊的浪漫作品以為佐證，書裡每隔十頁就會出現一次局長的大名，甚至直接描述他酩酊大醉的醜態。因此，為了避免種種不愉快，我們最好還是把這個部門稱做**某局**。總之，**在某局有某位官員**，他相貌平凡，身材矮小，臉上有些坑坑疤疤，看起來視力不佳，紅棕色的頭髮稀疏，頭頂還禿了一小塊，他的雙頰布滿皺紋，臉色就像得了痔瘡一樣難看……有什麼辦法呢？這都要怪彼得堡的氣候。至於官銜（我們必須先告知各位他的官銜），他就是俗稱的永遠的九等文官，誠如所知，許多作家都有一種值得稱道的習慣，就是欺壓那些不會反抗的人，對於九等文官一類的小官員，也是極盡嘲弄揶揄之能。這個官員的姓氏為巴什馬奇金，由此可以看出，這個姓氏源於「鞋子」①，但究竟從何時開始，又是如何由「鞋子」演變成姓氏，這點已不得而知了。九等文官的父親、祖父，甚至是舅舅，乃至所有巴什馬奇金家族都穿長靴，每年只換兩三次鞋底。他的名字叫阿卡基．阿卡基耶維奇②。讀者可能會覺得這名字有點古怪，是刻意編造的，但我可以保證，這個名字絕非刻意編造，在這種情形下，無論如何都不可能取其他名字，只能這麼稱呼他。如果我沒記錯的話，阿卡基．阿卡基耶維奇在三月二十三日晚間出生。他的亡母是一位官夫人，也是賢慧的女人，打算慎重地為嬰兒受洗取名。當時她正對著門口躺在床上，右邊站著教父伊凡．伊凡諾維奇．葉羅什金，一個大好人，在參政院擔任股長；教母是一位管區警察的妻子，她是個品德出眾的婦人，名叫阿麗娜．西蒙諾芙娜．別洛布留什科娃。旁人提出三個名字供產婦挑選：莫基亞、索西亞，或殉道者霍茲達札特為孩子命名。「不行，」他的亡母心想：「這些名字都太平凡了。」為了使她滿意，旁人把日曆翻到下一頁，又出現三個名字：特里菲力、杜拉和瓦拉哈西③。「真是罪孽，」母親說：「盡是些怪名字；說真的，我從來沒聽過這些名字。若叫瓦拉達特或瓦魯赫倒還可以，偏偏出現的是特里菲力和瓦拉哈西。」於是又翻到下一頁——出現的是：帕夫西卡希與瓦赫齊西。「算了，我明白了，」母親說：「看來這就是他的命。既然如此，就用他父親的名字為他命名。父親叫阿卡基，兒子也叫阿卡基吧。」這就是阿卡基．阿卡基耶維奇的名字由來④。嬰兒受洗了，這時他哭了起來，做出一臉怪相，彷彿已有預感，自己日後將成為一位九等文官。總之，這就是事情的經過。我們之所以提到這件事，為的是讓讀者了解，這一切都是必然的，他不可能取其他名字。至於阿卡基．阿卡基耶維奇何時進入部門任職，又是何人幫他安排職位的，這點誰都不記得了。無論換了多少局長或各級上司，他始終坐在相同的地方、擔任相同的職位、做相同的工作，始終是一個謄寫文書的官員，因此到後來，旁人都認為，他就是直接穿著制服、頂著禿頭，投胎到人世間來的。局裡沒半

①這裡「鞋子」的俄語用「башмак」，以此詞衍生的姓氏暗喻其受人踐踏的命運。
②「阿卡基」（Акакий）在希臘文的原意為「善良溫和的」，反映出這個人物的內在性格，另與俄文的「大便」（какать）諧音，似乎又影射外在形象卑賤。——編注與譯注
③當時俄國人名多依出生或受洗日而定，由神父按教曆選擇當天出生的聖徒或使徒的名字為新生兒取名。
④俄國人名組成分三部分：名、父名、姓，主角全名依此序即為「阿卡基．阿卡基耶維奇．巴什馬奇金」。

個人尊重他。當他經過接待室，看門的警衛不僅沒有起身，甚至懶得看他一眼，好像他是一隻飛過接待室的普通蒼蠅。上司對他的態度既冷漠又專橫。一位副股長直接把公文塞到他鼻子底下，連一句「請您抄寫」或「這裡有件有趣的案子」，甚至是官場上的客套話都懶得說。而阿卡基．阿卡基耶維奇只看了一眼公文便接過來，也不管是誰塞的，這人是否有權力指使他。他一接過公文便立刻著手抄寫。年輕官員使盡渾身解數，嘲弄他取笑他，當著他的面大肆編造謠言，說他與房東太太——一位高齡七十的老太婆有私情，還說老太婆總是打他，並問他們何時舉行婚禮，又把紙片灑在他頭上，說是雪花飛舞。然而，阿卡基．阿卡基耶維奇對此總是不發一語，彷彿面前什麼人也沒有；這種玩笑甚至沒有影響他的工作，縱使身邊諸多干擾，他也不曾抄錯一個字。只有在玩笑開得太過火，碰撞了他的手，妨礙他抄寫的時候，他才開口：「放過我吧，你們為什麼要欺負我呢？」他的話語和聲音透出莫名的無奈，含有一絲讓人憐憫的悲哀，一位新進的年輕官員，原本也想仿效別人，嘲弄阿卡基．阿卡基耶維奇，聽了這句話卻忽然停住了，彷彿被針刺了一樣，從此眼前的世界似乎都變了樣子。一種奇異的力量使他與剛認識的同僚逐漸疏遠，他原本視這些人為彬彬有禮的紳士。此後有很長一段時間，每當歡樂的時候，他都會想起那個身材矮小的禿頭官員，和他那句讓人椎心的話語：「放過我吧，你們為什麼要欺負我呢？」——這句令人椎心刺痛的話語還有另一層含意：「我是你的兄弟啊。」可憐的年輕人掩面感嘆，爾後在人生路上，他多次感到不寒而慄，意識到人們在彬彬有禮的外表下，隱藏了諸多殘酷粗暴的黑暗面，天哪！就連世人公認高尚正直的紳士也不例外……

世上沒有比阿卡基．阿卡基耶維奇更盡忠職守的人了。單是勤勞還不足以形容——不，他對這份工作簡直充滿熱愛。透過抄抄寫寫，他彷彿看見了一個多采多姿的美好世界。他臉上洋溢著喜悅，有幾個字母他特別鍾愛，每每寫到這些字母，他便不由自主地笑了，眨眨眼睛，努努嘴，從他臉上的神情，似乎能看出他在謄寫哪個字母。若按其勤勉行賞，他自己也會深感訝異，或許已足夠當上五等文官了；但正如他那些愛挖苦人的同事所言，他工作多年，只換來一枚領章①和股間的痔瘡。不過，並非所有人都對他漠不關心。有位好心的局長，見他服務多年，想予以嘉獎，讓他做一些比抄寫公文更重要的職務，即擬一份公函，把一件辦妥的公事送往另一處機關；工作十分簡單，只要改

①為帝俄時期頒給長期任職文官的一種榮譽領章。

一下封面的標題，把動詞的第一人稱改為第三人稱即可。想不到這份工作卻讓他狂冒冷汗，頻頻揩拭額頭，最後說：「不行，還是讓我抄寫文書就好。」從此以後，他便永遠做抄寫的工作了。對他而言，除了謄寫公文以外，其餘事物似乎一律不存在。他毫不在乎衣著打扮，他的制服不是綠色的，而是泛白的紅棕色。雖然他的脖子不長，但領子又窄又短，襯得脖子特別細長難看，好像那些會擺動腦袋的石膏小貓，常見許多外國商販頂在頭上①。他的制服總是會沾到東西：或是一小根乾草，或是一小段線頭；他還有一項特殊本領，每次走在街上，碰巧都會遇上人們往窗外傾倒垃圾，因此他的帽子總有西瓜和香瓜皮等穢物點綴其上。他這輩子從來不關心街上發生的大小事，而他的同事──一位年輕的官員，眾所周知，從不放過街上的一點動靜，他的目光無比銳利，甚至可以看見對面人行道上，有位路人的褲腳套帶②綻開──然後臉上露出調皮的笑容。

不過，阿卡基．阿卡基耶維奇即使注視某樣事物，他看見的也只是一行行抄寫得乾淨工整的字體，除非某處突然冒出一匹馬頭，探到他肩上，鼻孔對他的臉頰噴氣，他才會注意到自己並非埋首在字裡行間，而是走在街道中央。回到家裡，他立刻坐在桌前，匆匆喝著菜湯，吃一塊配洋蔥的牛肉，完全食不知味，將食物連同蒼蠅與老天此時送到嘴邊的任何東西一併吞下去。覺得肚子飽了，他就從桌旁站起來，取出墨水瓶，開始抄寫帶回家的公文。如果沒有公文要謄寫，為了自娛，他會刻意抄一份副本留給自己，並非該公文的文體優美，而是特別標明了呈給某位新任官員或政要。

即使在這種時候，當彼得堡灰沉沉的天空陰暗下來，所有官員按個人俸祿與喜好，飽餐一頓之際——當局裡羽毛筆沙沙響動的聲音停止，官員們奔波完自己與他人應盡的事務，所有自願加班的多事者都歇息後——官員們便忙著找樂子消磨時光：有的馬不停蹄直奔劇院；有的去街上閒逛，欣賞各式各樣的女帽；有的去參加晚會——將夜晚耗費在與一干官員拱若明星的美女的調情上。有的人呢——這是稀鬆平常的事了——則乾脆到三樓或四樓的同事家去，那裡有兩個小房間，外加一間前廳或廚房，裡頭擺設著時尚的炫富品、燈飾或省吃儉用才換來的擺飾——總之，即便在這種時候，所有官員各自在朋友的小公寓裡玩惠斯特牌，啜飲茶品佐廉價麵包干，吸著長煙袋吞雲吐霧，一邊發牌一邊談論從上流社會聽來的流言蜚語——只要是俄國人都無法拒絕這種樂趣，甚至在無

①街頭的外國商販用頭頂著特製貨品的推銷情景。

②當時的褲腳多縫製一條套帶，用來套在鞋底，避免褲子捲上去。

話可說的時候，人們又翻出陳年趣聞重述一遍——據說某司令收到線報，法爾康內特鑄造的雕像①上的馬尾巴被人切掉了——總之，即便是眾人極力尋歡作樂的時候，阿卡基．阿卡基耶維奇也不曾有任何消遣。沒有人在晚會上見過他。他抄寫得心滿意足了，就躺下睡覺，想到明天就忍不住微笑：老天會賜予什麼公文讓他抄寫呢？一個年俸四百盧布，安然於自己命運的人，便是如此度過平靜的日子，如果沒有任何意外的話，可能也將如此終老。然則人生路途多災多難，不僅九等文官，就連三等、四等、七等及各式各樣的官員，甚至是尸位素餐者都不能倖免。

在彼得堡，所有年俸四百盧布左右的人②都有一個強大的勁敵。這個敵人不是別的，正是我們北國的嚴冬，儘管有人說，寒冷對健康大有裨益。早上八點多，正是滿街行人走去局裡上班的時候，寒風便開始發威，猛烈襲向眾人的鼻子，可憐的官員們全凍得不知如何是好。這種時候，就是達官貴人也被寒風吹得腦袋發痛、眼淚直流，遑論可憐的九等文官，有時連半點招架之力也沒有。唯一的辦法就是穿著短小單薄的外套，盡快跑過五、六條街，然後在門房那裡用力跺腳，直到所有在路上凍僵的辦事能力與聰明才智全部恢復為止。阿卡基．阿卡基耶維奇近來開始感到肩膀與背部嚴重受凍，儘管他已竭盡所能快速跑過大街。最後他終於想到，問題說不定就出在他的外套上。回家後他細細審視外套，發現有兩、三處，正是雙肩與背部的地方，只剩下一層麻紗，呢料已經磨穿了，內襯也破爛不堪。要知道，阿卡基．阿卡基耶維奇的外套同樣也成了官員們的笑柄；他這件外套就連「大衣」這個高尚的名詞它都擔當不起，只能稱作外衣。確實，這外套的式樣有些古怪：領子因為被挪去做他處的補丁而逐年縮小。補丁又不像出自裁縫之手，實在是笨拙又難看。阿卡基．阿卡基耶維奇看這情況，決定把外套送到裁縫師彼得羅維奇家去，他就住在後面樓梯上去的四樓，儘管他瞎了一隻眼又滿臉麻子，但修補官員或其他人的褲子、燕尾服，手藝也相當不賴——當然，是指他在清醒狀態，且腦袋裡沒有裝其他事情的時候。關於這位裁縫師，當然不該在他身上著墨太多，不過現在的規矩就是如此，小說裡每個人物的性格都得仔細交代，所以，沒辦法，我們只好在這裡描述一下彼得羅維奇這號人物。起初，他的名字叫做格里戈里，是一位地主的農奴；

①法爾康內特（E. M. Falconet, 1716-1791）為法國雕塑家，此處指他為彼得大帝鑄的青銅騎士像，位於彼得堡的參政院廣場上。

②指像主角這種低職等小公務員；差不多也是果戈里一八二九年第一份公職的薪水。——編注

自從拿到自由證①，每逢節日——起初只在重要節慶喝個爛醉，後來便不管這麼多，日曆上所有標著十字的宗教節慶都喝得酩酊大醉——從這時起，他便自稱彼得羅維奇②了。他在這方面恪守傳統習俗，即與老婆吵架時，罵她是「村婦」、「德國婆娘」。既然我們提起他的老婆，也應該介紹她一下。但遺憾的是，有關她的事蹟，我們所知不多，只知道彼得羅維奇有個老婆，她總是戴著髮帽，不包頭巾；論起姿色，她沒什麼值得炫耀的地方；至少，只有一些近衛士兵會偷看她髮帽底下的臉孔一眼，然後撇撇鬍子，發出一陣特別的噓聲。

通往彼得羅維奇家的樓梯，說句實在話，全部淌滿汙水、溼答答的，還瀰漫著一股薰人眼睛的濃重酒味，眾所周知，彼得堡所有房子的後方樓梯都充斥著這種臭味——阿卡基·阿卡基耶維奇邊爬樓梯邊在心裡揣度，彼得羅維奇一定會漫天開價，並暗自決定最多只給兩盧布。彼得羅維奇的家門敞開著，因為女主人正在煎魚，廚房煙霧瀰漫，連滿地亂爬的蟑螂都看不見。阿卡基·阿卡基耶維奇穿過廚房，連女主人也沒有發現他的到來，終於他走進房裡，見到彼得羅維奇盤起雙腿，端坐在一張沒有上漆的大木桌上，那副模樣好似一位土耳其總督。他的雙腳，按裁縫師坐著工作的習慣，是光溜溜的。首先引起阿卡基·阿卡基耶維奇注意的是彼得羅維奇的大拇指，那根大拇指他十分熟悉，上頭長了一片畸形的指甲，像龜殼一樣又硬又厚。彼得羅維奇的脖子上掛著一捲絲線和棉線，膝蓋上放著一件破舊的衣服。他已經花了兩、三分鐘，試圖把線穿過針孔，但一直沒成功，因此十分生氣，望著昏暗的房間與線頭，低聲抱怨：「穿不進去啊，番婆；害死我了，這個惡婆娘！」阿卡基·阿卡基耶維奇有些不開心，他來得不是時候，彼得羅維奇正在氣頭上：他就喜歡挑彼得羅維奇喝得醉醺醺的，或像他老婆說的「獨眼鬼灌飽了劣酒」的時候來訂做衣服。在這種情況下，彼得羅維奇通常都很好商量，有求必應，甚至每每又是鞠躬又是道謝。儘管事後他的老婆總會哭哭啼啼說，她的丈夫喝醉了，開的價錢太便宜了；不過，只要再添上十戈比就沒事了。但現在看上去，彼得羅維奇沒有喝酒，因此十分固執，不好商量，鬼才知道他會如何漫天索價。阿卡基·阿卡基耶維奇明白這一點，並如同俗話所說，想掉頭就走，可是已經太遲了。彼得羅維奇瞇起獨眼緊盯著他，阿卡基·阿卡基耶維奇不得已，只好開口說話：「你好，彼得羅維奇！」

---

①解除農奴身分的證書。

②彼得羅維奇是父名，意為「彼得的（兒子）」，這裡作者彷彿別有寓意地用這個名字。——編注

「祝您安康，先生。」彼得羅維奇說，斜眼望向阿卡基‧阿卡基耶維奇的雙手，想看看他帶了什麼東西。

「我這次來找你呢，彼得羅維奇，是為了那個……」

要知道，阿卡基‧阿卡基耶維奇說話的時候，總是夾雜著許多前置詞、副詞和毫無意義的語氣詞。如果是件難以啟口的事，他甚至連完整的句子也說不出來，經常是用這些詞開頭：「這個呢，說真的，完全是那個……」——然後就沒有下文了，他自己也忘了要說什麼，還以為都說完了呢。

「究竟是什麼事啊？」彼得羅維奇說，同時用獨眼仔細打量阿卡基‧阿卡基耶維奇身上的制服，從領子、袖子、背部、後襟到鈕釦孔等——他都十分熟悉，因為這些全是他的作品。這是裁縫師的習慣：見面第一件事，便是看你穿的衣服。

「我是為了那個，彼得羅維奇……外套的呢料……你瞧，其他地方都還很耐用，就是沾了點灰塵，看上去好像有些破舊，其實還是新的，只是有一處有點那個……在背部，還有肩膀有點磨破了，就是肩膀這個地方有點破洞——你瞧，就只有這樣。不用太費工……」

彼得羅維奇接過外套，先攤開來放在桌上，審視許久，搖了搖頭，手伸到窗邊去拿一只圓形的鼻煙盒，上面印著一位不知名的將軍肖像，因為臉孔部分已經被手指磨穿了，於是貼了一張方形的小紙片做為替代。彼得羅維奇嗅嗅鼻煙，雙手撐開外套，透過光線檢視一番，又搖了搖頭。接著，他把內襯翻過來，再次搖搖頭，並打開貼著將軍肖像與小紙片的鼻煙盒蓋，取出一些菸草粉塞進鼻孔，再闔上蓋子，藏妥鼻煙盒，最後才開口說道：「不行，沒辦法補了。這衣服破損得太嚴重了。」

阿卡基．阿卡基耶維奇聽了這句話，心頭一緊。

「怎麼會沒辦法呢？彼得羅維奇？」他幾乎像個孩子央求：「只是肩膀的地方磨破了一點，你一定有些布料可以補……」

「布料是能夠找，也找得到。」彼得羅維奇說：「可是沒辦法補，完全不堪用了，只要一下針——衣服就裂了。」

「裂了也沒關係，你馬上打個補丁就好。」

「沒地方打補丁啊，想補強也沒辦法，衣服實在太破舊了。這衣料說好聽點是呢子，可風一吹就碎成一片片了。」

「好嘛，你就補一補嘛。怎麼會這樣呢？說真的，那個……」

「不行。」彼得羅維奇斷然拒絕：「完全不可能，這衣服已經沒救了。您不如在寒冷的時候，把它當裹腳布來穿，因為穿襪子不保暖。襪子是德國佬為了多撈錢而發明的東西（彼得羅維奇有機會就喜歡挖苦一下德國人）；看樣子，您得做一件新外套了。」

阿卡基．阿卡基耶維奇一聽見「新」這個字，頓時兩眼發昏，房裡所有東西都成了一片混沌。唯一清楚映入眼簾的只有彼得羅維奇鼻煙盒蓋上，那位臉孔貼了小紙片的將軍。

「怎麼會？要做新的？」他彷彿仍置身夢境，恍惚說道：「我可沒錢呀。」

「是呀，得做一件新的。」彼得羅維奇安詳地說，顯得十分殘酷無情。

「那，如果要做一件新的外套，那個……」

「您是問要花多少錢？」

「對。」

「必須花一百五十盧布以上。」彼得羅維奇說完，意味深長地抿緊了唇。他非常喜歡製造強烈的效果，喜歡突然蹦出一句話讓人尷尬不已，再斜睨對方的窘樣。

「做一件外套要花一百五十盧布！」可憐的阿卡基．阿卡基耶維奇不禁大喊，這可能是他有生以來第一次大喊，因為他平常講話總是輕聲細語。

「沒錯。」彼得羅維奇說：「還要看是做什麼款式的外套。如果要鑲一圈貂皮當領子，並且用絲綢當風帽的內襯，那就要花上兩百盧布了。」

「彼得羅維奇，拜託你。」阿卡基．阿卡基耶維奇哀求，彷彿沒有聽見、也試圖不去聽彼得羅維奇的話，忽略他刻意營造的效果。「隨便補一補吧，只要還能穿就可以了。」

「那可不成。這麼做是白費工又白花錢。」彼得羅維奇說。阿卡基．阿卡基耶維奇聽了這番話，只好垂頭喪氣地離開了。

而彼得羅維奇呢，在阿卡基．阿卡基耶維奇走後，並沒有開始工作，仍舊直挺挺站了好一陣子，意味深長地抿緊雙唇，十分滿意自己既保持了尊嚴，又沒有作賤裁縫的手藝。

阿卡基．阿卡基耶維奇來到街上，彷彿仍置身夢境。「事情怎麼會變成這樣？」他自言自語：「我真沒想到結果會變成那樣……」然後，他沉默了一會，又說：「怎麼會這樣！竟然變成這種結果，真的，我完全想不到，事情會變成這個樣子。」之後又是一陣長長的沉默，他再度開口：「怎麼會這樣！事情怎麼會，真料不到，那個……這事怎麼會……落到這種地步！」說完，他沒有回家，而是朝反方向走，甚至沒發現自己走錯路了。路上，一個滿身髒汙的煙囪工人側身撞了他一下，弄髒了他一邊肩膀；正在興建的樓房頂端又落下一大把石灰，不偏不倚灑在他身上。這些事情他完全沒有察覺，直到撞上一位站崗的警察（他的長斧擱在一旁，正把尖角形鼻煙盒內的菸草粉倒在長滿老繭的拳頭上），阿卡基·阿卡基耶維奇這才回過神來，因為警察開口罵道：「鑽到別人鼻子底下幹什麼？難道不會走人行道嗎？」這句話使他回過頭來看看四周，轉身往家裡走去。這時他才開始集中思緒，真切認清了自己的處境，不再沒頭沒腦，而是條理分明、開誠布公地與自己商量起來，宛如跟一名睿智的知己談心。「嗯，不行。」阿卡基·阿卡基耶維奇說：「這時候不能去找彼得羅維奇：他現在那個……看樣子是被老婆扁了。我還是在禮拜天早上去找他比較好：前一晚他喝茫了，早上一定會歪斜著眼、睡意矇矓，需要喝點酒解宿醉，可是老婆不會給他錢，這時我把十戈比和那個……塞進他手裡，他就比較好商量了，那麼外套就那個……」與自己一番商討後，阿卡基·阿卡基耶維奇得出結論，精神為之振奮，終於等到下個禮拜天，他在遠處看見彼得羅維奇的老婆出門後，便直接上去找他。果然，過了星期六，彼得羅維奇的獨眼歪斜得厲害，頭快垂到地板，一副還沒睡醒的樣子；儘管如此，當他明白阿卡基·阿卡基耶維奇的來意之後，彷彿有魔鬼在背後推了他一把。「不可能。」他說：「您就做一件新外套吧。」阿卡基·阿卡基耶維奇立刻塞給他十戈比。「非常感謝您，先生，我會為您的健康乾一杯。」彼得羅維奇說：「但是您不用再操心那件舊外套了，它已經沒救了。我一定用心為您縫製一件新外套，就這麼說定了。」

阿卡基．阿卡基耶維奇還想求他修補一下，可是彼得羅維奇不等他說完便開口：「我一定幫您做件新外套，您放心吧，我一定盡力而為。甚至可以做現在流行的款式：領子就搭配銀製的扣環吧。」

至此，阿卡基．阿卡基耶維奇明白，自己勢必要做一件新外套了，於是變得垂頭喪氣。說真的，他哪有錢做一件新外套呀？當然，多少可以寄望節日禮金，可是這些錢早就計劃好要怎麼使用了：要買一件新褲子，支付鞋匠幫舊靴子釘上新鞋面皮的陳年欠款，還要跟裁縫訂做三件襯衫和兩件不便訴諸文字的貼身內衣——總之，這些錢都會花得精光；即便局長大發慈悲，賞了不只四十盧布，而是四十五或五十盧布的禮金，這點錢就像滴水落汪洋，想用來做外套仍是癡人說夢。雖然他清楚彼得羅維奇有種不好的習性，鬼才知道他會怎麼漫天開價，就連他的老婆也忍不住大聲嚷道：「你瘋了嗎？笨蛋！有時候半分也不拿光做白工，現在還亂開這種價格，就憑你的手藝，根本不值得花這些錢。」話雖如此，他也知道，只要有八十盧布，彼得羅維奇也肯接下這份工作；只是他上哪去找這八十盧布呢？若只有四十盧布，還能湊湊看：他能湊到一半的錢，甚至可以多出一些；但上哪找剩下的另一半呢？……

不過，讀者首先要知道，那四十盧布是怎麼湊出來的。阿卡基．阿卡基耶維奇有個習慣，每花掉一盧布，就把一枚兩戈比的銅幣投進一個上了鎖、蓋子上挖了洞的小存錢箱裡。每隔半年他會清點一次積蓄，再把這些銅錢換成面額較小的銀幣。他這個習慣已行之有年，因此幾年下來存了超過四十盧布。於是，手頭就有了一半的錢；但剩下的一半究竟要上哪找呢？上哪湊另一筆四十盧布呢？阿卡基．阿卡基耶維奇左思右想，決定減少日常開銷，至少接下來一年內都必須如此：晚上不再喝茶點燭，若有事情要做，就到房東太太的房間，借她的燭火工作；在街上走路要盡量小心、放輕腳步，若碰上碎石子路和石板路，就盡可能踮著腳尖走，這樣鞋底才不會磨損得太快；同時，盡量減少給洗衣婦洗內衣的次數，為了避免內衣太髒，每天回家便立刻脫下來，只穿一件年代久遠但保存完好的棉質長袍。說句實話，起初他也難以適應這種縮衣節食的苦日子，不過，後來也就習慣成自然，他甚至習慣了每晚餓肚子；但他一心念著將來的新外套，精神上便得到了撫慰。從這時起，他的生活彷彿變得更充實了，彷彿娶了妻子，彷彿身邊多了個人，彷彿他不再是孑然一身，而是有位可人的伴侶願意與他攜手共度一生——這個伴侶不是別人，正是那件有著結實耐穿的內襯、鋪著厚厚棉花的新外套。

他變得更有生氣，性格甚至更加堅毅，就像一個立定目標的人。神情舉止也不復先前的優柔寡斷、疑惑不安──總之，所有猶豫不決、搖擺不定的特點都從他身上消失了。他的雙眼時而閃爍著光芒，腦中甚至不時浮現一些大膽、果敢的想法：真的，配上個貂皮領子如何？他滿副心思縈繞在這上頭，幾乎想到出神了。有一次，他在謄寫公文還差點抄錯，險些失聲喊出：「唉呀！」並趕緊畫個十字。每個月他至少去彼得羅維奇家一次，討論外套的事：在哪家店買呢料、選什麼顏色、價錢多少，儘管他有些憂慮，但回家的時候總是心滿意足，他想，一旦所有布料都備齊了，新外套完工之時便指日可待。事情進展之快超出他的預料。局長賞給阿卡基．阿卡基耶維奇的禮金不是四十盧布，也非四十五盧布，而是整整六十盧布，遠超過他的期望。或許局長早已預見阿卡基．阿卡基耶維奇需要做一件新外套，又或者純粹機運使然，如此一來，他就多了二十盧布，加速事情的進展。再熬兩三個月，稍微挨點餓──阿卡基．阿卡基耶維奇便真的存了近八十盧布的現款，一向平靜的心也開始怦怦跳動起來。當天他就和彼得羅維奇到布店去，買了一塊質地絕佳的呢料──這不奇怪，因為早在半年前他們便考慮過此事，幾乎每個月都上布店探聽價錢。彼得羅維奇自己也說，沒有比這更好的呢料了。他們又挑了一疋細密厚實的細棉布當內襯，套句彼得羅維奇的話，這質料比絲綢更好，外觀既漂亮又有光澤。他們沒有買貂皮，因為價錢實在太貴；但選了店裡最上等的貓皮，遠看還以為是貂皮呢。彼得羅維奇花了整整兩星期才做好外套，因為許多地方需要絎縫①，不然可以更早完成。彼得羅維奇要了十二盧布的工錢——一毛都不能少；因為外套全用絲線縫製，接合處都縫了兩排細密的針腳，彼得羅維奇後來又用牙齒把每排針腳都咬了一遍，擠出不同的花紋。

這是在……難以確切說出是在哪一天，不過，想必是阿卡基·阿卡基耶維奇一生中最重要的日子，彼得羅維奇終於送來新外套了。他在清晨時分，恰好趕在官員上班之前，攜著外套登門造訪。外套送來得正是時候，因為嚴酷的寒冬已經降臨，威脅日益增強。彼得羅維奇帶著外套上門的模樣，儼然像一位優秀的裁縫師。他的神情帶著一種阿卡基·阿卡基耶維奇從未見過的深遠意味。他似乎充分意識到自己做了一件大事，倏然顯示出裁縫與巧匠的天淵之別，前者只會換內襯、補破洞，後者卻能夠巧製新衣。他從帶來的手帕裡取出外套②（手帕才剛從洗衣婦那裡拿回來），接著摺好手帕，放進口袋備用。取出外套後，他極為得意地欣賞一番，而後用雙手拎著外套，十分靈巧地搭在阿卡基·阿卡基耶維奇的肩上，又從後方往下拉一拉；接著讓阿卡基·阿卡基耶維奇披著外套，前襟稍稍敞開。阿卡基·阿卡基耶維奇就像一個上了年紀的老人家，想要把手伸進袖裡試試，彼得羅維奇幫他套進袖子——這部分也十分合適。總而言之，這件外套完全合身。彼得羅維奇抓住這個良機說道，若不是因為住在偏僻的小巷又沒有招牌，加上與阿卡基．阿卡基耶維奇是舊識，才會開出這麼便宜的價錢；若是在涅瓦大道，光是工錢就要七十五盧布了。阿卡基．阿卡基耶維奇不想跟彼得羅維奇爭論，也怕聽見彼得羅維奇老愛胡亂吹噓的驚人價碼。他付了錢，道了謝，便穿著新外套上局裡去了。彼得羅維奇尾隨在後，站在街上，從遠處久久望著外套，接著特意走到另一邊，穿過一條彎曲的小巷，又繞回街上，從另一個方向，也就是從正面角度，再看一眼自己縫製的外套。與此同時，阿卡基．阿卡基耶維奇興高采烈地走在路上。他每分每秒都感受到自己穿著新外套，好幾次甚至得意地笑了出來。確實，這件新外套有兩個優點：一是暖和，二是好看。

---

①即俗稱的壓線，用長針縫合布料與夾層的棉絮或纖維，可固定夾層棉絮，使其均勻不散，兼有裝飾作用。

②這裡看似「小手帕生出大外套」的誇大手法，然而手帕的俄文「Носовой платок」字面意思是（擦）鼻子的帕巾，便與〈鼻子〉的文本起了互文作用，多了「無中生有」的荒謬感，手帕成了魔法道具。——編注

不知不覺間，他就走到了局裡。他在門房處脫下外套，前後左右審視一遍後，再交給看門的警衛，請他特別看管。不知為何，瞬間局裡的人全都知道了這個消息：阿卡基·阿卡基耶維奇有了新外套，不再穿那件破舊的外衣了！眾人立刻跑到門房來看阿卡基耶維奇的新外套，紛紛向他祝賀、道喜。起初他只是微笑，後來竟感到不好意思起來。直到所有人圍上來，七嘴八舌地說，有了新外套應該要慶祝一下，他至少要辦場晚會宴請所有同仁。阿卡基·阿卡基耶維奇一聽手足無措，不知該如何應對、推辭才好。幾分鐘後，他才脹紅著臉，天真地試圖說服大家：這絕對不是新外套，只是外表看來像新的，其實還是那件舊外套。最後，有位副股長，大約為了表現自己平易近人，與下屬往來融洽的作風，開口說道：「不如這樣，我代阿卡基·阿卡基耶維奇請客，舉辦一場晚宴，邀請各位今晚前來我家喝茶：今天正好也是我的命名日呢。」自然，所有官員立刻向副股長道賀，欣然接受他的提議。阿卡基·阿卡基耶維奇起初還想推辭，可是大家紛紛說道，拒絕就太失禮、太不給面子了，這樣一來他也不好拒絕。不過，他後來還是感到很開心，當他想到可以藉此機會，穿著新外套去逛一逛，就是參加晚宴也好。這一天對阿卡基·阿卡基耶維奇而言，宛如一個最盛大的節日。他滿心歡喜地回到家裡，脫下外套，小心翼翼掛在牆上，再欣賞一次外套的呢料與內襯，而後特地取出那件破爛的舊外套來進行一番比較。他看看舊外套，自己也不禁笑起來：兩者真是天差地別！直到吃午飯的時候，他只要想起舊外套破爛的樣子，還是忍不住笑上許久。他高高興興用完午飯，飯後也不再謄寫公文，而是舒服安逸地在床上躺到天黑。起身後，他不敢耽擱，穿好衣服，披上外套就出門了。

可惜的是，我們無法準確說出那位請客的官員究竟住在什麼地方。我們的記憶力開始嚴重衰退，彼得堡所有的街道巷弄、大大小小的房子，全都在腦中亂成一片，難以從中理出一絲頭緒。無論如何，至少可以肯定的是，這位官員住在城裡最精華的地段——因此和阿卡基．阿卡基耶維奇的家有段距離。首先，阿卡基．阿卡基耶維奇必須穿過幾條燈光昏暗、冷清空曠的街道，不過，越接近那位長官的公寓，街上便越趨熱鬧，人潮變得更多，燈光也更加明亮。路上行人逐漸湧現，不時可見衣著亮麗的女士和身穿河狸皮領大衣的男士；這裡較少見到運貨車夫駕著釘了木板條（上頭釘滿了黃銅色的釘子）的載貨雪橇經過——反而常見到頭戴深紅色天鵝絨帽的車夫，駕著鋪了熊皮、上了亮漆的雪橇駛過，還有裝飾精美的廂型馬車軋軋輾過雪地，飛奔過街。眼前的一切都讓阿卡基．阿卡基耶維奇感到十分新奇。他已有多年不在夜裡出門了。他好奇地站在一家明亮的商店櫥窗前，望著裡頭的一幅圖畫，畫中有位美女正在脫鞋，露出纖纖玉足；她的身後是另一扇房門，一位唇下、兩腮蓄著美髯的男子正從門後探頭張望。阿卡基．阿卡基耶維奇搖頭失笑，又繼續往前走。他為什麼會笑呢？是否因為發現一種他全然陌生，但卻是人人皆有的特殊感受呢？又或者他跟其他官員一樣，懷抱著共同想法：「哼，這些法國佬！不用說，如果他們想要那個，就真的那個……」也可能他根本沒有這樣的念頭——總不能潛入別人的內心，探聽他所有的想法吧。

終於他抵達副股長的住處。副股長過得十分優渥：樓梯兩側燈火通明，他的公寓就位在二樓。阿卡基．阿卡基耶維奇走進前廳，看見地板上擺了一排排的套鞋①。在套鞋中間，也就是前廳的正中央，一具茶炊正嗚嗚作響，不斷冒出蒸氣。牆上掛滿了大衣和斗篷，其中一些還鑲有河狸皮或天鵝絨翻領。牆後傳來交談聲與喧嘩聲，當房門打開，一個僕人端著擺滿空杯、奶油罐與麵包籃的托盤出來時，喧嘩聲瞬間變得清楚而響亮。看樣子，官員們老早就到了，並喝完了第一杯茶。阿卡基．阿卡基耶維奇親手掛好外套，走進房裡，立刻看見燭光、官員的身影、煙斗和牌桌，四面八方響起的談話聲和挪動椅子的噪音，亂哄哄地直襲他的耳膜。他站在房間中央，尷尬不已，努力思考該做什麼才好。不過，大家已經發現他，歡叫著迎上來，又立刻湧進前廳觀看他的新外套。阿卡基．阿卡基耶維奇雖然多少有點難為情，但他畢竟是個老實人，看見大家都稱讚他的新外套，也忍不住高興起來。而後，眾人自然又拋下了阿卡基．阿卡基耶維奇和他的外套，照舊回到惠斯特牌桌旁。種種噪音和喧嘩聲，以及這一群人——所有的一切都使阿卡基．阿卡基耶維奇感到有些怪異。他手足無措，不知該把自己擺在哪裡才好；最後，他在玩牌的同事身邊坐下，看看牌局，再瞧瞧這人的臉，望望那人的神情，沒多久他開始感到無聊，直打哈欠，尤其已經到了他平常就寢的時間。他打算向主人告辭，可是大家不肯讓他離開，還說為了慶祝他買新外套，一定要喝杯香檳才行。一個鐘頭後，晚餐上桌了，有涼拌小菜、冷盤小牛肉、肉餡餅、甜餡餅和香檳。阿卡基．阿卡基耶維奇被迫喝了兩杯香檳之後，他感到房裡的氣氛變得歡樂多了，然而他並沒有忘記已經十二點了，早該回家去了。為了避免主人挽留，他悄悄離開房間，在前廳找出外套，可惜的是它掉在地上了，他抖抖外套，除去上頭沾附的毛絮，披在肩上，下樓走到街上。

街上依舊明亮。有幾間小店還開著，都是些僕人以及各式各樣的人物時常流連的俱樂部，其他店家都已打烊了，然而門縫裡卻透出一道長長的光線，顯示裡頭的人還沒離

①一種套在鞋子或靴子外面的鞋子，具有防水、防塵、保暖和保護鞋子的功用。

開，或許是一些女僕或隨從還聚在一起閒聊，而他們的主人渾然不知僕從的去向。阿卡基．阿卡基耶維奇滿心歡喜地在街上行走，甚至忽然間，無緣無故追趕起一位女士，那女士宛如閃電從他身邊一閃而過，渾身上下充滿一股非凡的活力。不過，他很快就停了下來，又像先前一樣靜靜漫步，連他自己也詫異於方才那股憑空冒出的衝勁。很快地，那幾條空曠冷清的街道便橫陳在他眼前，這些街道即使在白天也不甚熱鬧，更別提入夜後有多冷清。現在看來更加冷僻死寂：街燈微弱黯淡、忽明忽暗——燈油顯然不夠了；其後是一間間木造房子和圍籬，路上沒有半個人，只有地面積雪晶瑩閃爍，低矮的茅屋緊閉窗板沉入夢鄉，淒清而幽暗。他逐漸走近街道與廣場的交會處，對面隱約可見房屋，廣場上則是一片空蕩，讓人心生恐懼。

遠處，天知道在什麼地方，某座崗哨發出一絲微弱的光亮，彷彿位在世界的邊緣。阿卡基．阿卡基耶維奇初時的愉悅心情至此已消褪了一大半。他走進廣場，心裡不由自主泛起恐懼，彷彿預感到了什麼不幸。他四處張望，好似身處茫茫大海：「不，最好還是別看。」他想，接著閉起眼睛往前走，當他睜開雙眼想看看是否走到廣場的盡頭時，忽然發現幾個滿臉鬍鬚的大漢就站在自己面前，幾乎要貼上他的鼻子。這些人究竟是什麼人，他也無法分辨。他兩眼發黑，心臟嚇得怦怦亂跳。「這不是我的外套嗎？」其中一人喊道，嗓音洪亮如雷，一把抓住他的衣領。阿卡基．阿卡基耶維奇想要喊「救命」，另一人伸出一隻大如官員腦袋的拳頭，靠近他的嘴邊，威脅道：「敢叫就試試看！」阿卡基．阿卡基耶維奇只感到有人扒下他的外套，用膝蓋狠狠頂了他一下，他便仰面朝天倒在雪地，不省人事了。不久後，他醒過來，站起身，可是那些人早就跑得不見蹤影。空曠的廣場寒冷無比，他察覺外套不見了，開始放聲大喊，然而聲音似乎無法傳到廣場的另一端。他滿心絕望，不斷尖叫，接著拔腿狂奔，一路穿過廣場，朝崗哨直奔而去。一名警察站在崗哨旁，手支著長斧在那裡張望，似乎十分好奇，怎麼會有人從遠處大吼大叫地跑過來。阿卡基．阿卡基耶維奇跑到警察身邊，喘吁吁地嚷嚷，罵他在睡覺偷懶，什麼都不管，竟然沒看見有人搶劫。警察回答，他只看見兩個人在廣場中間攔住他，還以為是他的朋友呢；並叫他不要白費力氣罵人，不如明天去找巡警，對方一定能幫他揪出搶走外套的犯人。阿卡基．阿卡基耶維奇一身狼狽地跑回家：兩鬢與後腦勺的頭髮本就不多，現在變得一團蓬亂；胸口、腰部和整條褲子都沾滿了雪。房東太太聽見一陣砰砰作響的敲門聲，急忙跳下床，只套了一隻鞋便衝去開門，為求謹慎，還用一隻手遮住胸前的襯衣。然而門一開，她卻被阿卡基．阿卡基耶維奇的慘樣嚇得倒退好幾步。待他講完事情經過，房東太太雙掌一拍，說應該直接去找警察分局長，因為巡警只會騙人，表面應承卻什麼也不做；還是直接去找分局長比較妥當，分局長甚至認識她呢，因為一個叫做安娜的芬蘭女人，曾在她家當過廚娘，如今改在分局長家當保母；又說她常看見分局長乘車經過屋前，而且他每個星期天都上教堂禱告，還神情愉快地望著大家，由此可見，他應該是個好人。聽完這番建議，阿卡基．阿卡基耶維奇愁容滿面地踱回自己房裡，至於他如何度過這一夜，凡是能夠稍微設身處地為他人著想的人都可以想像得到。

一大清早，他便上門拜訪警察分局長；但應門的人說，分局長還在睡覺；他十點再去——還是沒起床；十一點又去——得到的答覆是分局長不在家；午餐時間他再度上門——但前廳的書記員無論如何不肯讓他進去，執意弄清楚究竟是什麼緊要的公事以及事情的發生經過。終於，阿卡基．阿卡基耶維奇生平第一次想要展現出強硬的一面，堅決地說他必須親自會見分局長，他是為局裡的公事而來，他們無權阻止，要是他向上級申訴，他們就知道難看了。書記員聽了不敢再多說，其中一人便去請分局長。分局長聽了這樁十分離奇的外套搶案後，關注的卻不是案子的重點，反而盤問起阿卡基．阿卡基耶維奇：為什麼他這麼晚才回家？是否常去或曾經去過什麼下流的地方？搞得阿卡基．阿卡基耶維奇難堪不已，只好離開分局長的家，也不曉得外套搶案能否得到妥善處理。一整天他都沒去上班（也是他生平唯一一次這麼做）。隔天他又穿著那件更顯寒酸的舊外衣，一臉慘白地去上班。阿卡基．阿卡基耶維奇講了外套搶案的經過，儘管有些官員仍不放過這個嘲笑他的機會，但他的遭遇還是引起了許多人同情。當下有人提議集資幫他買件新外套，可是籌到的錢寥寥無幾，因為在此之前，官員們已經花了許多錢，如訂購局長的肖像畫，以及聽從科長建議，買了他朋友的一本著作——是以籌到的數目十分有限。其中一位同事出於同情，覺得至少要幫阿卡基．阿卡基耶維奇想些好辦法，於是建議他不要去找巡警，因為呢，即便巡警為了博得上級的嘉獎，想盡各種辦法找到了外套，但是，假如阿卡基．阿卡基耶維奇提不出合法的證據，證明外套是他本人所有，那麼外套就會一直扣押在警局裡。最好的辦法就是去找一位**大人物**幫忙，請他去關說、交涉一下，事情就會順利許多。沒辦法，阿卡基．阿卡基耶維奇決定去拜訪那位**大人物**。

這位**大人物**究竟身居何種要職，至今依舊無人知曉。要知道，這人在不久前才躍升為**大人物**，在此之前也只是一個無足輕重的小角色罷了。不過，若將他現在的職位與其他更加顯赫的職位相比，他依然微不足道。但就是有這種人，在別人看來微不足道的小事，對他而言卻是了不得的大事。因而他千方百計想要抬高自己的身價，如訂立這個規矩：當他來辦公的時候，下屬必須站在樓梯迎接他；閒雜人等不可直接拜會他，必須按照最嚴格的程序辦理：十四等文官通報十二等文官，十二等文官再通報九等文官或轉呈給相關人員，按此方式逐級呈報，如此一來，公文最後才會交到他手上。還真的就這麼在神聖的羅斯①帝國內，人人爭相仿效，每個官員都模仿自己的上司，裝出一副派頭。甚至聽說有位九等文官，奉派去一間小處室當主任，甫上任立刻給自己隔出一個專用房間，稱之為「辦公室」，門口還安排了幾個接待員，全都穿著紅衣領、綴有金銀飾帶的制服，負責握住門把，為訪客開門，儘管這間「辦公室」小到只能勉強塞進一張普通的辦公桌。**大人物**慣以莊重威嚴的態度接見訪客，但方式不會過於繁瑣。他的作風主要奠基於「嚴厲」二字。「嚴厲、嚴厲，再嚴厲。」這句話是他的口頭禪，說完還會頗富深意地看看對方的神情。其實，他根本不需要這麼做，因為他所統轄的辦公機關一共只有十個官員，他們總是戰戰兢兢的，遠遠見到他來了，便放下公事，立正站好，恭候上司走過房間。他跟下屬講話的態度總是疾言厲色，而且幾乎不脫三句話：「您好大的膽子！您知道是在跟誰說話嗎？您知道站在您面前的是誰嗎？」不過，他本質上還是個善良的人，對待同事極好，也樂於為國家效勞，只是將軍頭銜讓他渾然忘我。自從獲得這個頭銜後，他變得鬼迷心竅，誤入歧途，完全忘了做人的本分。他跟地位相當的人共處時，是個非常好相處的人，從各方面來看都不像個蠢貨。然而，一旦他置身於比自己低等的階層中，哪怕只是差了一級官階，他的態度就變得極為可憎，從頭到尾不發一語。

其實，大人物的處境十分值得同情，特別是他自己也意識到，原本可以度過一段更美好的時光。他眼裡有時也會透出一股強烈的欲望，渴望加入人群談論有趣的話題，但一想到這樣做可能太紆尊降貴、親和隨便，有失其身分地位，只好作罷。因為這些顧慮，他只能始終保持沉默，偶爾哼個幾聲，因而獲得了「最無聊的人」的封號。我們的阿卡基·阿卡基耶維奇要求見的就是這樣一位**大人物**，偏偏他選了一個對他本人不利的時間前來拜訪（對大人物而言正好相反）。這位大人物正坐在自己的辦公室，與一個久未謀面、最近才重逢的兒時舊識聊得十分開心。就在這時，有人通報，一位叫巴什馬奇金的人求見。他粗聲問道：「是什麼人？」下屬回答：「是一位官員。」——「喔！那就叫他等一下，我現在沒空。」大人物說。這裡必須說明一下，大人物根本在說謊：他有的是時間，所有能聊的話題，他跟朋友早就聊完了，因此交談過程中不時出現長時間的停頓，只能互相拍拍對方的大腿，一邊說：「就是這樣，伊凡·阿布拉莫維奇。」——「正是如此，斯杰潘·瓦爾拉莫維奇。」儘管如此，他還是吩咐下屬叫那位官員候著，好讓

①俄羅斯古稱。

他的朋友——一個早就退休且久居鄉間的人看看，其他官員想要拜見他，得在前廳裡等候多長的時間。最後，他和朋友聊完了，彼此沉默相對也夠久了，他坐在椅背可折疊的舒適沙發椅上，又抽完了一根雪茄，終於，他似乎突然想起這件事，便對站在門邊、拿著公文準備報告的祕書說：「對了，外面好像還有位官員在等候，叫他進來吧。」他見阿卡基．阿卡基耶維奇一臉恭敬，身上的制服又老又舊，頓時轉過身，開口問道：「有何貴幹？」他的聲音死板粗硬，這是獲得現在這個職位與將軍頭銜的前一個星期，他特意在房間對著鏡子練就的成果。阿卡基．阿卡基耶維奇早就感到惶恐不已，他有些侷促不安，盡力轉動不太靈便的舌頭，「那個、那個」地支吾解釋（贅詞出現的次數比平時還多），他原本有件全新的外套，卻被毫無人性的歹徒搶走了，因此前來拜會將軍，希望他能出面向警察總長或其他官員關說一下，以便找回外套。不知為何，將軍似乎覺得他這種拜見方式太不成體統了。

「怎麼？先生，」他粗聲說：「您不知道規矩嗎？您現在在什麼地方？您不知道怎麼做事嗎？像這種事情，您應該先遞份呈文到辦公處，經過股長、科長，再轉呈給祕書，最後再由祕書上呈給我……」

「但是，閣下，」阿卡基．阿卡基耶維奇鼓起僅存的一點勇氣說，同時察覺自己狂冒冷汗：「我冒昧前來請求閣下，就是因為祕書那個……辦事不牢……」

「什麼？什麼？什麼？」大人物罵道：「您好大的膽子！竟然有這種想法！年輕人竟敢這樣肆無忌憚、以下犯上！」

大人物似乎沒有注意到阿卡基．阿卡基耶維奇已經五十出頭了。因此，假如他還能稱之為年輕人，除非是與七十歲的人相較而言。

「您知道是在跟誰說話嗎？您知道站在您面前的是誰嗎？您知道嗎？知道嗎？我在問您呢！」

這時大人物跺了跺腳，厲聲喊道，別說阿卡基．阿卡基耶維奇了，就是別人也會嚇得心驚膽跳。阿卡基．阿卡基耶維奇嚇呆了，他渾身發抖、搖搖晃晃，怎麼也站不穩：若不是警衛立刻跑來扶住他，他早就跌在地上了；他幾乎是動也不動地被人抬出去。而大人物呢，對這超乎預期的效果，感到十分滿意，想到自己的一番話竟能嚇暈別人，更是洋洋得意，他斜眼望向朋友，想知道他有什麼反應，而後欣喜地發現，朋友一臉呆愣，連他也飽受驚嚇。

究竟是怎麼下樓，又是怎麼走到街上的，阿卡基．阿卡基耶維奇已經完全記不得了。他感覺不到四肢的存在。他這輩子從不曾遭到一位將軍以如此嚴厲的口吻斥責，何況這位將軍還是個陌生人。他頂著滿街怒號的風雪，張著嘴，精神恍惚地向前走，完全分不清人行道的方向。按彼得堡的氣候慣例，刺骨寒風從四面八方、各個角落猛烈襲向他。很快他就得了風寒，喉嚨腫起來，好不容易回到家，卻連一句話都說不出來了；他渾身腫脹，倒在床上。偶然一頓喝斥竟會產生如此劇烈的效果！第二天他便發了高燒。由於彼得堡氣候的傾力相助，病情惡化的速度超乎預期，當醫生趕到，摸摸他的脈搏，已經無能為力了，只好開個熱敷藥劑，至少讓病人得到一絲醫療照護。但醫生又立即宣布，病人一天半後一定會死，隨後轉身對房東太太說：「老婆婆，您就別再耽擱了，幫他訂一口松木棺材吧，因為橡木棺材對他來說太貴了。」不知阿卡基．阿卡基耶維奇有無聽見這番不幸的宣告，假使聽見了，他是否會感到震驚，是否會惋惜自己多舛的一生——都已不得而知了，因為他始終處於高燒、夢囈的狀態。他不斷出現幻覺，一幕比一幕更古怪：他一會兒看見彼得羅維奇，請他做一件具有防盜功能的外套，他覺得小偷就藏在床底下，於是不停呼喊房東太太，要她把藏在被窩裡的小偷拖出去；一會兒他又問，為何要把舊外衣掛在他面前？他已經有件新外套了；一會兒他又覺得自己站在將軍面前，一面聽他喝斥，一面連聲道歉：「閣下，請見諒。」最後，他甚至破口大罵，所有難聽至極的髒話都出籠了，以至於老房東太太不停畫十字，她有生以來還不曾聽過這麼難聽的髒話，尤其這些髒話還接在「閣下」之後。後來他開始胡言亂語，沒人聽得懂他在說什麼；只知道這些反覆不斷的夢境和囈語都跟那件外套有關。

終於，可憐的阿卡基·阿卡基耶維奇嚥下最後一口氣。他的房間和遺物並未遭到查封，一來，他身後沒有繼承人，二來，他留下的遺物寥寥無幾：只有一束鵝毛筆、二十四張空白公文紙、三雙襪子、兩三顆脫落的褲子鈕扣，以及那件讀者們已經熟知的舊外套。這些東西流落到誰手裡，只有天知道了，老實說，就連這故事的敘事者都不感興趣。阿卡基·阿卡基耶維奇就這麼被抬出去埋葬了。而彼得堡即使少了阿卡基·阿卡基耶維奇這號人物，也絲毫不受影響，彷彿他從來不曾存在似的。一個無親無靠、無人在乎，就連自然學家也不屑一顧的生命就這麼悄悄消失了——而自然學家素來連隻普通蒼蠅也不放過，總要用大頭針釘住，放在顯微鏡下仔細觀察一番；一個飽受官員譏笑、一事無成的生命就這麼進了墳墓，然而在他的生命終結之前，外套像個倏然而現的光明使者，使他悲慘的人生瞬間活躍起來，而後恐怖的災厄又降臨到他身上，一如世上所有君主都難逃厄運……他死後幾天，局裡派了一個守衛到他的公寓，奉上級命令，要他即刻去上班；但守衛獨自回來，並回報說他再也不會來上班了，旁人問：「為什麼？」他答：「因為他已經死了，四天前下葬了。」因此局裡所有人都知道了阿卡基·阿卡基耶維奇的死訊。第二天他的位子上已經坐著一位新官員，他的身材較高，寫的字偏斜許多，不是工整的正體。

然而，誰能料到阿卡基．阿卡基耶維奇的故事並未就此完結，他死後注定還要一陣沸沸揚揚，彷彿為他沒沒無聞的一生做點補償。但事情就是發生了，於是我們這個悲慘的故事意外多出一個荒誕離奇的結局。彼得堡一夕間流言四起，謠傳卡林金橋①一帶，入夜後會出現一位尋找外套的官員鬼魂，並以此為由，不論官階大小、身分高低，一律扒走人們肩上的外套：不管是貓皮、河狸皮、浣熊皮、狐皮、熊皮或是棉質外套——總之，所有人們為了遮蔽身體而發明的毛料、皮革他都照搶不誤。局裡一位官員親眼目睹那個鬼魂，立刻認出他就是阿卡基．阿卡基耶維奇；可是他太過害怕，嚇得拔腿就跑，因此沒能看個仔細，只見到鬼魂從遠處搖晃指頭嚇唬他。申訴函從四面八方不斷飛來，因為夜裡外套遭搶的緣故，不只九等文官，連七等文官的肩背都飽受寒風侵襲。警方下達了一道命令，無論死活，務必將鬼魂緝拿歸案，加以嚴懲，教別人不敢仿效，而且警方差點就成功了。就是在基留什金巷②某個街區的崗警緊緊抓住了鬼魂的衣領，當時他正準備搶走一位退休吹笛人的絨毛粗呢外套。警察抓住了鬼魂的衣領後，大聲呼喚另外兩位同事，要他們抓住他，自己則騰出手來，伸進靴子裡摸索一番，想要找出樺樹皮鼻煙盒，想讓自己凍傷過六次的鼻子舒緩一下。然而，大約是菸草的味道太嗆了，連鬼魂也受不了。警察才剛用指頭遮住右邊鼻孔，左邊鼻孔還來不及吸進半撮菸草粉，鬼魂就打了一個大噴嚏，噴得他們滿臉菸草粉，眼睛都睜不開。當他們用拳頭揉眼睛的時候，鬼魂早就不見蹤影，他們甚至無法確定究竟有沒有抓住他。此後，崗警們一提起鬼魂便心驚膽跳，連活人都不敢逮捕，只在遠處吆喝：「喂，你！好好走你的路！」於是，連卡林金橋以外的區域都有官員的鬼魂出沒了，引起許多膽小民眾的恐慌。

但是，我們竟然把那位**大人物**忘得精光，事實上，這則真實故事之所以走向荒誕離奇的結尾，主因就出在他身上。首先，我們必須說句公道話，在可憐的阿卡基．阿卡基耶維奇慘遭痛罵離去後，沒多久，**大人物**便感到有點後悔。他並非毫無同情心；他心

①卡林金橋（Kalinkin most），現稱老卡林金橋，跨越噴泉河近出海口處；這裡是當時的彼得堡城市與郊區的分界。——編注

②基留什金巷（Kiryushkin pereulok），彼得堡沒有這個名稱的巷子，這多半是作者虛構的地名（或罕見的民間俗稱），對照之前實際存在的卡林金橋，用以模糊現實與想像的界限。——編注

中還是擁有許多善良情感，儘管將軍頭銜時常妨礙他表露出來。前來拜訪的老友一離開辦公室，他立刻就想起可憐的阿卡基．阿卡基耶維奇。此後，幾乎每一天，他眼前都會浮現阿卡基．阿卡基耶維奇那張無法承受斥責的蒼白臉孔。一想起這件事，他便感到焦慮不安，因此一星期後，他決定派個官員去打聽一下阿卡基．阿卡基耶維奇的情況，看看他是不是真的需要幫助。當他接到下屬回報，說阿卡基．阿卡基耶維奇得了急病猝死，他十分震驚，深受良心譴責，一整天都感到悶悶不樂。他想找些消遣，好忘掉這些不愉快，於是前去參加朋友的晚宴，那裡上流人士雲集，最棒的是——在座的賓客幾乎官階相當，是以他處之泰然，無拘無束。在心情的調適上，這點具有驚人的功效。他發揮口才侃侃而談，態度親和又熱切，總之，他度過了一個十分愉快的夜晚。晚餐時他喝了兩杯香檳——眾所皆知，酒是一種不錯的助興品。香檳引發了他的興致，他臨時起意想做些不一樣的事。也就是說：他決定先不回家，改去拜訪一位紅粉知己——卡羅琳娜．伊凡諾芙娜，這位女士似乎具有德國血統，兩人交往十分密切。必須說明的是，大人物已經不年輕了，他是個好丈夫，也是受到敬重的一家之主。他有兩個兒子，其中一個在公家任職，還有一個美麗女兒正值二八年華，她的鼻子微微上翹，但形狀十分好看。他的兒女每天都會上前親吻他的手，一邊說：「早安，爸爸。」①他的妻子依舊貌美動人，習慣先伸出手背讓他親吻，再反過來，換她吻他的手。然而，儘管大人物非常滿意自己的溫馨家庭，卻也認為在城裡另一區交個紅粉知己十分合情合理。這位紅粉知己並不比他妻子年輕貌美；不過，世上總有一些難解的謎，當中的是非曲直不應由我們評斷。總之，大人物走下樓，坐上雪橇，吩咐車夫：「到卡羅琳娜．伊凡諾芙娜的家去。」而他本人奢侈地裹在暖和的外套中，處於一種俄國人視為最高境界的歡樂狀態，即腦袋放空，同時，一個比一個歡樂的想法自行縈繞於腦海，絲毫不需費力搜索。他無比愜意地回憶起晚宴上所有令人開心的細節，以及那些讓賓客哈哈大笑的俏皮話；他甚至可以低聲重複那些俏皮話，覺得仍然像先前一樣好笑，是以自己也忍不住打心底發笑。

然而，陣陣寒風襲來，不時干擾他，天知道這風從哪裡竄起，又是因何襲來，刺痛了他的臉，捲起雪花灑落在他身上，外套的領子也吹得鼓如風帆，間或被強風瞬間捲起，蓋住他的頭，使他疲於掙脫。忽然，大人物感到有人緊緊揪住他的衣領。回頭一看，發現是個身材矮小，穿著破舊制服的官員，並驚恐地認出他正是阿卡基．阿卡基耶維奇。

---

①原文為法語「Bonjour, papa.」。

官員的臉孔蒼白如雪，看上去就是一具死屍。當大人物看見死屍張開大嘴，呵出一陣森森陰氣，連聲說道：「哼！終於找到你了！我終於那個，抓到你的領子了！我要你的外套！你不幫我找外套就算了，竟然還罵我一頓——現在把你的外套給我！」可憐的**大人物**驚恐萬分，險些活活嚇死。無論他在辦公室和下屬面前表現得多麼強勢，無論他的相貌體格有多魁梧，人人見了都讚道：「嗯，真是個硬漢！」可是在這種時候，他也像許多魁梧的壯漢一樣驚恐不已，甚至擔心自己會突然發病。他趕緊脫下外套，用扭曲的聲音對車夫高喊：「全速衝回家去！」這種喊聲通常在緊要關頭出現，車夫一聽，便知道出了大事，立刻縮起腦袋靠向肩膀，鞭子一揮，雪橇便如飛箭疾馳而去。約莫六分鐘後，大人物已經回到自家大門口。他臉色蒼白、驚魂未定，還沒了外套；他沒有去探望卡羅琳娜．伊凡諾芙娜，而是回到家裡，艱辛地走進房間，心慌意亂地度過了一夜。是以隔天早上喝茶時，女兒直接對他說：「你今天臉色好蒼白啊，爸爸。」他沉默不語，絕口不提昨晚發生的事（包括他人在何處，又打算前往什麼地方）。這件事對他起了重大的影響。此後他甚至很少對下屬說：「您好大的膽子！您知道站在您面前的是誰嗎？」即使要說，也會先聽完事情的始末。

然而，最值得注意的是，官員的鬼魂從此不再出現了：顯然，將軍的外套十分合身。

至少彼得堡各區已不再聽聞外套被搶走的消息了。不過，許多精力過剩的好事之徒不甘罷休，三不五時便提起官員的鬼魂，說他依舊在城裡的偏遠地區出沒。確實，科洛姆納區①有位崗警親眼目睹鬼魂從一棟房屋的後面走出來，但他生性懦弱，有一次，一頭成年的普通小豬從民宅跑了出來，把他撞倒在地，周圍的車夫見了一陣哄笑，他還為此罰他們每人兩戈比煙錢——總之，他因為懦弱，不敢攔下鬼魂，只好暗中跟在他身後，直到鬼魂突然回頭，停下來問：「你想幹什麼？」並伸出一隻活人不可能有的巨大拳頭。崗警忙說：「沒事。」立刻掉頭快閃。然而，鬼魂的身形變得更高了，還冒出了大把鬍鬚，邁開大步，似乎往奧布霍夫橋的方向走去②，隨後便完全隱沒在黑夜之中。

①科洛姆納區（Kolomna），由莫伊卡河、克留科夫運河、噴泉河、大涅瓦河、新海軍部運河包圍的地區，當時較偏僻。——編注

②奧布霍夫橋（Obukhov most），莫斯科大道跨越噴泉河的橋，這裡指朝著市中心方向而去。——編注

1845 年的果戈里，攝於羅馬的銀版相片，這是果戈里與一批待在羅馬的俄國藝術家合影的局部，或許當時緊張的人際關係讓他看起來表情過分嚴肅。

畫像
①

①本篇最早刊於一八三五年果戈里著的《雜文集》第一部。——編注

第一部

任何地方的人潮都不及休金商場①的小畫廊前那樣熱鬧。這間小畫廊展示了各式各樣稀奇古怪的收藏品：其中多數是油畫，覆滿一層墨綠的深漆，嵌在暗黃色的華麗畫框中。雪樹銀枝的冬景，滿天紅霞似火的夕照，一個叼著菸斗的斷臂佛萊明②農夫，他的外貌與其說是人類，更像一隻穿著衣服的火雞——此類畫作常見的題材就是這些。此外，還有一些版畫：一幅是頭戴羊皮帽的哈茲列夫．米爾札王子肖像，其他幾幅則畫

①花園街上的一座大型商場，最早在一七五四年建有阿普拉克辛商場（Apraksin Dvor），後商人休金購得其中部分土地，成立休金商場（Shchukin Dvor），這裡在果戈里的年代發展成最大的二手書畫買賣市場。

②比利時的兩大族群之一，主要居住在比利時北部的法蘭德斯地區，以荷蘭語為母語，多信奉天主教。

了頭戴三角帽、長著歪鼻子的將軍。這間小畫廊的門板上，還掛滿一束束拓印在大型紙張、展現俄國人天才的木版畫。其中一幅畫的是米莉克特麗莎・基爾比奇耶芙娜公主①，另一幅則是耶路撒冷城，一團紅色顏料毫無章法地塗抹在畫中的房屋和教堂之上，還殃及一塊土地和兩個戴著手套、正在祈禱的俄國農夫。通常買畫者少，看畫者眾。一個遊手好閒的僕人在這裡東張西望，手裡還提著從餐館買來的午餐，他的主人肯定要喝一碗涼掉的湯了；前面還站著一位身穿大衣的士兵，這位舊貨市場的勇士正出售兩把折疊小刀；那裡還有一名提著滿滿一箱鞋的女商販。眾人欣賞畫作的姿態各異其趣：農夫通常伸手指指點點；佩戴勛章的士兵聚精會神地觀看作品；童僕與小學徒指著漫畫相互大笑；身穿絨毛粗呢大衣的老僕人上這裡來，只是想找個地方晃晃；而女商販們都是些年輕的俄國女人，出於本能，總要急忙湊上前去打聽眾人聊些什麼，或者是瞧瞧有什麼熱鬧可看。

這時，年輕畫家恰爾特科夫經過小畫廊，不禁停下了腳步。一襲老舊的外套和不甚講究的衣著，顯示他是一個投入工作便渾然忘我、無暇顧及裝扮的人，而對年輕人來說，美麗的衣著打扮總有一股神祕的吸引力。他停在畫廊前，起初看到這些低劣之作還暗自發笑，最後，他不禁陷入沉思，心想：有誰會要這些畫作呢？俄國人喜歡**耶魯斯蘭・**

拉札列維奇、**貪吃貪喝**的鬼怪、福馬和耶列馬②等人物畫，他並不覺得稀奇，這些都是廣為人知的繪畫題材；但是，有誰會買這些五顏六色、低劣粗糙的塗鴉作品呢？誰會想要這些佛萊明農夫和又紅又藍的風景畫呢？這些作品顯示畫家企圖攀上藝術的最高境界，卻成為對藝術的莫大褻瀆。這些畫作似乎並非出自生嫩的自學者之手，要不，整幅畫作儘管拙劣可笑，無法撼動人心，可仍會流露一股強烈的激情。然而，這裡見到的只是一種技巧拙劣、陳腐無力的平庸之作——這種平庸之作蠻橫地躋身於藝術行列，其實只在低等畫匠間占有一席之地，卻自認克盡創作天職，反將庸俗匠氣引進藝術中。同樣的用色、同樣的技巧、同樣熟悉而慣用的手法，與其說出自人類手筆，更近似於粗糙的機器製品！……他在這些低劣的畫作前站立良久，思緒已然飄遠，與此同時，小畫廊的老闆，一個滿臉鬍鬚虬結（從星期天就沒再刮鬍子了）、身穿絨毛粗呢外套的平凡小人物，還不知道恰爾特科夫喜歡什麼、想買哪幅作品，便不斷開口出價。

---

①為民間故事人物，在十八至十九世紀初廣泛成為俄國木版畫的題材。

②皆屬民間故事人物，在十八至十九世紀初廣泛成為俄國木版畫的題材。

「這幅農夫人物畫再加一幅風景畫，只算你一張白色鈔票①。多美的傑作啊！教人百看不厭。剛從市場收購來的，上光油都還沒乾呢！或者看看這幅冬景畫，就買這幅吧！算你十五盧布！光是畫框就值錢了。多漂亮的一幅冬景畫啊！」老闆這時用手指輕彈一下畫布，大概是為了向他證明這幅冬景畫的品質。「全部綑在一起送去您家裡嗎？請問您住哪裡？喂，小子，拿條繩子來。」

「等等，老兄，先別急。」畫家回過神來，見到急性子的老闆並非說笑，已經動手綑起畫作，連忙出聲阻止。在小畫廊裡逗留了這麼久，卻什麼也沒買，他感到有些不好意思，於是說：「先等等，我看看這裡有沒有我想要的東西。」

接著，他彎下身，翻揀地上那堆為數眾多的塵封舊作，這些失色的作品顯然成了廢物。這裡有些古老家族的畫像，世上或許已難覓他們的後裔。有些畫框的金箔剝落，畫布滿是窟窿，看不出所畫之物——總之，全是一堆陳年垃圾。然而，畫家卻細細檢視這些舊作，內心暗自盤算：「說不定能挖到寶呢！」他不只一次聽說，有時從民間版畫商收購的廢物裡，可以發現名匠的作品。

老闆見他翻揀那堆廢物，便不再忙著招呼他了，又恢復平常的姿態，端起老闆的架子，重新站在門前招攬過往行人，用手指著小畫廊，說道：「請來這裡看看，先生，這裡有好作品！請進、請進；全是從市場上收購來的。」他喊了許久，大多是枉費口舌，又跟站在對門賣碎布的店家大聊特聊，終於他想起畫廊裡還有一名顧客，便轉身走進店裡。「如何？先生，挑好了嗎？」而畫家已在一幅畫像前佇立良久，畫像嵌在一副昔日十分華麗的巨大畫框內，而今只見斑駁脫落的金箔。

畫中是一個古銅色肌膚、顴骨突出、形容枯槁的老人；從相貌來看，畫家似乎捕捉住他瞬間抽搐的神情，北國的嚴寒並未對他產生影響，反而是南方的酷熱在他臉龐烙下印記。他身披一件寬大的亞洲式外衣。儘管畫像有些破損、布滿灰塵，不過，擦去了上頭灰塵，恰爾特科夫一眼便看出畫作出自行家之手。畫像看起來並未完成，但筆法卻出奇有力。最特別的是那雙眼睛：畫家彷彿將所有技巧與滿腔心力傾注其上。畫中人的視線穿透畫像，恍若射出一股奇異神采，破壞了畫面的和諧。當他把畫像移到門口，那對目光顯得更為炯炯有神。周遭人群見了似有同感。一個婦人站在他身後，便喊道：「多麼有神，多麼有神！」——說完，連連倒退幾步。一股莫名的不悅湧上心頭，他把畫像

①為俄國最早發行的紙幣，面額為二十五盧布，自一七六九年發行到一八四九年廢止。

放回地上。

「如何？就買這幅畫像吧！」老闆說。

「多少錢？」畫家問。

「這東西還能貴到哪去？算您七十五戈比就好！」

「不買。」

「好吧，您想要多少？」

「二十戈比。」畫家說完，準備離去。

「這價錢壓得太低了！二十戈比連副畫框都買不起。或者您打算明天過來買？先生、先生，請回來！再加十戈比好吧。算了，您拿去吧、拿去吧，收您二十戈比就好。說實在的，只求開市大吉，您是第一位顧客。」

之後，他做了個手勢，彷彿在說：「就這樣吧，反正賣出一幅畫了！」

於是，恰爾特科夫毫無預期便買了一幅舊畫，同時心裡暗自嘀咕：「我幹嘛買這幅畫？對我有什麼用處？」但已沒有轉圜的餘地了。他從口袋掏出二十戈比交給老闆，用手臂夾起畫像走出去。來到路上，他才想起，那二十戈比是他身上僅有的一點錢。他的思緒忽然變得陰鬱，一股懊惱與冰冷的空虛瞬間襲上心頭。「見鬼了！討厭的世界！」

他說話的語氣充滿俄國人碰上壞事的惡劣情緒。他機械式地快步行走，毫不關心周遭的一切。晚霞染紅了半邊天際，西向的房屋仍沐浴在夕陽溫暖的光芒裡；這時月亮清冷的銀輝變得益發耀眼。房屋和行人雙腳投下的半透明淺影，彷彿長長的尾巴落在地面。畫家仰望天空，光芒逐漸變得澄澈、幽微，「多麼柔和的色彩！」「氣死了，見鬼去吧！」——兩句話同時脫口而出，然後他用手臂夾緊不斷滑落的畫像，加快了腳步。

他滿身大汗、疲累不堪，辛苦走回瓦西里島第十五街的住處。他氣喘吁吁，吃力地沿著汙水橫陳、布滿貓狗抓痕的樓梯向上爬。他敲敲門，卻無半點回應：沒人在家。他只好靠著窗戶，耐心等候別人來開門，終於他的身後響起腳步聲，一個穿著藍色襯衫的年輕人走過來，那是他的僕人、模特兒兼研磨顏料和擦地板等雜務——每次他擦完地板，腳上的靴子又立刻留下髒兮兮的鞋印。這個年輕人叫做尼基塔，只要主人不在家，就出門打發時間。因為天色昏暗、視線不佳，尼基塔花了半天工夫，才把鑰匙插進孔裡。終於門開了。恰爾特科夫走進冷颼颼的前廳，畫家們的住處總是如此，不過，他們毫無所覺。他沒有脫下外套交給尼基塔，而是直接穿著走進自己的畫室，那是一間寬敞卻低矮的方形房間，所有窗戶都結了霜花，裡頭擺滿各種美術用品：幾條石膏手臂、幾副蒙著布的畫框、一些未完成的草圖和幾條散落披在椅子上的布幔。他疲憊不堪，脫掉外套，心不在焉地將帶回來的畫像擱在兩幅小油畫中間，然後倒在一張小沙發上休息，而這張沙發已不能稱之為皮沙發了，用以固定外皮的銅釘年久失修，釘子歸釘子、外皮歸外皮，因此尼基塔就把一堆髒兮兮的襪子、襯衫和所有沒清洗過的衣物全都塞進裡面。他先坐了一會，接著又大剌剌躺在這張小沙發上，等他躺到滿意後，終於開口要僕人點蠟燭。

「沒蠟燭了。」尼基塔說。

「怎麼會沒有？」

「可是，昨天就沒了。」尼基塔說。

畫家想起來了，確實昨天就沒蠟燭了，便閉嘴不再吭聲。他讓僕人伺候更衣，換上自己那件破破爛爛的居家長袍。

「還有，房東來過了。」尼基塔說。

「嗯，是為了房租嗎？我知道了。」畫家擺擺手說。

「而且他不是自己一個人來。」尼基塔又說。

「跟誰一起來？」

「我不知道那人是誰……好像是位管區巡警。」

「為什麼找巡警來這裡？」

「不知道，聽說，是因為沒繳房租的關係。」

「嗯，那會怎麼樣呢？」

「我不知道會怎麼樣；他說，假如不想繳房租，那就搬出去。他們明天還會再過來。」

「那就讓他們來好了。」恰爾特科夫說道，語氣憂愁而冷淡。一股陰鬱的情緒占據他心頭。

年輕的恰爾特科夫是個富有才華、前途無量的畫家；他的畫筆不時閃耀著火花，展現出觀察力、思考力與貼近大自然的強烈激情。「千萬注意，老弟。」教授不只一次對他說過：「你有才華。若埋沒了這份才華，可真是罪過。但你缺乏耐性。只要有件事物吸引你，你便沉迷其中——滿腹心思為其占領，其他事物對你而言一文不值、毫無用處，甚至不屑一顧。千萬注意，別讓自己成為一個迎合時尚的畫家。你現在的用色已變得過於鮮豔搶眼。你的素描不夠嚴謹、有時又流於薄弱、線條模糊；你已經在追逐時尚的焦點，渴望受人矚目。千萬注意，這樣一來，你恰好會流於一種英式畫風。要當心，你已開始嚮往上流社會；我有時會看見你脖子上繫著漂亮的圍巾，頭戴一頂氣派閃亮的帽子……這點極具誘惑力，可使畫家為了財富，專畫一些迎合時尚的作品，或為人繪製肖像。可要知道，此舉只會毀滅、斷送藝術才華。要有耐心，仔細琢磨每件作品，放棄追逐時髦——讓別的畫家去賺錢吧。該是你的就會屬於你。」

教授的話多少是對的。確實，有時我們這位畫家也想縱情作樂、精心打扮一番——總之，就是想炫耀一下自己的青春年少。儘管如此，他還是能夠約束自己。有時他提起畫筆，便會忘掉一切，而放下畫筆就好似被人打斷一場好夢。他的美感明顯提升了。他還未能完全領悟拉斐爾[1]作品的深度，但已沉醉於雷尼[2]靈活奔放的筆法，在提香[3]的肖像畫前流連忘返，對佛萊明畫派[4]讚賞不已。對於籠罩古代畫作的幽微風貌，他尚未全盤領會，但已從中體悟到某些東西。他內心並不同意教授的看法，即古代大師的藝術水平遠非今人所能企及，他甚至認為，十九世紀的藝術在某些方面已大大超越先人，風景寫生如今更加鮮明、生動、寫實；總之，他的思想就如同那些已有所領悟、滿懷驕傲的年輕人一樣。偶爾他也覺得懊惱，當他見到外國畫家，一個法國人或德國人，有些甚至根本不具藝術天分，只憑老練畫風、生動筆法和鮮明用色，便聲名大噪，轉瞬間便累積大筆財富。當他全心投入創作、忙到不吃不喝、忘了整個世界的存在之際，他腦中不會有這些雜念，可一旦手頭拮据，沒錢買畫筆和顏料，或難纏的房東一天登門十次來催討房租的時候，他就氣憤難平。這時，他因飢餓產生的想像中，便會浮現有錢畫家那令人豔羨的命運；這時，他腦中甚至會閃現俄國人常有的念頭：自暴自棄、借酒澆愁。眼下他幾乎就處於這種狀態。

「沒錯！我要忍耐、忍耐！」他惱怒地說：「但忍耐總有個限度。我忍！可是明天我哪有錢吃飯？沒人會借錢給我。就算我把所有油畫和素描拿出去賣，也不過換到二十戈比。當然，這些創作都具有價值，這我能感受得到：每幅畫都煞費苦心，我能從中體會某種意境。但有什麼用呢？習作、實驗作——永遠只是習作、實驗作，如此而已。既然我沒沒無聞，誰會買我的作品呢？誰會要這些寫生班的臨摹作品？或是我那未完成的

---

①拉斐爾（Raffaello Sanzio, 1483-1520），義大利畫家、建築師。

②雷尼（Guido Reni, 1575-1642），巴洛克時期的義大利畫家，為波隆納畫派的代表。

③提香（Titian），全名提齊安諾．維伽略（Tiziano Vecellio, 1490-1576），為義大利文藝復興後期威尼斯畫派的代表畫家。

④佛萊明畫派（或譯法蘭德斯畫派），為十七世紀歐洲的藝術流派，代表畫家有魯本斯（Peter Paul Rubens, 1577-1640）、安東尼．范．戴克等。

油畫——《賽姬之戀》①？或是我的房間構圖？或我的僕人尼基塔的畫像？事實上，這幅畫像比那些時尚畫家的人物肖像要高明得多。我為何要承受這些折磨，像剛入門的學徒慢慢起步？我一點也不比別人差，只要展露鋒芒，也能像他們一樣賺錢。」

說完這些，畫家忽地臉色蒼白、渾身顫抖：靜置在一旁的畫布上，探出一張抽搐扭曲的臉孔，瞪視著他。駭人的雙眼直盯住他，彷彿想吞噬他，嚴厲的雙唇似在命他不得作聲。他大驚失色，想要大喊，喚尼基塔過來，可是尼基塔早已躺在前室鼾聲大作。不過，他立刻停住，並笑了起來。恐懼感瞬間消失。那是他買回來的畫像，他完全忘了。月光照進房間，投落在畫上，賦予其一股詭異的生氣。他一邊端詳，一邊擦拭畫像。他用沾水的海綿擦了幾遍，幾乎擦去了畫上堆積的灰塵與汙垢，他把畫掛上牆，越發詫異於這幅畫作的非比尋常：畫中人的臉孔栩栩如生，雙眼凝視著他，使他打了個哆嗦，倒退幾步，驚愕地說：「多麼有神，簡直就像活人的眼睛！」他驀地想起許久以前從教授口中聽到，有關舉世聞名的畫家達文西②所繪的一幅肖像，這位巨匠費時數年潛心創作，仍視其為未竟之作，但據瓦薩里③所言，眾人視此畫為至高無上的藝術傑作。最出色之處是畫中人的雙眼，曾令當代人驚嘆不已；就連眼周最微小、幾不可見的細紋都未遺漏，一一呈現在畫上④。然而，他眼前這幅畫像卻透著一種古怪。這點並非技法的問題，卻破壞了畫像本身的和諧。這古怪之處便是那雙充滿生氣、宛如活人的眼睛！好似從活人臉上剜下，再嵌在畫上。無論畫家選取的題材有多恐怖，人們欣賞畫作時，內心總會升起一股崇高的愉悅感，此處則不然，反而予人一股滯悶的異樣感受。「這是怎麼回事？」畫家不禁自問：「這不就是一幅寫實作品嗎？栩栩如生的寫實畫作。這股奇異的不適感從何而來？也許盲目膚淺地模仿現實是種過錯，宛如一記嘹亮而突兀的尖叫？或許，假若你漠然無感地選擇創作題材卻又不認同，那它必然只會顯露本真恐怖的

①指希臘神話中邱比特與賽姬的愛情故事：賽姬的凡人美貌觸怒女神維納斯，維納斯派兒子邱比特去陷害賽姬，邱比特竟不自禁愛上賽姬，賽姬又不自禁偷窺邱比特的真面目而分手，邱比特對賽姬的真情感動宙斯最終兩人得到幸福……這裡面有平凡與神聖的界限、嫉妒與報復、好奇與挑戰宿命等情節，似乎給了當時想要在首都的現實社會中「展露鋒芒」的年輕作家果戈里許多想像空間。——編注

②達文西（Leonardo di ser Piero da Vinci, 1452-1519），義大利文藝復興時期畫家，也是位藝術全才。

③瓦薩里（Giorgio Vasari, 1511-1574），文藝復興時期義大利畫家、建築師和藝術史作家。

④指達文西的名作《蒙娜麗莎的微笑》，據瓦薩里所言，達文西費時四年創作此畫，仍視為未竟之作。

一面，而不會受到某種不可思議、蘊藏各處的靈感光輝所啟發，它所披露的那種真實性，正如你想了解一個美好的人，於是揮舞解剖刀，剖開他的內在卻見到一個醜惡的人？為何簡單渺小的自然景色在一個畫家的筆下得以展現某種光輝，不會予你一種低劣印象，反而成為一種享受，你周遭的一切似乎都以更加安靜、平和的方式運轉？為何同樣的景色出自另一位畫家之手，卻顯得低下、骯髒，順帶一提，這位畫家不也同樣忠於自然嗎？但是不對，他的作品缺少某種發光的特質。正如自然美景：無論多麼壯觀美麗，假使天空沒有一輪日照，總是美中不足。」

他再次走到畫像前，仔細端詳畫中人詭異的雙眼，並驚恐地發現那對眼睛又在瞪視他。這已非唯妙唯肖的寫實畫作，而是一個死而復生的人臉上才會閃現的詭異生氣。莫非是月光作祟，帶來一種虛妄的夢幻感，將萬物蒙上一層與白晝迥異的形象？或者有其他因素，使坐在房間內的他，忽然升起一股沒來由的恐懼？他悄悄離開畫像，走到另一邊去，試圖不看那幅畫像，可視線仍不由自主飄過去。最後，他連在房裡踱步也感到心驚膽跳，覺得似乎有人跟在他身後走來走去，每次他都膽怯不安地回頭張望。他從來不是膽小的人，可他的想像力和神經十分敏感，而今晚他自己也無法解釋為何不由自主便產生了恐懼。他坐在角落裡，即使是這個位置，他仍感到有人在身後探頭窺視。儘管前室傳來尼基塔的陣陣鼾聲，仍未能驅散他的恐懼感。他終於害怕地起身，眼也不抬走到屏風後面，上床就寢。透過屏風縫隙，他看見皎潔月光照亮了房間和掛在對面牆上的畫像。那雙眼睛益發恐怖、深沉地盯著他，似乎不願移轉視線，就這麼死死瞪住他。他感到非常不舒服，決定從床上起來，抓起一條床單，走近畫像，把它完全遮住。

之後，他躺上床才感到安心些，開始思索身為一個畫家窮困潦倒的命運，和眼前一片荊棘滿布的人生道路；同時，他仍不由自主透過屏風縫隙，窺看那幅遮住的畫像。月光照在床單上，映得一片潔白，他似乎覺得，那雙恐怖的眼睛穿透布料熠熠發光，他心裡十分害怕，凝神細看畫像，彷彿想要證明只是自己胡思亂想。然而，確實如此……他看見了，清清楚楚看見：床單不見了……畫像完全顯露出來，畫中人依舊無視周遭的一切，直直盯視著他，彷彿要望進他的內心……他的心跳驀地停止了。只見畫中老人忽然間動動身體，雙手頂住畫框，最後，他用雙手支起身體，伸出兩隻腳，從畫框裡跳出來……透過屏風縫隙，可見到牆上只剩一副空畫框。房內響起一陣腳步聲，終於漸漸接近屏風。可憐的畫家心臟狂跳。他嚇得喘不過氣，猜想老人就要越過屏風來瞪視他了。果真，正是那張有著古銅色臉龐、閃動著大眼睛的老人越過屏風注視他。恰爾特科夫試圖大喊——卻發現自己叫不出聲來，他又努力移動身體，試圖挪動一下——可四肢動彈不得。他張大嘴、屏住呼吸，只能瞪眼看這身披亞洲式寬鬆長袍、身材高大的可怕幽靈逼近，並等待他進一步動作。老人幾乎挨在他腳邊坐下，接著從寬大長袍的內摺裡掏出一件東西。那是一口袋子。老人解開袋口，抓住兩邊袋尾抖一抖，一包包長條狀的重物落在地板上，發出低沉的聲響；每件物品都以藍紙包覆，上頭標示：「一千金幣」。老人從寬大的衣袖內伸出兩隻細長枯瘦的雙手，將東西一一拆開，露出裡頭閃閃發光的金幣。儘管畫家此刻備受壓迫，嚇得幾乎暈厥過去，他還是目不轉睛地凝視那些金幣，只見金幣在老人乾枯的掌心裡燦爛生輝，發出低沉幽微的聲響，而後老人將這些錢重新包起來。這時，恰爾特科夫發現一包金幣滾到旁邊，正好滾到他床頭下方。他幾乎是反射性抓起金幣，驚恐萬分望向老人，看他是否發現了。但老人似乎極為忙碌。他收起所有金幣，重新放進袋子裡，並未多看畫家一眼，便越過屏風離去了。恰爾特科夫聽見腳步聲逐漸遠去，心臟再次急劇跳動。他把那包金幣緊緊握在手裡，渾身顫抖，忽然又聽見腳步聲接近屏風——看來，老人想起少了一包金幣，又回來了。沒錯——老人再次越過屏風盯視他。畫家滿心絕望，用盡全力緊捏住那包金幣，並使勁動動身體，大叫一聲——便醒過來了。

他冷汗淋漓、一顆心重新劇烈跳動起來，胸中十分滯悶，好似最後一口氣都要沒了。「莫非這是一場夢？」——他雙手抱頭說道；但那可怕的情景如此真切，不像是一場夢。他醒來後，仍看見老人走回畫框，那件寬鬆長袍的下襬還晃了晃，而他手中還清楚殘留不久前抓著重物的感覺。月光照亮房間，將隱藏在各個黑暗角落的油畫、石膏手臂、掛在椅上的布幔、褲子和髒靴子一一揭露出來。這時他才發現，自己並未躺在床上，而是站在畫像前面。至於他如何下床來到這裡——他卻怎麼也記不得了。使他更加驚愕的是，畫像竟然沒被遮住，床單真的不見了。他嚇呆了，茫然地凝視畫像，再次見到老人那栩栩如生的雙眼直勾勾盯住他。他的臉上又冒出冷汗；他想離開，卻覺得雙腿像黏在地板上，動彈不得。他定睛細看：這不是夢，老人的臉動了動，嘴巴朝他張開，好似要把他吸進去似的……他發出絕望的慘叫——再次從夢中醒來。

「莫非這又是一場夢？」他摸摸四周，心臟不規律地跳動。沒錯，他躺在床上，仍維持著入睡時的姿勢。屏風立在他面前，月光灑滿房內。透過屏風縫隙可以看見那幅畫像，上頭仍罩著床單，依舊維持他親手覆上的原貌。那麼，這又是一場夢！可緊握的拳頭至今仍殘留握過東西的感覺。他的心跳依然十分急促，幾乎到了劇烈的程度，胸口滯悶難當。他再次朝縫隙望去，定睛細看那條床單。結果，他又清楚看到，床單漸漸掀開來，好似有一雙手在底下亂抓，試圖扯掉它。「上帝！我的天哪！這究竟是怎麼一回事！」他高聲喊道，絕望地畫個十字——再次從夢中醒來。

這又是一場夢！他從床上跳起來，迷糊錯亂，無法解釋這一切究竟是怎麼回事：是夢魘或家神①作祟，抑或高燒產生的錯覺，還是一場極為真實的夢境。他試圖平復內心的焦慮和血管內緊張跳動的沸騰血液，於是走到窗前，打開小氣窗透透氣。迎面而來的冷風，使他精神為之一振。儘管烏雲不時掠過天空，月光依舊穿透烏雲，灑落在屋頂和潔白的牆上。萬籟俱寂，間或從遠方傳來出租馬車的轆轆聲，車夫等待夜歸的乘客，卻被懶洋洋的駑馬弄得昏昏欲睡，在一條不知名的巷弄內睡著了。他將頭探出窗外眺望許久。天際已開始透出曙光，終於他感到睡意襲來，關上氣窗離開，一頭倒在床上，很快便沉入夢鄉，睡得像死人一樣。

他睡到很晚才醒來，覺得渾身不舒服，宛如中了煤氣的毒，頭痛欲裂。房內一片昏暗；滯悶的溼氣從窗戶的縫隙（窗前堆滿了油畫和上了底色的畫布）滲透進來，飄散在空氣中。他悶悶不樂，像隻溼淋淋的公雞，坐在破爛的沙發上，不知要做什麼才好。最後他想起了那場夢。他越想越覺得那夢真實得可怕，甚至懷疑起那究竟是一場夢還是單純的錯覺，這當中是否存在其他東西，是否真的有幽靈出現。他扯下床單，藉著日光觀察那幅詭異的畫像。那雙眼睛確實具有令人訝異的異樣光彩，不過，他並未發現特別可怕之處，只是心裡產生一種莫名的不快。儘管如此，他還是無法全然相信，一切只是一場夢而已。他覺得，夢中有一部分恐怖的場景來自於現實。就連老人的目光和神情彷彿都在說：昨夜他確實到過床邊；畫家手中依然殘留握住重物的感受，好像一分鐘前才有人從他手中奪走似的。他甚至覺得，假如他緊緊握住那包金幣不放，就算他醒來了，金幣也一定會留在他手裡。

「我的老天，就是留下一點錢也好啊！」說完，他沉重地嘆了口氣，腦中又浮現那幕情景，老人從錢袋裡倒出標示著誘人字眼的「一千金幣」的紙包。紙包一個個拆開來，裡頭的金幣閃閃發光，接著又重新包起來，而他就坐在那裡，傻愣愣地凝視著一團不存在的空氣，卻無法放下這東西——宛如一個孩子坐在甜食前面，卻只能猛吞口水，看著別人享用。終於，門外傳來一陣敲門聲，他心不甘情不願地回過神來，見到房東和一個管區巡警走進來。大家都知道，小人物見到巡警比有錢人見到乞丐更加不悅。恰爾特科

①在斯拉夫民間信仰中，祖先會化身為家神，守護家人健康與農畜興旺，一般被視為善靈，倘若人們觸怒祂，祂會惡作劇報復，如敲打鍋盆、摔破碗盤，或趁人們睡覺時，壓在其身上使其不得安眠。

夫所住的這棟小房子的房東，跟瓦西里島第十五街、彼得堡地區或科洛姆納的偏僻角落的房東一模一樣——這種人在俄國多得不勝枚舉，而他們的性格就像破舊常禮服的顏色，難以判斷。年輕時候，他當過大尉，喜歡高談闊論，也擔任過文職，在鞭打人方面是個好手，而且手腳俐落、講究穿著、腦袋愚蠢；但上了年紀後，他這些鮮明的特點全融合成一種黯淡不明的性格。他已經退休、喪偶鰥居，不再講究穿著，也不再大肆吹噓和挑釁別人，只喜歡喝喝茶，跟人胡扯閒聊。他總是在房間來回踱步，收拾殘餘的燭頭；每月按時向房客催討房租；有時手裡拿著鑰匙走到大街上，只為了看看自家屋頂；好幾次他把掃院子的人趕出小屋，不讓他躲在裡面睡懶覺；總而言之，他是個退休的老人，經歷放蕩生活和坐在驛馬車上顛沛奔波的生涯後，留下一些粗俗的習慣。

「您親眼瞧瞧，瓦魯赫．庫茲米奇。」房東攤開雙手，對巡警說：「他就是不肯繳房租，不願意付錢。」

「沒錢怎麼付呢？請再等幾天，我會付房租的。」

「老兄，我不能再等了。」房東氣呼呼地說，揮揮手裡的鑰匙：「我這裡還住著波托貢金中校，他已經住了七年了；安娜．彼得羅芙娜．布赫米斯捷羅娃還租了棚子和有兩個隔間的馬廄，身邊還有三個僕人——這些都是我的房客。坦白對您說吧，我這裡可沒有租房子不付錢的規矩。請您馬上付清房租，然後搬出去。」

「是啊，既然已經說好了，您就該付錢才對。」管區巡警說道，一邊微微搖頭，一根手指插在制服的鈕扣後面。

「問題是要我拿什麼東西來付房租呢？我身上一毛錢也沒有。」

「既然如此，你就用你的作品來補償伊凡．伊凡諾維奇吧。」巡警說：「他也許會同意用畫作來抵錢。」

「不，老兄，對這些畫我可是敬謝不敏。要是這些畫作主題高尚，可以掛在牆上欣賞也就罷了，就是畫一位佩戴星章的將軍或庫圖佐夫公爵①的肖像也好。可偏偏他畫的是農夫，一個穿襯衫的鄉巴佬，還有幫他磨顏料的僕人。這種豬玀也配讓人畫像嗎？我還要掐他的脖子，他把我門閂上所有的釘子都拔掉了，這個大騙子。您瞧瞧，這畫的都是些什麼東西，連這房間也畫進去了。要是挑間乾淨整齊的也就罷了，可他畫的這間

①庫圖佐夫公爵（Mikhail Kutuzov, 1745-1813），在一八一二年衛國戰爭（即俄法戰爭）中擔任統帥，擊敗拿破崙大軍，成為民族英雄。

房處處扔滿垃圾雜物。您瞧，他是怎麼把我的房間搞得髒兮兮的，您親眼瞧瞧。我的房客都在這裡住了七年了，有上校①、安娜．彼得羅芙娜．布赫米斯捷羅娃……不行，我告訴您，畫家是世上最糟糕的房客。連日子都過得像豬一樣，千萬不要沾上這種人。」

可憐的畫家只能耐著性子聽完這番數落。同時，巡警仔細欣賞所有畫作與草稿，此舉立即顯示，他的心靈比房東活躍，而且不乏對藝術的感受力。

「嘿！」他用手指戳戳一幅裸女油畫，說：「這東西，那個……挺有趣的。為何這人的鼻子下面黑黑的？莫非他在自己臉上撒了鼻煙？」

「那是陰影。」恰爾特科夫眼也不抬，冷冷回答。

「嗯，這陰影可以移到其他位置去嘛，畫在鼻子下面太顯眼了。」巡警說：「這是誰的畫像？」他走到老人的畫像前，繼續說：「太可怕了，他的樣子實在太可怕了。唉唷，他真的在瞪人呢！欸，活脫脫是惡魔葛羅莫勃伊②！您畫的是誰啊？」

「這是一個……」恰爾特科夫還未說完，便聽見一記碎裂聲，巡警抓著畫框的力道顯然太大了（因為當警察的人都有雙粗大的手）。畫框兩側的木條向內凹折，一根掉在地上，同時，一包裹著藍紙的東西也落到地上，發出沉重聲響。恰爾特科夫一看見上頭標示著「一千金幣」，便發瘋似地撲過去，撿起那包金幣，反射性地緊緊握在手裡，手還因為重量直往下沉。

「好像是錢的聲音。」巡警說，他聽見東西落地的聲音，但沒來得及看清楚，恰爾特科夫便迅速撲過去把東西撿走。

「這是我的東西，不關您的事。」

「問題是您現在得付錢給房東；因為您有錢，卻不肯繳房租——就是這樣。」

「好吧，我今天就給他錢。」

「嗯，那之前您為什麼不願意付錢，老是給房東添麻煩，還要勞動警察出面呢？」

「因為我原先不想動這筆錢；我今晚會把房租全數付清，明天就搬走，我不想繼續住在這人的屋裡了。」

「好了，伊凡．伊凡諾維奇，他會把房租給您。」巡警轉身對房東說：「如果您今

①前文提到是中校（二一二頁），這裡可能是作者的誇大手法，讓筆下的房東吹牛來貶低畫家。——編注

②為俄國詩人茹科夫斯基（Vasily Zhukovsky, 1783-1852）長篇敘事詩〈十二個睡美人〉（1817）的第一部，詩中葛羅莫勃伊是一個出賣靈魂的惡魔。

晚還是沒收到房租，那麼，畫家先生，可就對不起了。」

他說完，便戴上三角帽離開房間到前室去，房東跟在後面，低著頭彷彿在思索什麼。

「謝天謝地，魔鬼總算把他們趕走了！」恰爾特科夫聽見前室傳來關門聲響，立刻說道。

他探頭望望前室，打發尼基塔出去辦事，以便一個人獨處，尼基塔一走他立刻關上門，回到自己房裡，伴隨著劇烈的心跳拆開紙包。裡頭裝滿了新鑄的金幣，像火一樣黃澄澄的。他近乎癡傻地坐在這堆金幣前面，不斷問自己是不是在作夢。紙包內的金幣正好是一千，與他夢中所見一模一樣。他挑揀金幣、反覆查看了好一會，依舊無法回過神來。他腦中倏然浮現所有的藏寶故事。祖先擔憂後代子孫傾家蕩產，於是留下好幾箱篋的祕密財寶，助其度過困境。他如此想：「眼前這包金幣會不會是一位老祖父留給後代子孫的一筆財富，藏在家族肖像的畫框裡呢？」滿懷著浪漫臆想，他甚至開始揣測這樁奇事是否與他的命運有某種神祕聯繫？這幅畫像與他本人是否有所關聯？他獲得這筆意外之財是否冥冥中早有定數？他好奇地檢視肖像的畫框。其中一邊鑿了個小斜槽，再用一根小木條巧妙遮掩，若非巡警的大手將其折斷，那包金幣或許會永遠靜靜藏在裡面。他審視畫像，再次詫異於畫家高超的技巧和那雙非比尋常的眼睛。那雙眼睛已不再讓他感到害怕了，可心裡仍不由自主留下一種不悅感。「不。」他自言自語：「無論你是哪一家的祖先，我都要幫你裝上玻璃，做個鍍金的畫框。」他把手覆上面前那堆金幣，一碰到金幣，心便猛烈跳動。「我要怎麼用這筆錢呢？」他盯著金幣，心想：「現在我有錢了，至少三年內不愁吃穿，可以關在房裡安心作畫。現在我有錢買顏料了；吃飯、喝茶、日常開銷跟房租我都有辦法支付；再也不會有人來打擾我、招惹我；我要買一副最好的人體模型，訂購一具石膏像，雕塑一雙人腿，擺上一尊維納斯的雕像，再買一些名畫的拓印本。我只要潛心作畫三年，不要著急，也不要想著賣錢，我就能打敗其他畫家，成為赫赫有名的藝術家。」

他如此說道，理智地提醒自己；可內心卻響起另一個更為清晰、宏亮的聲音。當他再度望向金幣，年方二十二的熱血青春發出了不同的聲音。從前只能用妒羨的目光注視、垂涎不已的東西，如今都唾手可得。嘿，一想到這點，他雀躍的心跳動得無比激烈！身穿時下流行的燕尾服，長期省吃儉用後終於能好好大吃一頓，再租一間豪宅，現在立刻上戲院看戲，還要去糕點鋪等等——於是，他抓起一把金幣，立刻衝上街去。

他首先去裁縫師那裡，從頭到腳穿戴一新，像個孩子一樣，不停打量自己；他買了不少香水、香膏，甚至連討價還價都沒有，便租下一眼看中的豪宅，這間豪宅位在涅瓦大道上，裡頭裝設了鏡子與整面玻璃；他在店裡隨意買了一副昂貴的長柄眼鏡，還買了各式各樣的領帶，遠超出實際所需；他又去理髮師那裡燙了捲髮，沒來由地坐上四輪廂型馬車在城裡逛了兩圈；他在糕點鋪裡大啖糖果，還順道光顧一家法國人開的餐廳，迄今他只聽過隱約的風評，好似中國一樣遙不可及。他神氣地挺胸叉腰，在那裡享用了一頓午餐，倨傲地睥睨眾人，不停照鏡子整理一頭捲髮。他還喝了一瓶香檳，在從前他只有聽聞的份。酒精使他腦袋嗡嗡作響，他興致高昂、輕快敏捷地走到街上，正如俄國俗諺所云：連魔鬼也無法擋。他大搖大擺走過人行道，透過長柄眼鏡瞄瞄過往行人。他走上橋，看見從前指導過他的教授，卻飛快從教授身旁竄過去，裝做根本沒看見的樣子，教授因此在橋上呆立許久，動也不動，臉上寫滿困惑。

所有東西，如畫架、畫布與所有畫作等——都在當晚搬到豪宅裡。他把較好的東西擺在顯眼處，較差的就扔在角落裡，接著他在各個華麗的房間走來走去，不停照鏡自賞。內心重新升起一股難以抑制的渴望，就是抓住機會嶄露頭角，讓自己揚名世界。他彷彿聽見眾人呼喊：「恰爾特科夫！恰爾特科夫！您看過恰爾特科夫的畫嗎？他的筆法多麼靈巧！才華多麼出眾！」他欣喜若狂地在房內來回踱步，思緒飄向遠方。翌日，他帶了十個金幣去拜訪一家暢銷報社的發行人，請對方慷慨相助；記者殷勤地接待他，立即稱呼他「尊敬的先生」，並緊握他的雙手，詳細詢問他的名字、父名、地址；隔天，在蠟燭的新產品廣告之後，刊登了一篇題為〈**畫壇奇才——恰爾特科夫**〉的文章：「我們獲悉一則堪稱絕佳的消息，迫不及待與本市素有文化修養的民眾分享這份喜悅。眾人皆同意，世間存在許多俊男美女，至今仍無法將其容貌現於神奇的畫布流傳後世景仰。如今此一缺憾已可彌補：我們發現一位具備這項天賦的畫家。現在美女能夠相信，她那猶如粉蝶飛舞於春日花叢中的輕盈身姿與娉婷美貌將現於畫上。德高望重的家長可見到親人環繞身邊的情景。商賈、軍士、公民、官員——任何人皆可留存其勤奮不倦的英姿。意者請速速前往，或於閒遊漫步之際，或於探訪親友之便，或於名貴商店購物之餘，無論您在何處，請速速前去拜訪。畫家富麗堂皇的畫室（位於涅瓦大道ＸＸ號）展示其繪製的各種畫像，可媲美范．戴克①與提香。各種畫像維妙維肖、幾可亂真，且用色鮮麗生動，獨樹一格，皆使您驚嘆不已。讚頌您，畫家！您已獲得幸運頭彩。安德烈．彼得羅維奇萬歲！（記者顯然喜歡隨興〔不羈的寫作筆法〕您既為自己，也為我們增添了光彩。

①安東尼．范．戴克（Anthony van Dyck, 1599-1641），比利時畫家，為佛萊明畫派重要代表。

我們對您無比推崇。雖則我輩有些畫家鄙薄錢財，仍祝您顧客雲集、財源滾滾，這是您應得的獎賞。」

讀完這篇文章，畫家心裡暗自得意、滿面笑容。大名刊登在報紙上——對他而言可是件新鮮事；他反覆閱讀這幾行文字。作者拿他與范．戴克、提香相提並論，大大滿足了他的虛榮心。「安德烈．彼得羅維奇萬歲！」這句話也令他十分得意。報上刊印他的名字與父名——至今他從未有過這樣的光榮。他在房內快步走來走去，頭髮搔得蓬亂，一會兒坐在扶手椅上，一會兒又跳起來，改坐在沙發上，腦中一直想著該如何接待上門求畫的男女顧客，接著又走到畫布前，提筆畫了一會，試試優雅的運腕動作。第二天，門鈴聲響起，他忙跑去開門。一位夫人走了進來，身旁的僕從穿著綴有金銀飾帶的毛皮大衣，她的女兒——一位年方十八的少女也一起進門。

「您是恰爾特科夫先生嗎？」夫人問。

畫家鞠躬示意。

「報上登了許多關於您的文章；聽說，您繪製的畫像十分完美。」說到這，夫人把長柄眼鏡舉到眼前，飛快地掃視一遍光禿禿的牆面。「您的畫像作品呢？」

「作品還沒送來。」畫家有些慌張地回答：「我剛搬到這裡，那些畫作還在路上……

還沒運到。」

「您去過義大利嗎？」夫人找不到其他可看的東西，便舉起長柄眼鏡望著他。

「沒有，沒去過，但我曾經想去那裡……可我現在想延期……這裡有椅子，你們累了吧？……」

「謝謝，我坐馬車坐了很久。噢，在那裡，我總算看到您的作品了！」夫人說，直奔對牆，用長柄眼鏡瞄向堆放在地板上的構圖、草稿、風景畫和人物畫。「真是太迷人了！麗莎，麗莎，快過來！①妳瞧，這房間有特尼爾茲②的風格：真亂，凌亂不堪，有一張桌子，上面擺了一尊半身雕像、假手和調色板；這是灰塵——妳瞧，連灰塵都畫出來了！真迷人！③還有另一幅，畫的是一個在洗臉的女人——多美麗的臉蛋！④啊，

---

①原文為法文：「C'est charmant! Lise, Lise! Venez ici!」。

②指小特尼爾茲（David Teniers the Younger, 1610-1690），安特衛普畫家，佛萊明畫派重要代表，擅長風俗畫。

③原文為法文：「C'est charmant!」。

④原文為法文：「Quelle jolie figure!」。

還畫了一個農夫！麗莎、麗莎，這是一個穿俄國襯衫的鄉下農夫！妳看看：一個農夫！您該不會只幫窮人畫像吧？」

「噢，這是隨便畫畫……畫好玩的……就是一些習作……」

「請問您對現在的肖像畫家有何看法？如今可沒有提香那樣厲害的畫家了是吧？用色缺乏那股力量，少了那種……可惜我無法用俄語表達（夫人是業餘的藝術愛好者，帶著長柄眼鏡跑遍了義大利所有畫廊）。但諾里先生不同……啊，他畫得真棒！他的技法不同凡響！我認為他筆下的人物神情比提香的更豐富生動。您認識諾里先生嗎？」

「這個諾里先生是哪位？」畫家問。

「諾里先生，啊，是個天才畫家！小女年僅十二歲時，便請他畫了一幅肖像。您一定要來我們家欣賞欣賞。麗莎，妳把畫冊拿給他看。您知道，我們來到府上，就是要請您立即幫她畫一幅肖像。」

「既然如此，我現在就去準備。」

下一瞬，他便將裝了畫布的畫架移過來，手裡抓著調色盤，凝神細看少女那張蒼白的臉龐。假如他擅於觀察旁人本質，一眼就能看透少女臉上充滿了對舞會的幼稚狂熱、無法排遣午前飯後漫漫時光的煩悶哀怨，以及穿新裝外出遊玩的渴望，還有母親為了充實女兒涵養，強迫她接觸各種才藝，形成的勉強敷衍神態。然而，從這張柔嫩的小臉上，畫家看到的卻是有利創作的迷人特點：近乎白瓷般細緻晶瑩的肌膚、一抹宜人的淡淡慵懶風情，光潔纖細的頸項和貴族千金的輕盈體態。從前只能接觸僵硬粗糙的人體模型和一些古典畫家風格嚴謹的畫作與拓本，他早就想得意自如地揮灑一番，展現自己飄逸出色的技法。他已經在腦中勾勒，如何呈現這張單薄纖細的小臉。

「您知道，」夫人帶著略微感動的神情說：「我是想……她現在穿著禮服；老實說，我不希望畫中的她穿著大家習以為常的普通禮服；我倒是希望她衣著簡單，坐在綠蔭中，背景是原野風光，遠處有放牧的牛羊或一小片森林……不要讓人覺得她正要去參加舞會或時尚的晚宴。老實說，我們舉辦的這些舞會只會摧折靈魂、扼殺殘存的一絲感受……要畫得樸實些，越樸素越好。」

唉，從這對母女的臉色便可知道，兩人太常參加舞會，臉色幾乎都變得蠟黃了。

恰爾特科夫開始作畫，他先讓少女坐好，在腦中構思了一會，提起畫筆在空中揮舞，畫下幾處重點；他微微瞇眼，身體向後仰，從遠處目測——只花了一個小時便完成底稿。他十分滿意，便開始上色，完全沉浸於工作中。他已然忘了周遭的一切，甚至忘了還有兩位身分尊貴的女士在場，不時流露藝術家特有的作風，發出各種巨大聲響，不時又哼起歌，這是全心投入創作的藝術家常有的習性。他每次下筆，皆毫不客氣地命令少女抬頭，終於她受不了了，用力扭動身體，神色疲憊不堪。

「好了。第一次就畫到這裡吧。」夫人說。

「再一下就好。」畫家忘情地說道。

「不，該走了！麗莎，已經畫了三個小時！」她說，一面掏出勾在腰帶上的小型金錬懷錶，大聲叫道：「唉呀，這麼晚了！」

「只要再一下子就好了。」恰爾特科夫像孩子般天真央求。

然而，夫人此番似乎完全不肯遷就他藝術上的需要，只答應下次來時會待久一點。

「這可真掃興。」恰爾特科夫心想：「才準備大顯身手呢！」他想起以前在瓦西里島的畫室作畫時，從來沒人中途打斷他或要他停筆；尼基塔通常坐在一個地方文風不動——隨便他愛畫多久都可以；尼基塔甚至能保持著他吩咐的姿勢就這麼睡去。恰爾特科夫很不高興，把畫筆和調色盤放在椅子上，心煩意亂地站在畫布前面。這時，貴夫人說的一番恭維，使他回過神來。他趕緊跑到門邊送客；下樓時，夫人邀請他下週前往府上共進午餐，他興高采烈地回到自己房間，對這位貴夫人著迷不已。迄今為止，他視這些權貴為高不可攀的人物，這些人生下來便注定要乘坐華麗馬車招搖過街，身邊伴有穿著制服的僕從和光鮮亮麗的車夫，對身披寒酸斗篷的蹣跚行人不屑一顧。而忽然間，這樣一位貴人竟然跑來拜訪他，請他畫一幅肖像，還邀他前往府上用餐。他心中洋洋得意、歡喜若狂，為此享用了一頓豐盛大餐，晚上還去看了一齣戲，又無緣無故搭乘廂型馬車繞城一圈。

幾天下來，平常該做的事，他絲毫沒有放在心上。只一心等待門鈴聲響起。終於，貴夫人帶著臉色蒼白的女兒再度光臨。他請兩人坐下，以一種敏捷的、自以為合乎上流的派頭把畫布移過來，便開始作畫。晴朗的天氣和明亮的光線對他大有幫助。他在這位少女身上發現許多特點，若能捕捉這些特點現於畫布上，將會大幅提升畫像的藝術價值；他還發現，假如將少女當下的真實面貌完全呈現，便可能完成一幅特殊作品。意識到自己能將旁人無法察覺的事物表現出來，他的心不禁微微顫動。他全副心思為創作占據，沉浸於運筆之中，再次忘了少女的尊貴身分。他激動得喘不過氣來，眼前十七歲少女那幾近透明的白皙身軀和一些微小特徵，在他筆下呼之欲出。他小心捕捉每一處細微色調，如微微泛黃的膚色，雙眼下方隱約可見的藍色陰影，甚至還打算畫出額頭上的一粒小痘子。忽然，他聽見旁邊傳來夫人的叫聲：「唉呀，這是畫什麼？這些不需要畫。」夫人說：「您這是……瞧，有些地方……顏色有點太黃了，還有這裡都變成一塊黑點了。」畫家解釋，這些黑點和淡淡的黃色正是傳神之處，組成臉部一種可愛而淡雅的色調。然而夫人卻反駁他，那並非什麼可愛淡雅的色調，畫得毫不傳神，純屬他個人偏見而已。「那麼，請容我在此處上一點淡黃色好了。」畫家直率地說。可是夫人連這點也不同意。據她所說，麗莎只是今天心情不太好，她的皮膚一點也不黃，而且臉蛋總是特別紅潤。畫家只好怏怏不樂地抹掉原本的色彩。許多細微特點隨之消失，多少也殃及了畫像的逼真性。他麻木地為畫像塗上一般色彩，這點輕鬆簡單，足以把活生生的人變成教科書上常見的冷冰冰的標準形象。可是夫人非常滿意，令她不快的色彩終於全部抹掉了。她驚訝的只是，繪製一幅畫像竟然要花這麼長的時間，還補了一句，她聽說只要上門兩次便可以完成畫像。畫家不知該如何回應。兩位女士起身，準備離去。他放下畫筆，送兩人到門口，之後便心緒不寧地在畫像前佇立良久。他呆呆看著畫像，腦中縈繞著那些細微的女性特點與淡雅色彩，都是他細心捕捉卻又遭到無情抹除的特徵。他滿懷思緒，把畫像移到旁邊，在房間某處找到一張棄置的賽姬頭像，是他很久以前在畫布上隨意描繪的草稿。這張臉孔雖經巧手勾勒，卻是個完全按照標準、冷冰冰的、由普通線條構成且毫無生命力的臉孔。現在他無事可做，便把這張畫拿來加工，同時又不由自主想起他在那位貴族小姐臉上發掘的種種神韻。他所捕捉到的特點與色調全經過萃煉，縱使模特兒不在身邊，依舊能創造出相同的原型，唯有看透事物本質的藝術家才能達到這樣的境界。賽姬變得栩栩如生，隱微的思緒逐漸化成一個有血有肉的形體。一位上流社會的妙齡少女，其臉孔不經意便轉移到賽姬身上，由是獲得一種獨特的神情，有權稱為創新之作。他似乎融會運用了少女的部分特點與整體印象，這讓他完全沉醉於創作之中。接連幾天他都潛心作畫。此時，先前兩位女士碰巧登門拜訪。他來不及從畫架上取下畫作。兩人遠遠見了卻驚喜地拍手，叫了起來。

「麗莎，麗莎！啊，真是太像了！太棒了，太棒了！①您讓她穿上希臘古裝，真是絕妙的主意！啊，真是出乎意料！」

畫家不知該如何讓兩位女士明白這是場空歡喜的誤會。他不好意思地低下頭，輕聲說道：「這畫的是賽姬。」

「按賽姬的樣子畫？真是妙極了！②」母親笑道，同時女兒也嫣然一笑。「麗莎，

①原文為法文：「Superbe, Superbe!」。
②原文為法文：「C'est charmant!」。

把妳畫成賽姬的模樣，不是正好嗎？真是絕妙的主意！①畫得可真好！簡直是科雷喬②再世。老實說，我讀過介紹您的文章，也聽過您的大名，可是我不知道您如此具有才華。不行，您絕對要幫我畫一幅肖像。」

看得出來，這位夫人也想畫成賽姬的樣子。

「我該拿她們怎麼辦呢？」畫家心想：「既然她們希望如此，只好讓賽姬當她們的替身了。」於是他高聲說道：「麻煩您稍坐一會，我再添加幾筆就完成了。」

「唉呀，我擔心您又……現在這模樣已經很像了。」

畫家明白，她是擔心又要抹上黃色了，便安撫兩人，他只是在眼部加添光芒與神采。平心而論，他深感愧疚，希望畫作多少要跟本人相像才好，以免別人指責他厚顏無恥。果真如此，少女蒼白的面容活生生現於賽姬的輪廓之上。

「夠了夠了！」母親說，她擔心畫得太逼真、太相像了。

畫家得到了所有回饋：人們對他報以微笑，給予豐富的酬勞，恭維連連，真誠地與他握手和種種宴會邀請；總之，他獲得了千百種光榮的獎賞。畫像引起全城轟動，夫人對一群閨中密友展示畫像，大家都驚異於畫家高超的技巧，不僅畫得酷似本尊，還大為增色。當然，人們說到這裡，臉上難免微露嫉妒之色。忽然間，畫家變得應接不暇。似乎全城的民眾都想請他繪製肖像。門鈴一天到晚響個不停。一方面來說，這算是件好事，眾多形形色色的臉孔提供他源源不絕的練習機會。但不幸的是，這些民眾都是難以應付的顧客，事務繁忙、來去匆匆，要不就是上流社會的貴族——他們比別人更加忙碌，因此極不耐煩。四面八方湧來的顧客都要求畫得又快又好。畫家發現，想要從容作畫完全不可能，非得迅速敏捷地下筆，只須捕捉一種整體性的普通表情即可，不須深入探究各種細微末節。總而言之，追求完美是不可能的。同時，必須補充說明，幾乎所有上門求畫的顧客都各有所好、吹毛求疵。女士們要求，畫像要特別表現出個人靈魂與性格特點，至於其他部分完全不用拘泥，可以磨去稜角、修飾缺陷，甚至，如果可以，最好完全不要畫出來。簡而言之，畫中的臉龐即使無法讓人一見傾心，至少也要讓觀者著迷才行。因此，女士們端坐畫像時，不時會擺出讓畫家驚愕的表情：一個是故作憂鬱，另一個則露出沉思樣貌，第三位想要裝出櫻桃小嘴，於是緊緊嘟起雙唇，直到嘴唇小如針尖。即

---

①原文為法文：「Quelle idee delicieuse!」。

②科雷喬 (Antonio Allegri Correggio, 1489-1534)，義大利文藝復興時期畫家，擅長表現柔和的女性美。

便如此，她們仍一再要求畫像要神情自然、肖似本人。男士們也不遑多讓。一個男士要求頭部彎曲的角度要畫得剛毅有力；另一位抬起炯炯有神的雙眼朝上仰望；近衛隊中尉要求他的眼神流露戰神馬爾斯①的氣魄；文官則希望展現更多高貴凜然的氣度，手臂擱在一本書上，封面清清楚楚題著幾個大字：「永遠站在公理正義的一方」。起初，畫家被這些要求搞得冷汗直流：總要再三考慮、斟酌，而完工的期限又短。終於他想出了解決辦法，不再感到為難。甚至只需三言兩語，他便明白對方想畫成什麼模樣。有人崇拜戰神，他就在臉部添加馬爾斯的神采；有人想當拜倫②，他便畫上拜倫的姿勢與動作。女士想當可琳娜③、烏丁娜④、阿斯帕齊婭⑤都可以，他皆樂意地有求必應，並自行幫每個顧客添加一抹端莊文雅的氣度，眾所皆知，這麼做絕對沒有害處，即使不像本人，畫家有時也能得到諒解。不久，他也驚訝於自己作畫的神速敏捷。而求畫的顧客自然都歡喜不已，稱他是繪畫天才。

恰爾特科夫成了一位道地的時尚畫家。他開始搭車赴宴，陪伴夫人小姐參觀畫廊，甚至去散步遊玩；他衣著入時，公開聲言畫家應屬於社會，應當維護自己的身分，有些畫家穿著打扮跟鞋匠一樣寒酸，無疑是欠缺體面、有失高雅風範和教養的表現。他的住家與畫室整理得井井有條、乾淨無比，還請了兩個能幹的僕役，收了一批穿著時髦的學徒；他一天要換好幾套禮服，頭髮燙得捲曲，潛心揣摩接待顧客的舉止風度，想盡各種方法裝扮自己，藉此贏得女士的好感；總而言之，他很快就變得判若兩人，再也不是那個謙遜簡樸、躲在瓦西里島的陋室內默默耕耘的畫家了。而今他論起畫家與藝術時，總是語帶尖酸：他斷定，人們對從前的畫家過度好評，在拉斐爾之前的畫家所畫的人物根本就像鯡魚；至於這些人物畫中似乎存有某種神聖性，都只是觀者的臆想與個人見解罷

①馬爾斯（Mars）是羅馬神話的戰神。

②拜倫（George Gordon Byron, 1788-1824），英國詩人、革命家，浪漫主義文學的代表。

③法國小說家德．斯戴爾夫人（Germaine de Staël, 1766-1817）的著作《可琳娜或義大利》（Corinne ou l'Italie, 1807）中的女主角。

④俄國詩人茹科夫斯基詩作〈烏丁娜〉（Undine, 1837）的同名女主角，情節取材自德國浪漫主義小說家富凱（Friedrich de la Motte Fouqué, 1777-1843）的作品。

⑤阿斯帕齊婭（Aspasia, 約公元前 470-400 年）為雅典政治家伯里克利斯（Pericles, 約公元前 495-429 年）的情婦，以美貌與智慧聞名，是當時雅典社會的活躍人物。

了；即便是拉斐爾的創作也並非毫無瑕疵，許多作品都只是浪得虛名而已；米開朗基羅①則是個愛吹牛的傢伙，因為他一心炫耀解剖學知識，作品毫無美感可言，要欣賞真正的光影變化、筆力輕重與用色技巧只能在當代創作中尋找。講到這裡，便自然而然、無可避免要提及他本人了。

「不，我不懂。」他說：「有的畫家得聚精會神坐著那裡埋頭苦畫。這種人創作一幅畫，得拖上好幾個月才能完成，照我看來，只能算是勤勞的創作者，而非藝術家。我不相信這種人會有什麼才能。真正的天才作畫時既大膽又迅速。就拿我來說吧，」他通常會轉身對顧客說：「這幅畫像我畫了兩天便完成了，這個頭像畫了一天，這張畫了幾個小時，而這張呢，只畫了一個多小時便大功告成。不，我呢……說實在的，我不認為一筆一畫描繪出來的東西就是藝術；那是俗匠之作，而非藝術。」

他向顧客侃侃而談，是以客人都驚異於他那遒勁而生動的筆法，聽說這些畫如此迅速完成，他們連連驚嘆，爭相告知：「這是天才！真正的天才！聽聽他的談吐！他眼中散發的光彩多逼人！他的外貌透著一股非凡的氣度②！」

畫家聽到這些傳聞十分得意。當雜誌上登出讚揚他的文章時，他高興得像個孩子一樣，儘管這篇文章是他自己花錢請人寫的。他四處向人炫耀這篇文章，裝作不經意地展示給熟人朋友看，歡喜的程度簡直到了天真可笑的地步。他聲名大噪，工作、訂單絡繹不絕。他已開始厭倦替人繪製肖像了，許多人擺出的姿勢與變化在他看來都顯得死板、機械化。他了無興致地作畫，只草草勾勒出一顆頭，其餘便交由學徒完成。過去他還會致力於探索某種全新姿勢，憑藉遒勁筆法和絕妙表情給予觀者深刻印象。如今他對此已不感興趣，懶得用頭腦思考、琢磨。他不僅無法也沒有閒工夫這麼做——由於散漫的生活和他極力扮演高貴紳士的社交圈——凡此種種，使他與創作、思考漸行漸遠。他的畫筆失去了熱情，變得遲鈍滯緩，他麻木不仁，落入千篇一律、墨守成規的過時窠臼。文武百官那一張張單調冷漠、永遠打理整齊——或者說是繃得緊緊的面孔，並未留下多少著墨的餘地：他的畫筆已然忘卻那些華麗的帷幔、有力的動作和奔放的熱情，更不用提人物配置、藝術情節和創作深度了。畫家眼前只見制服、緊身的前胸襯衣、燕尾服林立，

①米開朗基羅（Michelangelo di Lodovico Buonarroti Simoni, 1475-1564），為義大利文藝復興時期著名畫家、建築師、雕塑家與詩人，和拉斐爾、達文西並稱「文藝復興藝術三傑」。

②原文為法文：「Il y quelque chose d'extraordinaire dans toute sa figure!」。

他冷漠以對，失去了所有想像力。他的作品中一些常見的優點已不復見，可依舊聲名卓著，然而真正的行家與藝術家看到他近來的畫作都只是聳聳肩而已。一些認識恰爾特科夫的人不明白，他那光芒初露的才華怎會就此消失了呢？並徒然猜測，一個人正值年富力強之際，才華怎會油盡燈枯？

然而，興高采烈的畫家對這些評論充耳不聞。他已步入中年；身材開始發福，明顯橫向發展。在報章雜誌上，他已被冠上諸如：「我們尊敬的安德烈．彼得羅維奇」、「我們卓越的安德烈．彼得羅維奇」等稱呼。他受邀擔任各種榮譽職位、考試評審與參加各種委員會。人們到了受人敬重的年紀，行事作風會開始改變，他如同那些人一樣，開始強烈維護拉斐爾與古代畫家的聲名地位——他之所以如此，並非出於相信他們的崇高價值，而是因為能夠借用他們的名義挑剔畫壇新人。他按所有這個年紀之人的慣常作風，毫無例外地譴責年輕人道德淪喪、精神頹廢。他相信世間萬物都是單純的，沒有所謂的天賜靈感，一切都須納入精確劃一的嚴格秩序之中。總之，他的人生已達不惑之年，所有情感衝動皆受到壓抑，強而有力的琴弦只能喚起心靈的微弱共鳴而非高聲唱和；當他接觸美麗的事物，已無法將這些純真力量轉化為火焰，而殘餘的情感卻逐漸朝金錢的清脆聲響靠攏，專注聆聽金錢奏出的誘人樂章，漸漸地、不知不覺便完全沉迷其中。假若一份榮耀並非經由個人努力而是透過竊取得來，則竊盜之徒不會感受到任何喜悅，唯有當之無愧的人才能得到永恆的喜樂。是以畫家的全副心神與滿腔熱情都轉而投注金錢之上。金錢成為他的熱情、理想、恐懼、喜悅和人生目標。他的箱櫃塞滿了一疊又一疊紙鈔，他和那些注定擁有這可怕之物的人一樣，變成一個無聊又難以相處，眼裡只認得錢，不可理喻的吝嗇鬼和守財奴，也是一個在這冷漠世間經常見到的可怕怪物，有血有肉有情感的人見了他們都會不寒而慄，感到這些人就像少了顆心的行屍走肉。然而，一件事卻大大震撼了他、喚醒他的生命之軀。

有一天，他看見桌上有封邀請函，藝術學院邀請他以榮譽院士身分前去評論一位在義大利深造的畫家送來的新作。這位畫家是他以前的同學，早年便酷愛藝術，滿懷熱情投身其中，疏遠所有親朋好友，放棄習以為常的舒心生活，隻身奔赴孕育在美麗蒼穹下、莊嚴的藝術發源地——羅馬，所有藝術家聽到這座城市的大名便心蕩神馳。在那裡，他像隱士一樣埋首創作，對其他俗事不為所動。無論人們如何批評他個性孤僻、不善交際、無視上流社會的禮節及衣著寒酸有辱畫家身分等等，他都無所謂，也不在乎其他畫家是否對他心存不滿。他鄙視一切，將全副心力奉獻於藝術中。孜孜不倦地參觀畫廊，一連幾個小時在大師的作品前流連忘返，捕捉、揣摩其優美技法。創作時，他總要再三琢磨這些大師的技巧，直到深信自己已全盤理解大師巨作中默藏的有力啟示，才能停筆完工。他從不加入那些喧囂的談話與爭論，既不支持也不反對純粹主義者①。他對所有畫派一視同仁，給予公正的評價，並從中汲取長處，唯一奉為圭臬者僅高超大師拉斐爾。猶如一位偉大詩人遍覽無數精彩雄偉巨作後，發現唯有荷馬的《伊里亞德》②為桌案必備經典，因其包羅萬象、應有盡有，深刻而完美地反映一切。由是，他從此一畫派獲得了偉大的創作概念、雄厚的美學思想及出神入化的高妙技巧。

恰爾特科夫走進大廳，便發現一大群參觀者聚攏在一幅畫前。四周悄然無聲，在行家雲集的場合，這點相當少見，然而這回全場都籠罩著這股氛圍。他立即擺出一副高深莫測的行家神氣，走到畫前。可是，天哪！他不敢相信自己眼前所見！

眼前的畫作如處子般純潔無瑕、優美動人；又如天仙般質樸聖潔、純真無邪，高居於眾生之上。畫中天仙般的人物似乎驚異於眾人的視線，羞怯低垂美麗的眼睫。行家們無比驚奇地欣賞這幅新奇非凡的作品。這幅畫似乎兼容兩位大師的優點：既反映拉斐爾人物畫的高雅姿態，又展現科雷喬的完美技法。然而，最顯而易見的是蘊藏於畫家心靈深處的創造力。畫中景物皆浸潤其風格，顯露其創作規律和內在力量。畫中隨處可見大自然蘊含的渾圓流暢線條，唯有獨具慧眼的創造性藝術家才能發現這點，換作寫生畫家只會畫出有稜有角的景物。顯然，畫家先將外在世界的觀察所得內化於靈魂中，又從心靈的泉源奔流出一首和諧、雄壯的樂曲。就連外行人也清楚知道，創作與純粹的景物寫生之間存在著無比巨大的鴻溝。難以用言語描述現場那股異樣的肅靜，眾人目不轉睛凝視畫作，籠罩在這股氛圍中悄然無聲——沒有絲毫動靜與聲響；同時，這幅畫不停向上躍升，顯得益發光輝、神妙，最終化為一瞬閃光——那是一個自天外飛來、落入畫家思緒的完美結晶，終其一生只為這一瞬光芒而預備。觀者圍著這幅畫，情不自禁落下淚來。所有品味不同，喜歡大肆批評、挑剔之觀者都聚在一起，對這幅畫作致上無言的讚嘆。恰爾特科夫張大了嘴，呆呆站在畫前，直到觀者與行家們逐漸喧嚷起來，紛紛評論作品的優缺得失，並請他發表意見時，他才終於回過神來。他想裝出淡漠平常的樣子，說幾句冷酷的藝術家常掛在嘴邊的陳腔濫調，如：「是的，當然，不可否認畫家確實有幾分

①泛指追求事物本質、忠於原貌，不喜攙雜其他成分之人。

②荷馬（Homer, 約公元前九世紀～八世紀）為古希臘詩人，相傳為兩部偉大史詩《伊里亞德》與《奧德賽》的作者。《伊里亞德》以特洛伊戰爭為背景，描述戰爭最後一年發生的重要事件。

才能；裡頭存在著某些東西，顯然，他想表現一些東西；不過，真要論起重點……」接著，自然要補上幾句美言，任何畫家聽了都無關痛癢。他本想如此開口，可話到嘴邊卻哽住了，不受控制地嚎啕大哭起來，隨後就像瘋子一樣衝出大廳。

他神情木然，動也不動地在自己畫室中央佇立片刻。渾身細胞與生命力都在瞬間猛然覺醒，彷彿他又恢復青春年少、即將熄滅的天才火花復又燃起。剎那間他恍然大悟。天哪！大好的青春年華就這樣無情斷送了；胸中蘊含的一簇火花本可燃成壯麗的熊熊大火，激起眾人的驚嘆與感動的眼淚，卻硬生生遭到剷除、撲滅。一切都葬送掉了，毫不可惜地斷送掉了。從前他所熟悉的緊張與熱情，似乎在這一瞬間，驀然自內心甦醒。於是他抓起畫筆，走到畫布前。賣力的汗水滑落臉龐，所有心力化為一個願望，一個思緒在內心沸騰：他要畫一個墮落天使。這個主題與他當下的心境十分契合。可惜，他筆下的人物形體、姿態、構思與配置組成都流於矯揉造作、無所關聯。他的畫筆和想像力過於謹守尺度，無力跳脫他自己設定的界限與桎梏，形成創作的謬誤。過去他鄙視那條艱辛漫長的知識階梯，忽略這是未來成就的首要基本法則。他深感懊惱，於是命人把所有新近作品，一些了無生氣的時尚畫作、驃騎兵、貴婦千金和文官們的畫像全部搬出畫室。他鎖上門，獨自待在房間，不許任何人進入，全心投入創作之中。他像個有耐心的年輕學徒一樣，坐在那裡埋首苦畫。然而，他畫出來的東西全是徒勞無功！由於生疏了最基礎的要素，一筆一畫都必須停下來思考；單調無聊的機械手法凝結了滿腔熱情，成為想像力無法跨越的障礙。畫筆總不由自主繞回原本的固定模式，人物雙手總交疊成死板的姿勢，頭部也不敢畫成異常的角度，就連衣服的皺褶也一成不變，無法與陌生的形體姿態搭配。這一點他深自體會到了，也看得清楚分明。

「我以前真的擁有才華嗎？」他終於說道：「莫非我是自欺欺人？」說到這裡，他走到過往的作品前，這些都是他住在僻靜的瓦西里島上的陋室時，遠離人群、財富和各種欲望，以一顆純真無私的心所畫的作品。而今他走近這些作品，仔細審視它們，腦中同時浮現過去那段窮愁潦倒的日子。

「是的。」他絕望說道：「我曾擁有才華。這裡處處可見其印記與痕跡……」

他停下來，渾身猛然一震：他的視線與那動也不動直視他的眼神交會。那是他從休金商場買來的奇特畫像。這幅畫像始終遮蓋嚴密，被其他畫作擋住，他因此完全忘了它的存在。而今，當所有堆在畫室裡的時尚畫像與其他作品統統搬走後，這幅畫好似故意般，跟青年時代的舊作一起現身。他想起這幅詭異的畫像來歷蹊蹺，多少也是促成他轉變的緣由，他也想起那筆神奇獲得的意外之財，激發他無謂的貪欲，葬送了他的才華

——想到這裡，一陣狂怒湧上心頭。他立刻叫人把這幅可恨的畫像搬出去。但內心的焦躁並未因此平息：他全副身心與情感皆飽受震撼，並感到一股椎心之痛，當一個平庸之才試圖超越自我極限，卻無法達成時，這股痛楚便像是偶然現於人性中的異常例外；這股痛心之情在青年身上會產生一股巨大的動力，而在失去夢想之人身上卻會變成枉然的渴求，促使一個人做出令人髮指的可怕罪行。一種恐怖、瘋狂的嫉妒占據了他的心靈。每當他見到具有才情的作品，臉上便現出一股怒火。他咬牙切齒，用蛇蠍般的目光貪婪打量這件作品。心底湧出人類所能擁有的最最邪惡之意圖，並以瘋狂的力量付諸行動。他開始收購所有上乘藝術佳作，不惜花費重金買下一幅畫，小心翼翼帶回自己房裡，接著如餓虎撲羊般衝上去，將其撕裂、扯爛、剪成碎片並用腳踐踏，同時發出得意的獰笑。他積累無數財產，因而有辦法滿足其邪惡的欲念。他打開所有錢袋與箱子，將金幣拿去購畫。任何愚昧凶殘的狂人，都不曾像這位殘暴的復仇者一樣，毀掉如此之多的藝術佳作。在所有拍賣會場上，只要他出席，任何人都別想買到一件藝術品。彷彿憤怒的天神特意把這災星送到世上來，破壞世間的和諧。極度的狂熱使他臉上籠罩一層恐怖的色彩：他臉上永遠帶著怒氣。怨天尤人之色自然顯現於外。他彷彿就是普希金筆下的恐怖惡魔化身[1]。從他嘴裡吐出來的永遠只有惡毒的言語和沒完沒了的貶斥指責，彷彿一頭鳥妖②，忽然出現在街上，即便是他的熟人朋友，遠遠見到他也要努力閃避，以免接下來的一天都覺得掃興。

這種緊繃、壓抑的生活並未持續太久，實在是世界和藝術界之大幸：他虛弱的生命難以負荷這股過度的巨大狂熱。他精神錯亂、頻頻發狂，終於一病不起。劇烈高燒加上急性肺炎來勢洶洶，三天下來他便瘦成了皮包骨，同時徹底瘋狂、無可救藥。有時發作起來，好幾個人都攔不住他。他似乎覺得，那幅時間久遠、早已遺忘的詭異畫像總是在瞪他，於是便瘋得更厲害了。他覺得病榻周圍的人都變成了恐怖的畫像，在他眼前一分為二、二分為四；所有牆上似乎都掛滿畫像，一雙雙栩栩如生的眼睛定定凝視著他。恐怖的畫像同時從天花板和地板望向他，房間變寬變大，無限延伸，以致出現更多凝視的

①此處指的是俄國詩人普希金的詩作〈惡魔〉（1824）。

②希臘神話裡的一種怪物，頭部是又老又醜的老嫗，下半身像禿鷹，有翅膀與利爪。鳥妖性格暴烈、貪婪無饜，渾身惡臭，所有接觸過的東西皆變得汙穢髒臭不堪。在但丁的《神曲》中，她們是地獄中自殺者樹林的看守者。

眼睛。他的主治醫生，已多次聽聞他的古怪病情，試圖找出幻覺中的鬼魂與生活經歷間的神祕關聯，卻一無所獲。病人失去知覺，不僅飽受痛苦折磨，還不停胡言亂語、慘叫連連。終於，在最後一次驟然發病後，他悄悄斷氣了。他的遺體不成人樣。偌大財產一無所剩；當人們看到一幅幅價值上百萬的藝術精品全成了零落碎片時，便都明白他是如何將所有錢財揮霍一空。

第二部

許多廂型馬車、輕型馬車和敞篷馬車擠在一棟房子大門前，裡頭正舉行拍賣會，拍賣一位富有的藝術愛好者收藏的珍品，這類收藏家沉醉於西風與愛神中①，甜蜜幸福半夢半醒過了一生，他們將父輩踏實累積、甚至自己先前努力賺來的百萬家產全都傻傻揮霍一空，無愧於藝術贊助人的名號。眾所皆知，這類藝術贊助人現在已經找不到了，如今十九世紀的贊助人早已換上銀行大亨的無趣臉孔，他們只對寫在紙上的百萬數字感興趣。長長的大廳裡擠滿形形色色的人群，像群猛禽爭相啄食暴露荒野的屍體。一群俄

---

①這句借格里博耶多夫劇作《聰明誤》第二幕第五場查茨基的台詞：「自己醉心於扮演西風與愛神，要讓全莫斯科驚訝他們的優美！」原作指醉心教導農奴演員在芭蕾舞劇扮演神話的西風之神和愛神小男孩。——編注

國船商身穿德國藍禮服，從涅瓦大道商場和舊貨市場蜂擁而至。在這裡，他們的模樣與神情顯得穩妥、自在許多，不見他們在自家店面招徠顧客的殷勤勁。儘管這間大廳貴族雲集，這些商人絲毫不見拘謹，若換作別處，他們早就卑躬屈膝，拍拂自己靴上的灰塵了。他們在這裡肆無忌憚，毫無禮貌地隨手觸摸書籍和畫作，想確認商品的質地如何，而且勇於和貴為伯爵的鑑賞家們相互競價。此處有許多拍賣會常客，每天不吃早餐便早早來到會場；貴族出身的行家從不放過增加收藏品的機會，況且中午十二點到下午一點這段時間他們也無所事事。此外，還有一些衣著寒酸、口袋空空的高尚君子每日必到，他們的目的並非賺錢，只是想看看結果如何，誰出高價、誰出低價，誰贏誰輸，物歸何主。許多畫作胡亂堆放，和家具、書籍混在一起，那些書上還有前任物主的簽名，或許他們從未提起興致去翻閱這些書籍。中國花瓶、大理石桌面、各種鍍金或不鍍金的新舊弧形線條家具，以及上頭刻有格里芬、斯芬克斯①和獅爪的圖樣，各式枝形吊燈、油燈等——全都堆疊在一起，不像商店擺放得井然有序。這一切宛如藝術品的大雜燴。當我們置身於拍賣會上，總會興起一種恐怖感：這裡的一切都透著一股送葬氛圍。拍賣會的大廳總是陰森森的，窗邊堆滿家具和畫作，隱隱透出微弱光線；每個人都帶著肅穆的表情，主持人敲著木槌，用哭喪的聲音為這些在拍賣會上奇異相遇的可憐藝術品吟唱安魂彌撒。這一切都使人感到更加詭異、難受。

拍賣會進行得如火如荼。一群上流紳士擠成一堆，爭先恐後，互不相讓。四面八方傳來此起彼落的叫喊：「一盧布！一盧布！一盧布！」主持人還來不及複誦增加的價碼，便已經比原價高出三倍了。周圍人群正在爭奪一幅畫，只要是略懂繪畫的人都會受其吸引，顯見畫家擁有卓絕造詣；這幅畫像看來經過多次修復，變得煥然一新，畫中主角是個亞洲人，臉孔黝黑，身披一件寬大外衣，臉上帶著一種異樣的詭譎神情；然而，令周圍人群大為驚異的卻是那雙異乎尋常、充滿生氣的眼睛。越是細看那雙眼睛，其目光便越像是要穿透觀者內心。這種奇詭特點和畫家非比尋常的技巧，幾乎吸引眾人注意。由於出價高到令人難以置信的地步，許多競標者都已經放棄了，目前只剩兩位頗具聲望的貴族在競標，他們都是繪畫愛好者，不願錯失這件珍品。兩人競爭十分激烈，極可能將價錢哄抬成一筆天文數字，忽然，現場有人喊道：「請容許我暫時打斷兩位競標。或許我比任何人都有資格得到這幅畫像。」

---

①格里芬（Griffin）為希臘神話中的鷹面獅身獸，斯芬克斯（Sphinx）為人面獅身獸。

這番話立刻引起眾人的注意。說話者是一個身材挺拔的男子，年約三十五歲，留著一頭長長的黑色捲髮。他有一張討喜的臉孔，洋溢著開朗、無憂無慮的神情，顯示其內心毫無世俗煩憂；他的衣著打扮並不追求流行時尚：一切都顯示出他是位藝術高人。他正是畫家B，在場許多人士都認識他。

「你們一定覺得我說的話十分奇怪。」他看到眾人的視線集中在自己身上，接著開口：「如果你們願意聽我說完一段小故事，你們或許會明白，我之所以這麼說是有理由的。種種細節使我深信，這便是我一直在尋找的那幅畫像。」

眾人臉上自然浮現無比好奇的神色，連拍賣會主持人也張大了嘴，原本舉著木槌的手也停下來，準備洗耳恭聽。起初，還有許多人忍不住轉去看那幅畫像，但隨著故事越來越引人入勝，眾人的焦點全都放在說故事的人身上。

「你們都知道城裡有個地區叫科洛姆納。」他開始說道：「那裡的一切都跟彼得堡其他地區不同。那裡既不像首都，也不像外省地區。一踏上科洛姆納的街道，似乎就可以感受到，你遠離了年輕人的欲望、熱情。這裡沒有未來，唯有一派寂靜和隨著都市變遷淪落至此的隱退人士。遷居此處的有退休官員、權貴遺孀、家道中落之人，他們和參政院的官員有些交情，因而來到這裡度過餘生；此外，一些服務多年的廚娘，成天上市場閒晃，在雜貨店裡跟男人閒聊，每天只買五戈比的咖啡和四戈比的糖。最後還有一種人，可以用一個詞來形容，就是『灰暗』——這些人無論衣服、臉孔、頭髮、眼睛都蒙上一層混濁、灰暗的色彩，好似陰天，一片霧濛濛的，所有事物都失去了鮮明的輪廓。派到這裡的可能還有退休的劇院收票員、九等文官和眼瞎唇腫的退役戰神子弟①。這些人冷漠無情：走路目不斜視，默不吭聲，腦袋什麼也不想。他們的房裡沒有太多財物，有時只有一瓶俄國伏特加，他們整天不停喝酒，卻不會嚴重損害頭腦。反而是一位年輕的德國工匠——這位住在市民街的好漢，每逢週日照例要大醉一場，過了午夜十二點，便獨自在人行道上橫衝直撞。

「科洛姆納的生活十分幽靜：這裡鮮少有廂型馬車出沒，除了一些演員偶爾坐馬車經過，隆隆作響、叮叮噹噹驚擾周遭安寧。居民都以步行為主；出租馬車經常是空車，拉車的老馬拖著一捆乾草蹣跚而行。這裡一個月只需五盧布便可找到一處公寓，早晨還供應咖啡。領取養老金的富孀們出身顯貴；她們教養良好，時常清掃自己的房間，跟朋

①指軍人。

友談論牛肉和白菜又漲價云云。這些孀婦身邊總有一個年輕女兒作伴，她們沉默寡言、唯唯諾諾，有些長相俏麗，帶著一隻惹人厭的小狗和一只掛鐘，鐘擺悲涼地滴答滴答響。其次是演員，酬勞微薄無法搬離科洛姆納。他們是一群逍遙自在的人，和所有演員一樣，過著自得其樂的生活。他們穿長衫，修理手槍，用硬紙板糊製各種家用小工藝品，和來訪的朋友下跳棋、打牌，悠閒地度過一個上午，到了晚上幾乎又重複相同的事情，偶爾喝點潘趣酒助興。除去科洛姆納的權貴名流外，其餘居民都是些無足輕重的小人物，難以一一列舉他們的姓名，正如無法數清陳年老醋裡孳生的蟲一樣。有些老太婆信仰虔誠；有些是酒鬼；還有一些人兩者兼具；有些老太婆宛如螞蟻搬家，用不可思議的方法，將破舊的衣物用品自卡林金橋搬到舊貨市場，只為了賺取微薄的十五戈比。總而言之，這些多半是最卑下可憐的人類社會的殘渣，無論多優秀的政治經濟學家都找不出方法改善他們的處境。

「我提及這些人的用意，是為了讓各位明白，這群居民陷於困境之中，時常尋求臨時的額外金援，需靠借債度日。於是，一群特殊的高利貸業者便應運而生，他們憑抵押物出借小筆款項，再收取高額利息。這群小規模的高利貸業者遠較鉅額業者來得殘酷無情，因其出身於貧窮襤褸，而鉅額高利貸業者，只跟乘坐廂型馬車的貴人打交道，從未體驗過窮困潦倒的滋味。是以這些人心裡，所有人類的情感早已蕩然無存。在這類高利貸業者中，有一個人……不妨告訴各位，我要講的故事發生在上個世紀，即已故的凱薩琳二世①陛下在位期間的事。你們也明白，科洛姆納的樣貌與生活型態產生了多大的改變。總之，這群高利貸業者中有一個人……他很早便定居此處，各方面都與常人不同。他身披一件寬大的亞洲外衣，黝黑的臉孔說明他是南方人，但他究竟是哪個民族──印度人、希臘人還是波斯人，無人能肯定。他的身材異常高大，臉孔黝黑瘦削，神色使人望而生畏，一對銅鈴大眼閃爍著異樣光芒，加上兩道下垂的濃眉，與城裡灰暗的居民明顯不同。他的住所也和其他小木屋不同。那是一棟石頭砌成的房屋，好似熱那亞②商人建造的房子──窗戶尺寸不一、還有鐵製的百葉窗和門閂。這位高利貸業者和其他同行的差別在於，上至揮金如土的達官貴人，下至一貧如洗的老乞婆，無論金額多寡皆可向他借貸。他的門前常有豪華馬車來往，偶爾可見到衣著華麗的貴族仕女從車窗內探出

①或稱葉卡捷琳娜二世、凱薩琳大帝（Yekaterina II Velikaya, 1729-1796），一七六二至九六年的俄國女皇。

②熱那亞（Genova），位於義大利北部的港市。

頭來。外界盛傳，他家裡的鐵箱裝滿了數不盡的金銀珠寶、鑽石和各種抵押品，然而，他完全不像其他高利貸業者那樣唯利是圖。他不僅樂於借貸，似乎還刻意延長還債期限。不過，他採用一種奇怪的計息方式，讓本錢滾出暴利，至少人們是如此謠傳的。但最令人感到詭異與驚駭之處，是向他借錢的人全都命運淒慘，不幸地結束一生。這究竟是人們的輿論、荒謬的迷信之說，抑或惡意造謠——已無從知曉。然而，短期內在眾人見證下，接二連三發生了幾件真實且駭人聽聞的案例。

「當時的上流社會圈裡，有位出身高貴的青年，很早便受到眾人關注，年紀輕輕就在政壇嶄露頭角，他熱切信奉所有真誠高尚的事物，並熱心資助藝術和研究者的智慧結晶，堪稱未來的科學與藝術贊助者。他很快獲得女皇的賞識，委以重責大任，恰恰符合他的抱負，在科學與慈善事業方面一展長才。年輕的高官網羅了一批藝術家、詩人、學者，希望提供人才機會，獎勵其貢獻。他慷慨解囊，大量資助出版業，捐贈許多訂購的書籍，還多次舉辦獎勵活動，為此花掉大筆錢財，終於囊空如洗。但他性格慷慨豁達，不願半途而廢，於是到處借錢，最後轉而求助赫赫有名的高利貸業者。這位高官自從向高利貸業者借了鉅款，沒多久就變得判若兩人：成為摧殘人才的迫害者。他對所有作品百般挑剔、極盡曲解之能。當時不巧發生法國大革命，這立刻成為他實行種種醜惡勾當的藉口。在他看來，任何事物都具有革命傾向，他感覺處處充滿暗示。他疑神疑鬼，甚至對自己也產生了強烈懷疑，開始編造可怕的罪名、誣陷他人，製造無數不幸冤獄。當然，這些行為不可能遮掩過去，終於上達天聽。仁慈的女皇震驚不已，滿懷君王仁德之心，發表了一席演說，儘管我們無法得知原文，可其中蘊涵的深意卻在許多人心底留下深刻印象。女皇說道，在君王統治下，崇高深奧的精神思想不會受到壓抑，人們的智慧結晶、詩歌和藝術創作亦不會遭受鄙視、迫害；相反地，唯有君王才能成為這些思想結晶的庇護者。莎士比亞①、莫里哀②在君王的庇蔭下得以文采斐然，而同時期的但丁③在共和制的祖國內，卻找不到一席之地。真正的天才出現在君王名聲顯赫且國勢強盛之時，而非政局混亂與共和政體恐怖統治之際，至今這些地方仍未出現一個詩人。應該

①莎士比亞（William Shakespeare, 1564-1616），英國詩人、劇作家。

②莫里哀（Molière, 1622-1673），法國喜劇作家、演員。

③但丁（Dante Alighieri, 1265-1321），義大利詩人，現代義大利語奠基者，他在自己的《神曲》中有暗喻下文提到的「找不到一席之地」。——編注

獎勵真正的詩人和藝術家，他們為人類心靈帶來和平、安寧，而非焦躁與怨懟。學者、詩人和所有藝術創作者都是皇冠上的珍珠與鑽石，使偉大君王統治的時代益發輝煌燦爛。總之，女皇說完這席話，立時變得耀眼動人。我清楚記得，老人家一提及此事便熱淚盈眶。所有人都參與、關注此事。我們的民族深以為傲之處，即俄國人的內心永遠存有真善美，對受壓迫的弱勢者充滿同情。這位高官辜負了女皇的信任，遭到懲處，罷黜官職。然而，最恐怖的懲罰是他看到了同胞們臉上的神情——清楚而徹底的鄙夷。他那貪慕名利的靈魂所遭受的痛苦無法用言語形容：驕傲自大、無法成就的虛榮和破滅的希望交織在一起，他終於陷入恐怖的錯亂與瘋狂，斷送了性命。

「另一樁驚人的案例同樣廣為人知：當時我們的北方首都美女如雲，其中一位佳人更是豔冠群芳。她的美貌絕妙融合了北方的秀麗與南方的婉約，為世間罕見的璀璨寶石。我父親曾坦言，他這一生從未見過這般天仙絕色，似乎所有優點都集中在她身上：如財富、智慧與美德。她的追求者眾，其中最出色的當屬P公爵，他是一位出身高貴，在各方面都極其出色的年輕人，不僅外貌英俊，還擁有瀟灑熱情的騎士風範，為愛情小說和女性心目中的理想形象，實可媲美格蘭迪森爵士①。P公爵愛得熱烈，對方也報以同樣的熱情。但女方親人卻認為這樁親事門不當戶不對。公爵家族早已失去世襲領地，眾人皆知其家道中落、處境窘迫。某天，公爵忽然離開首都一段時間，似乎有事待辦，不久再度回來，全身上下穿戴華麗、貴氣逼人。他多次舉辦豪華舞會和節日宴會，名聲享譽宮廷。女方父親對他另眼相看，於是在城裡舉行了盛大熱鬧的婚禮。新郎究竟如何搖身一變，擁有萬貫家產，這點誰也不清楚；可人們私下傳說，他跟一位神祕的高利貸業者簽訂契約，借了一大筆錢。無論如何，這場婚禮轟動全城。新郎新娘成了眾人傾羨的對象。眾所周知，他們熱烈相愛、堅定不移，雙方經歷長期磨難，終於結為連理。一些熱心婦女預測，這對年輕夫妻必然過著幸福美滿的日子。然而，事實並非如此。不到一年，丈夫的性格產生了可怕的變化。原先高尚、良好的品格變得猜疑善妒、反覆無常。他成了家裡的暴君，不停虐待妻子，誰都無法料到，他竟然做出這些喪盡天良的行為，甚至毆打她。不過一年光景，已無人認得那位曾經追求者眾、亮麗動人的女子了。終於，她再也無法承受這種折磨，率先提出離異。丈夫一聽，暴跳如雷，氣得持刀衝進

---

①為英國小說家理察遜（Samuel Richardson, 1689-1761）的作品《查爾斯．格蘭迪森爵士的歷史》（The History of Sir Charles Grandison, 1753）之主角。

房裡，若非有人抓住他、遏止他，妻子無疑會成為刀下亡魂。他在狂怒與絕望下舉刀自盡——在極度痛苦中結束了生命。

「除了眾人親眼見聞的這兩樁案例外，據說發生在底層民眾間的事件多不勝數，幾乎每樁都以駭人的結局收尾。一個滴酒不沾的正派人竟然變成了酒鬼；一個店員把老闆的財物洗劫一空；一個多年來安分守己的車夫，竟然為了一點小錢殺死乘客。有時，這些事件難免經過加油添醋，自然引發科洛姆納樸實居民的內心恐慌。眾人深信，高利貸業者擁有魔鬼的力量。人們傳言，他開出的條件使人嚇得毛髮倒豎，而且借款人之後完全不敢告訴別人；又有謠傳說，他的錢會發燙，自動變得熾熱灼人，還鑄有某種奇怪的標記……總之，各式各樣的荒誕傳聞不脛而走。必須提及的是，科洛姆納的所有居民——無論是貧窮的老乞婆、位卑職小的官員、低俗演員等，總之，包括我們前面提到的所有小人物在內，都寧願繼續吃苦挨餓，也不要向那可怕的高利貸業者借錢；有些老太婆寧願挨餓消瘦，也不願毀滅靈魂，最後甚至活活餓死。人們在街上碰到那位高利貸業者，都會不由自主感到恐懼。行人見了他總是小心退避，在他經過後，久久回頭凝視那逐漸遠去的高大身影。高利貸業者的相貌十分特別，人們不由得視其為魔鬼的化身。他的臉部線條剛硬、雙頰向內深深凹陷，這點極為罕見；他的臉龐是深古銅色，兩道極度濃黑的眉毛，和一對目光逼人的恐怖雙眼，加上亞洲式外衣的寬鬆皺褶——這一切似乎在在表明，這副身軀裡奔放的強烈欲望，使旁人的所有欲念都相形失色。我父親每次見到他，總會停下腳步站立不動，忍不住開口：『魔鬼！十足的魔鬼！』不過，我得盡快向你們介紹我父親，順帶一提，他才是這篇故事的真正主角。

「從各方面來說，我父親都是極為出色的人才。他是一個畫家，發源於俄羅斯豐饒本土的一枝奇葩，他自學而成，反求心靈探索藝術，無師無派，亦無規範準則，一心渴望精益求精，至於原因，可能他自己也不清楚，只是朝著內心指引的道路前進。他是天賦異稟的奇才，卻常常被同時代的人辱罵為『粗俗無文』，他不因遭受挫折或別人的非難而感到灰心，反而更加努力向上，超越那些批評為『粗俗無文』的作品。他以極高的悟性感應每一事物的內在含蘊，自然而然領會『千古名畫』的真義：為何拉斐爾、達文西、提香和科雷喬所畫的普通人頭、肖像，能夠稱之為千古名畫，而有些取材歷史的巨型創作，儘管畫家滿心奢望留傳千古，卻依舊只能算是『風俗畫』①。內在感受和自

①原文用法文：「tableau de genre」，十六至十九世紀盛行的繪畫類型，有象徵及教化意義的日常生活畫。

身信仰驅使他轉向宗教題材，攀上至高至美的完善境界。他沒有追逐名利的虛榮心和急躁的脾氣，那是許多畫家難以屏除的性格通病。我父親性格剛毅，為人正直坦率，甚至有些粗魯；他外表看來有些嚴峻冷漠，內心存有幾分傲氣，評論別人的話語總是傲慢尖銳。『何必在乎他們呢？』他時常這麼說：『我又不是為他們工作。我的畫作不是擺在客廳，而是掛在教堂裡。有人懂我的作品——我由衷感激；有些人不懂——反正是向上帝禱告，不需責怪世間俗人不懂繪畫，說不定，他會打牌、懂得分辨酒的好壞與良馬駑馬——一個貴族何必要懂這麼多東西？這樣也好，一個人如果什麼事情都要嘗試、都要賣弄聰明，那就難以安生了。每個人各有所長，就該各行其是。在我看來，對於不懂的事直接說不懂的人，總比那些不懂裝懂，只會把事情搞砸的偽君子要好得多。』他的畫開價不高，得以養家餬口、維持創作便足夠了。此外，他從不推辭幫助別人，總是向貧困的畫家伸出援手；他崇奉祖先質樸虔誠的信仰，或許也因如此，他筆下的人物面孔總是自然流露一股崇高神韻，許多才華洋溢的畫家卻無法探究箇中奧祕。他長年耕耘、始終堅定不移地走在創作道路上，終於獲得眾人的敬重，就連那些辱罵他『粗俗無文』、『不夠格的自學者』的人，也對他另眼相看。不斷有人請他為教堂作畫，他因此忙個不停。其中一幅創作他尤為投入。我已經忘了那幅畫的題材，只記得上面必須畫一個魔鬼。

該如何創造魔鬼的形象，他思索許久；他想在魔鬼的臉上畫出人類沉痛、壓抑的神情。當他構思的時候，腦中便閃過那位神祕的高利貸業者之形象，他不禁暗想：『我就把他當成魔鬼來畫吧。』有天，他在畫室工作時，聽見外頭傳來敲門聲，走進來的竟是那位恐怖的高利貸業者，大家可以想見我父親有多驚愕。禁不住打了個冷顫。

「『你是畫家嗎？』他毫不客氣地問我父親。

「『我是。』我父親困惑不解，等他說明來意。

「『那好。幫我畫一幅肖像。我可能快要死了，我沒有孩子；但我不想就這麼死去，我想繼續留在世間。你是否能將肖像畫得栩栩如生呢？』

「我父親心想：『這不是更好嗎？——他自己要當魔鬼，求我畫上去。』於是答應了。他們談妥時間與價錢，隔天，我父親便帶著調色盤和畫筆到高利貸業者家去。挑高的庭院、幾隻看門狗、鐵門與鐵門、拱形窗戶、幾口披覆著舊式毯巾的箱子，最後是異於常人、端坐在他面前動也不動的屋主——眼前的一切賦予他一種詭異的印象。窗戶下方似乎刻意堆滿東西擋住光線，只有頂端透進一絲光亮。『真是見鬼了！現在光線全集中在他臉上！』他喃喃自語，開始聚精會神地創作，彷彿擔心那絲難得的光亮會陡然消失。『畫起來可真有力！』他又自言自語：『他現在的樣貌，我只要能畫出一半神韻，就足以勝過我畫的聖徒與天使，祂們在他面前都會黯然失色。真是充滿魔鬼的氣勢！我只需略略忠於原貌，畫布上的他便呼之欲出。多麼特殊的容貌！』——他不停絮念，並加倍努力作畫，他自己也看出來，一些容貌特徵已逐漸顯露在畫布上。然而，他刻劃得越是細膩入微，心頭那股莫名的沉重與驚慌感便越甚。儘管如此，他仍決定絲毫不差地捕捉每一項細微特徵與神情。首先，他刻意強調那雙眼睛。那雙眼睛是如此充滿力量，想要如實傳達似乎是不可能的事。但他下定決心，無論如何都要捕捉最細微的特點與色彩，探索其眼神的奧祕……然而，只要他拿起畫筆，欲深入描繪，內心便油然生起一種詭異的厭惡感和莫名的沉重感，他不得不多次放下畫筆，再重新作畫。最後，他再也受不了，覺得那雙眼睛直刺他的內心，使他莫名感到惴惴不安。第二天也是如此，到了第三天，這股感受益發強烈，他不由得毛骨悚然。他扔下畫筆，斷然表示無法再畫下去。可以想見，那位古怪的高利貸業者一聽這話陡然變色。他立刻撲到我父親跟前，哀求他完成畫像，並說這關乎他的命運以及能否繼續留存世間，我父親已觸及他鮮明的容貌特點，只要繼續如實呈現，他的生命便能憑藉一種神祕的力量留存於畫中，如此一來他就不會完全死去，他必須留在這世上。我父親聽了十分駭然：這番話既詭異又恐怖，他扔下畫筆與調色盤，慌忙衝出了房間。

「一想到這件事，我父親便鎮日惶惶不安。隔天早上，他收到高利貸業者的畫像，是他家裡一位女僕送來的，並解釋，主人不要這張畫了，也不付酬勞，所以把畫送回來。當天晚上，我父親便聽說高利貸業者死了，人們打算按照他的信仰舉行葬儀。一切似乎詭異得難以言喻。從這時起，我父親的性格產生了明顯的變化：他自己也不知何故，終日感到惶恐不安，不久竟然做出一件出人意料之舉。一段時間以來，他門下的一位學徒開始引起部分畫壇行家與藝術愛好者的矚目。我父親也一直因為他的才華予以特別關照。忽然間，他開始嫉妒起自己的學徒，難以忍受眾人對這個學徒的關注和評論。此外，教他氣憤難平的是，竟然有人請這位學徒為一座重建的富麗教堂作畫。他氣炸了。『不行，我絕不讓這乳臭未乾的小子得意！』他說：『老弟，你想讓老人家灰頭土臉還早呢！謝天謝地，我還有力氣。我們走著瞧，看誰才是灰頭土臉的一方。』在此之前，他對陰謀詭計始終深惡痛絕，而今一個胸懷坦蕩的正人君子也開始玩弄手段了；他終於達成目的，教堂宣布公開遴選，其他畫家也能參賽。之後他把自己關在房裡，開始狂熱創作，似乎將全副心力都投入其中。確實，他畫出一幅最出色的作品。大家都相信，他必然贏得優勝。所有畫作皆公開展示，旁人的作品和他相比，猶如黑夜與白晝之別。突然間，一位與會人士，如果我沒記錯，他是宗教界裡有頭有臉的人物，發表了一席震驚四座的評論：『這幅畫的作者確實才華洋溢，』他說：『可是人物臉上缺乏聖潔之氣；相反地，眼神還透著一股邪氣，彷彿畫家的手為邪惡所驅使。』在場人士仔細觀畫，不得不信服他的說法。我父親衝到畫前，似乎要親眼證實這席令人不快的評論究竟是真是假，而他驚駭地發現，幾乎所有人物都擁有高利貸業者的恐怖眼神。每雙眼睛都邪惡陰狠地瞪視眾人，連他自己也感到不寒而慄。這幅作品沒有入選，當他知悉最後是他的學徒獲得優勝，他更加光火。他怒不可遏回到家裡，那股狂怒簡直難以用筆墨形容。他幾乎把我母親打了個半死，又把孩子全部趕走，折斷所有畫筆和畫架，從牆上扯下高利貸業者的畫像，命人拿來刀子和生起壁爐的火，打算把畫切成碎片，燒個精光。就在這時，一個朋友走了進來，他是位寫生畫家，性格樂天知命、毫無遠大期望，無論做什麼事都是開開心心的，動不動就高興地大吃一頓。

「『你在做什麼？打算燒什麼東西啊？』他邊問，走到畫像旁邊。『得了吧，這可是你畫得最好的一幅作品。這就是不久前才死掉的高利貸業者嘛；這可是一幅上乘佳作。你不只畫出他的外貌，還傳達了他的神韻。我不曾見過有人像你一樣，把眼睛畫得這麼生動靈活。』

「『我就要看看，扔進火裡，這雙眼睛還能怎麼生動靈活。』我父親說，接著就要把畫扔進壁爐裡。

「『慢著！看在上帝的份上！』朋友攔住他，說道：『你要是嫌它礙眼，不如送給我吧。』

「我父親起初不肯，最後還是同意了，那位樂天的朋友也心滿意足地拿著收穫物回去了。

「他離開後，我父親的心情立刻平靜下來。果然畫像不見了，壓在他心頭的重擔也隨之消失。他自己也驚駭於性格的明顯轉變和先前生起的惡毒、嫉妒之心。審視自己的所作所為後，他內心深感憂傷，沉痛地說：『是的，這是上帝對我的懲罰。作品丟人現眼，是我咎由自取。那是為了陷害同行所畫的作品。邪惡的嫉妒心支配了我的畫筆，自然會顯露於畫上。』

「他立刻去找從前的學徒，緊緊抱住他，請求他的原諒，並努力彌補自己的過錯。他創作時又像從前那般心如止水，但臉上時常流露沉思之色。他頻頻禱告，多數時候沉默不語，評論別人也不再那般尖銳苛刻，原先粗魯的性格變得謙恭溫和。沒多久，發生了一件事使他大為震驚。他已許久不曾見到要走畫像的那位朋友，正想去拜訪他時，出乎意料地，那位朋友竟然自己上門來了。經過一番寒暄，他說：『嘿，老兄，難怪你要把那畫像燒掉。真是見鬼了，那幅畫果然有點古怪……我是不信巫術的，但是信不信由你：那畫裡真的住了一個魔鬼……』

「『怎麼了？』我父親問。

「『是這樣的，自從我把畫像掛在自己房裡，便老是覺得心情煩悶……真的，煩到彷彿想殺人來消氣。我一輩子都不知道何謂失眠，可如今不僅總是失眠，還常做一些怪夢……我自己也說不清，那究竟是夢境抑或其他東西：好像有家庭精靈在掐你的脖子，又彷彿看到畫中那邪惡的老頭在動。總之，我無法說清楚是怎麼回事。我從不曾碰過這種情況。這幾天我都精神恍惚四處徘徊，心裡一直覺得很害怕，好像有什麼壞事要發生。總覺得無法對任何人說出一句高興且真誠的話語，好似我身邊就坐著一個奸細一樣。直到我外甥要走那幅畫像，我才忽然感到如釋重負，卸下肩上的一塊大石：瞬間又覺得高興起來，就像現在這副樣子。嘿，老兄，你可是製造了個魔鬼呀！』

「我父親專注聽完這個故事，最後問道：『這畫像現在還在你外甥那裡嗎？』

「『怎麼可能！他也受不了。』樂天的朋友說：『看來，高利貸業者的靈魂附在畫上：他會跳下畫框，在房裡走來走去。而且我外甥說的情況，簡直教人難以置信。若非我多少有些經歷，說不定會把他當成瘋子。他把畫像賣給一位收藏家，可那位收藏家也受不了，又轉手賣給別人了。』

「這件事對我父親產生極大的影響。他開始嚴肅思考，深陷憂慮，終於深信自己的畫筆成為魔鬼的工具，高利貸業者的部分生命確實轉移到畫上，而今不停干擾人世，挑動人們內在的邪念貪欲，將畫家誘入歧途，使世人備受可怕的嫉妒折磨等等。隨後發生的三件不幸——妻子、女兒及幼子接連猝死，他認為是上天的懲罰，決心隱遁人世。我剛滿九歲，父親便把我送進藝術學院，接著他償清債務，在一所僻靜的修道院內隱居，不久便出家成為修士。他在修道院裡過著嚴守戒律的清苦生活，使其他修士弟兄深感詫異。修道院長得知他擅長繪畫，請他為教堂畫一幅重要的聖像畫。然而，溫和謙恭的修士卻斷然拒絕，表示他不配再提起畫筆，他的畫筆已遭褻瀆，須先經歷刻苦磨難淨化靈魂，才足以承擔作畫的任務。旁人不願勉強他。他盡己所能，使修道生活更加嚴苛。最後，他覺得這種生活仍不夠嚴苛辛勞，徵得修道院長的同意後，便獨自在荒地隱居。在那裡，他用樹枝搭建粗陋的修道小屋，生食根莖草葉，來回搬運石頭，從日出到日落始終站在原地，雙掌朝天，不停默禱。總之，他似乎在探索個人所能承受的磨難與自我犧牲的極限，唯有在聖徒傳裡才能找到這樣的典範。因此幾年下來，他的身體變得虛弱不堪，全賴祈禱的力量支撐下去。有一天，他終於回到修道院，堅定地對院長說：『現在我準備好了。只要上帝願意，我會盡己所能完成這幅畫。』他畫的題材是耶穌降世。整整一年，他足不出戶，潛心作畫，只吃粗糙食物，同時不停祈禱。一年後，作品完成了。這幅畫果真是神妙之作。大家應該曉得，無論修士或修道院長都不甚了解繪畫，可眾人都為畫中人物那不凡的聖潔氣度深深震撼。聖母低頭凝視聖子，神情無比溫柔慈愛；聖子彷彿在眺望遠方，雙眼閃爍著深邃的智慧光芒；三博士震驚於基督顯靈，莊嚴肅穆，沉默不語，匍匐在聖子面前；此外，整幅畫作籠罩著一股神聖的、難以言傳的靜謐氛圍——這一切都展現出和諧的力量與高度之美，賦予觀者神奇的影響。所有修士弟兄都跪在這幅新繪的聖像畫前，深受感動的修道院長說：『不，單憑凡人的畫藝不可能完成這般神聖之作，是至高無上的神力在引領你的畫筆，上天賜福予你的創作。』

「恰好這時，我從藝術學院畢業了，不僅獲得金牌獎章，還得到令人高興的機會去義大利旅行——這是一個二十歲畫家最大的夢想。只是我必須跟父親道別，我們已經整整十二年沒見面了。老實說，我連他的長相都記不得了。我多少聽說過，他過著嚴苛的修道生活，我腦海裡預先想像會見到一個冷漠無情的隱士，因為長年齋戒、不眠不休而變得形容枯槁的衰弱老人，除了自己的修道小屋和祈禱外，對世事一無所知。然而，當我見到一位神采奕奕、卓爾不凡的慈祥長者站在面前時，內心真是無比驚訝！他臉上不見絲毫憔悴，反而容光煥發、愉悅開朗。雪白鬍鬚和飄飄銀髮優雅地披在胸前與黑色長袍褶皺間，垂至腰間用來繫緊樸素僧衣的細帶上。然而，最令我訝異的是，他提出來的藝術評論與見解，說真的，我會永遠銘記在心，並真切希望每位畫家也同我一樣牢記。

「『吾兒，我一直在等你。』當我上前接受他的祝福時，他說：『今後你將展開人生旅程。但願你踏上正道，不可誤入歧途。你有才華，這是上帝賜予的無價之寶——不可輕易埋沒。無論看見任何事物，都要細心研究琢磨，使一切服膺於你筆下，要能找出世間萬物的內在含蘊，更重要的是盡力理解創作的奧祕。精通此點的幸運兒極為幸福。對他而言，大自然並不存在任何低俗事物。一個有創意的畫家，無論渺小或宏偉之物，在他看來都同樣偉大；因其美麗心靈無形滲透其中，是以卑微之物不再卑微，經歷了畫家內心煉獄的試煉，由是獲得昇華。人類經由藝術獲得天堂樂園的啟示，單憑此點，藝術便高高凌駕一切。正如莊嚴肅穆凌駕於世俗煩憂；創造凌駕於毀滅；心靈純潔的天使凌駕於傲慢撒旦的無窮力量——崇高的藝術創作也高高凌駕於世間萬物。你要把一切奉獻給藝術，投入你所有的熱情：這熱情不應摻雜世俗欲望，而是一種平和、神聖的情感；缺乏這種熱情，人類不能超脫俗世，也無法傳達撫慰人心的優美樂音。因為崇高的藝術創作降臨凡間，正是為所有人帶來平靜與撫慰。創作不會激起內心怨艾，而是一種永恆的嘹亮祈禱，努力上達天聽。但有時，創作也會遭遇黑暗時期……』」

「他停住不語，我注意到他原本愉悅的神情忽然變得陰鬱，彷彿臉上瞬間掠過一片烏雲。

「『在我的生命中曾發生一件事。』他說：『至今我仍不解，要我繪製畫像的那位怪人究竟是什麼樣的人物。他絕對是個魔鬼。我知道，世間不信魔鬼的存在，是以我不會談論他的事。但我還是要說，當時我懷著厭惡的心情畫他，對那份工作毫無熱情，總是極力勉強自己，壓抑所有感受，麻木地忠於原貌描繪。那不是藝術創作，是以人們看到那幅畫像，會產生一種惶惶不安的感受——這絕非藝術家的感受，藝術家即便置身騷亂之中，心緒依舊平靜祥和。我聽說這幅畫像一直在轉賣，到處散播負面影響，挑起畫家的嫉妒心，對同行弟兄的陰暗仇恨心理，以及想要傷害、欺壓他人的邪念。願至高無上的主保佑你遠離這種惡念！那是最可怕的東西。寧可自己承受種種可能的磨難，也不要帶給別人絲毫傷害。你要保持純潔的心靈。一個擁有才華的人，心靈應該比旁人更加純潔。許多壞事，別人做了可以得到原諒，可他不行。正如一個人穿著節慶華服出門，若被車輪濺到一點泥漿，周遭人群都會圍上來，對他指指點點，批評他衣冠不整，但這些民眾卻對其他行人日常衣著上的斑斑汙跡視而不見，因為人們不會注意普通衣服上頭沾附的汙點。』

「他給予我祝福並擁抱我。我一生中從未感受過如此激奮高昂的情緒。我極其虔誠地，以一種超乎兒子對父親的感情，緊緊依在他懷裡，親吻他披散的銀髮。他的眼裡閃爍著淚光。

「『吾兒，代我完成一個心願。』臨別之際，他對我說：『或許有朝一日，你會在某處見到我告訴你的那幅畫像。你一眼就會認出那對超乎尋常的雙眼與異樣眼神——無論如何都要毀掉那幅畫……』

「諸位試想，我怎能不遵守誓言，完成他的心願呢？十五個年頭過去了，我始終沒有見到吻合父親描述的畫像，而今卻在這場拍賣會上……」

畫家還未說完，目光便往牆上掃去，想再看那幅畫像一眼。在場聽眾也同時抬眼望去，尋找那幅異乎尋常的畫作。然而，眾人大吃一驚，畫像竟然不見了。人群議論紛紛，接著便清楚傳來一句話：「被偷了！」在眾人全神貫注聆聽故事之際，有人趁隙將畫拿走了。在場眾人呆立良久，無比疑惑，不明白他們是否真的看見那對異乎尋常的雙眼，抑或長時間欣賞古畫累了，只是一時浮現眼前的幻影。

1840 年代的果戈里，德米特里耶夫－馬蒙諾夫（E. A. Dmitriyev-Mamonov, 1824-1880）繪，果戈里的側面特別能顯示出他特殊的鼻子輪廓，困擾他一輩子的「鼻子焦慮症」，彷彿是他心理問題的投射。

【導讀】

藝術作為「驅魔」儀式——談果戈里的《外套與彼得堡故事》

文／政治大學斯拉夫語文系副教授 鄢定嘉

「故事集」（circle）作為一種體裁，盛行於十九世紀上半葉的俄國文壇。作家或以相同敘事者，或以主要角色，或以故事發生場域為主軸，將幾篇看似沒有關聯的故事串連起來，以表述創作理念，或刻畫人物形象，或點出藝術空間的特性。普希金的《貝爾金小說集》、萊蒙托夫的《當代英雄》，以及果戈里的《外套與彼得堡故事》，為其中佼佼者。

尼古拉．果戈里（Nikolai Gogol, 1809-1852）誕生在烏克蘭波爾塔瓦省密爾戈羅德縣，一八二八年中學畢業，同年前往俄國首都聖彼得堡碰運氣，卻僅謀得一個小公務員職務，初試啼聲之作也未獲好評，生活與創作的不順遂，讓他一度出走歐洲。再返俄國時，他以故鄉風土民情為經，烏克蘭五光十色的民間傳說為緯，織就令他聲名大噪的故事集《迪坎卡近鄉夜話》。

果戈里喜愛聆聽別人談話。他將聽到的各種地方用語、傳說或生活細節，隨手記進一本名為「瑣碎或手頭百科全書」的筆記本，作為日後寫作素材。果戈里也擅長說故事，作品中敘事者逗趣詼諧的講述口吻、任運自如的聲音表情，以及神來一筆的抒情語調，讓作品時而迴蕩激昂的抒情歌調，時而充斥無法遏止的狂笑，形塑兩種截然不同的旋律形質。然而，也因敘事者經常喋喋不休，瑣碎的細節描寫導致敘事中斷，造成讀者不易抓住內容核心，還常陷入作家設計的敘事陷阱中。《迪坎卡近鄉夜話》如此，長篇敘事詩《死靈魂》如此，我們手中這本《外套與彼得堡故事》亦如此。

彼得堡故事中的歷史符碼

《外套與彼得堡故事》以一八三〇年代聖彼得堡做為故事發生地。

聖彼得堡為彼得大帝於一七〇三年所建。為擺脫基輔羅斯、蒙古、莫斯科公國幾世紀來積累的舊俗，他選定波羅的海沿岸的沼澤地作為通向西歐的窗口，隨後將首都從莫斯科遷往聖彼得堡。彼得大帝大力推動西化政策，成立圖書館、發行報紙，建立官階體制取代過去的世襲制，規定貴族必須為國服務，也從食衣住行層面著手改造他們的生活，俄國文化新時代於斯開展。

官階體制立意良好，卻衍生許多官場怪現狀。俄國官階共分為十四個等級，升遷並不容易，而且階級森嚴，若有良好氏族、社會關係，等同拿到升官通行證。例如十八世紀的俄羅斯是女皇的世紀，許多男寵飛黃騰達，甚至權傾朝野。這種政治生態，吸引眾多渴望名利雙收的投機分子前仆後繼來到新都。而十四等文官這種低階官員，往往遭受職等高者之欺凌。普希金就將十四等官驛站長的不幸寫進〈驛站長〉。果戈里的〈外套〉、〈狂人日記〉也被劃歸在這個脈絡。

《外套與彼得堡故事》原本的編排順序為〈涅瓦大道〉、〈鼻子〉、〈畫像〉、〈外套〉、〈狂人日記〉五個情節獨立的中篇小說組成，新譯本將〈畫像〉和〈狂人日記〉易位，這個結構變化，有助挖掘這部經典的深層意涵。

走進果戈里的聖彼得堡

十九世紀的聖彼得堡不僅是俄國的中心，還一躍為文學要角。由於城市與生俱來的「無中生有」特質，作家們勢必得在現實描寫上鋪襯層層虛幻，才能表現現實的變形與人性的扭曲。普希金的長詩《青銅騎士》和中篇小說《黑桃皇后》、果戈里的《外套與彼得堡故事》、杜斯妥也夫斯基的《罪與罰》、別雷的《彼得堡》等一脈相傳的「彼得堡文本」，滲透虛實疊映的氛圍。

在彼得堡文本形構的過程中，果戈里厥功甚偉。俄裔美籍作家納博科夫（V. Nabokov, 1899-1977）認為，儘管普希金已經注意到彼得堡「古怪、黯淡的綠色」天空，但只有生活在鏡像世界中的果戈里，在書寫彼得堡時這個「反過來的世界」時，才真正探索與展現了它的陌生性。

果戈里筆下第一位出現在彼得堡的人物，是〈聖誕節前夜〉（《迪坎卡近鄉夜話》）中的鐵匠瓦庫姆。為了取得凱薩琳女皇的鞋子以取悅佳人，瓦庫姆乘著魔鬼「空降」彼得堡，他像劉姥姥進大觀園一般，用充滿好奇的眼神觀看五光十色的首都。

正如作家在〈一八三六的彼得堡筆記〉所寫：「很難把握彼得堡的總體表情」，於是他採「借喻」手法，以城市主動脈涅瓦大道為象徵，讓《外套與彼得堡故事》在此開場，並以人身上的物件，鬢鬍、帽子、裝束等物件的更迭，交代一天內的人事變遷，勾勒城市圖像，製造空間的縱深感，將彼得堡的地景風貌帶入讀者視野，再聚焦主角，從這個「充斥著官員、商人和德國工匠」，並夾雜藝術家這種「非常古怪的團體」的城市中，抽出官員、藝術家兩條主線，帶出他們的遭遇，並以工匠、裁縫串場，加上一些怪誕場景，營造莊諧交雜、笑淚交織的敘事脈絡。

現實中的聖彼得堡結構嚴謹、層次分明，以涅瓦大道為中心，切割出不同的居住空間。然而，〈涅瓦大道〉的敘事者在小說結尾指出這條大道上除了路燈，一切都是幻象，對文本中的人物而言，無論空間或精神的越界，都可能導致失敗或災難。〈涅瓦大道〉兩位主角——軍官皮戈羅夫和藝術家皮斯卡留夫——分頭追逐驚鴻一瞥的佳人，結果皮斯卡留夫將神女誤認為女神，只能耽溺夢境，以鴉片換取美夢的持續，最後割喉自殺；皮戈羅夫熱情追求德國工匠之妻，卻慘遭工匠及其友人痛毆。〈狂人日記〉的主角波普里辛跨越時空概念的同時，也跨越了感知的界限，進而被送入精神病院。〈外套〉中的阿卡基·阿卡基耶維奇在新外套中找到生命力量，首次跨出自己的框線，返家穿越廣場時卻慘遭搶劫，四處求助無門而病卒。

在這個表面真實的藝術空間中，發生的故事光怪陸離，人物遭遇引人同情，甚或掬一把同情的眼淚。與此同時，他們滑稽突梯的言語與行動，又經常製造荒誕不經的畫面。比如波普理辛在精神病院飽受折磨時，神智錯亂間憶起亡母，冷不防地又來一句：「知道嗎，阿爾及利亞總督的鼻子下面長著一顆瘤呀？」阿卡基充滿怨念的鬼魂在彼得堡內四處扒走官員身上的外套，警察抓住「嫌犯」時，卻還想騰出手吸鼻煙，導致鬼魂受不了煙草粉的嗆味打了一個大噴嚏。這些看似與情節無關的細節，充分表現果戈里獨特的幽默美學。

都是鼻子惹的禍？——《外套與彼得堡故事》的黑色幽默

俄文中「果戈里」（gogol'）意為「鵲鴨」，雁形目雁鴨科，長頸腿粗短，善飛行，主要棲息濕地。不知是否「鳥姓」使然，作家果戈里不僅擁有鳥類戒慎恐懼的銳利眼神，尖瘦的鼻子常被友人比喻為鳥喙，也成為他個人的重要表徵。有一種說法，鼻子之所以成為果戈里作品母題之一，就肇因於困擾他一生的「鼻子焦慮症」。

鼻子意象和相關的鼻煙細節貫穿整部《外套與彼得堡故事》。〈涅瓦大道〉中鐵匠席勒酒酣耳熱之際想要割掉鼻子，起因是不想鼻煙耗費過多生活開銷；〈狂人日記〉的主角眼見心儀的小姐對侍從官表示好感，抱怨自己官階雖不如人，在具備鼻子這個方面，可是與侍從官沒有兩樣，在意識錯亂後他信誓旦旦地說月亮是漢堡工匠以粗繩和橄欖油製造出來，致使地球充滿臭氣，人們不得不捂住鼻子，大家之所以看不見自己的鼻子，完全它們都跑到月球定居。到了同名小說中，鼻子更躍升為主角之一，無端出現在理髮師的麵包裡，忽而搖身變成五等文官，連主人八等文官柯瓦留夫都要對它禮敬三分。

這個乍看之下很像童話的離奇故事，蘊含日常風俗和社會潛文本。

小說一開頭就點出故事發生時間是三月二十五日——俄國舊曆的聖母領報節，這一天官員必須穿戴整齊到教堂做禮拜，宣示自己效忠政府。在聖彼得堡，官員最鍾愛的教堂就是喀山大教堂。這也是鼻子身穿「金線縫製的寬大立領制服與麂皮長褲，腰間佩掛一柄長劍」出現在那裡的原因。

柯瓦留夫在高加索受封為八等文官。一八三五年俄國頒布的法典匯編中，規定服公職的貴族必須通過世界史與數學兩科考試，才可晉升為八等文官，否則他只能到高加索去找機會。山區環境險惡，提比里斯因此號稱「八等文官墓園」，只有身強體健者才熬得過。取得官階後，柯瓦留夫來到彼得堡，希望如願謀得高職，並娶到富有的未婚妻。當時軍官的社會地位高於文職官員，所以他喜歡自稱「少校」，足見虛榮的社會性格。

然而，法典匯編中還規定不得錄用有肢體殘缺者為官員，所以失去鼻子這件事情對柯瓦留夫而言，意味斷送升遷與姻緣機會，他才會對眼前發生的怪事感到異常焦慮。

〈鼻子〉是彼得堡故事中幻想成分最強烈的一篇，讀來最為輕鬆，中心思想也很清晰，可以解讀為作者嘲諷只認階級、不辨是非的官場怪狀。此外，果戈里也玩弄虛實，藉以諷刺當時的報業怪象，亦即「淨登一些荒謬離奇、無中生有的傳聞」。這種現象在〈狂人日記〉中也有描寫：報中刊載英國有魚浮出水面講話；兩頭牛走進店鋪說要買茶葉。主角鼻子消失的故事在報紙發行處之後不脛而行，和不久前馬廄街出現會跳舞的椅子一樣，在全城間沸沸揚揚。作家的同時代人讀到這個片段，無不會心一笑，因為一八三三年馬廄街會跳舞的家具真的轟動一時，連普希金在日記中都有提及。

果戈里在日常生活、風俗傳統中置入故事主軸，加上市井傳聞，重新排列組合成天馬行空的情節，讓習以為常的社會風尚陌生化，目的並不僅在引人發笑，因為笑只是果戈里實現創作意圖的手段，用他「長而敏感的鼻子發現了新的文學氣息，進而導致新的戰慄」（納博科夫）。

《外套與彼得堡故事》中的「驅魔」儀式

杜斯妥也夫斯基一句「我們都是從果戈里的〈外套〉孕育出來的」，讓彼得堡故事集長期框架在笑中帶淚的「小人物」主題內，把果戈里的作品簡化為官吏社會的臨床病理分析，忽略作家利用「笑」的藝術手法，在理性與非理性、現實與非現實衝突表象下置入深層意義的用意。

自童年時期開始，果戈里對惡（魔鬼）的感受能力就特別敏銳，認為魔鬼漫遊世間，對人宣說惡之華，希冀惡流布人間。這種世界本質，遂成為他寫作時思索的重點，例如〈涅瓦大道〉的結尾處的幾句話：「除了路燈，這條大道上的一切都是幻象。涅瓦大道無時無刻都在欺騙世人。……當惡魔親自點燃燈火，為世間萬物籠罩一層假面之際，尤其如此。」就蘊含作家對惡無所不在的體悟。

果戈里不諱言自己身上匯集各種齷齪的東西，而且種類雜多，無人能出其右。但他同時也說：「我喜愛善，尋找它，恨不得一下子就找到它；我不喜歡我身上卑劣的東西，不像我的人物那樣與它們手牽著手。我現在和未來都要同它們作戰，並一定要驅逐它們。」他在人的卑劣與庸俗中看到魔性本質，於是在書寫中進行「驅魔」儀式：賦予文學人物自身的卑劣行徑，以「笑」為包裝，讓讀者咧嘴大笑的同時，驚怖地看到自己的形象。

於是，膽怯的阿卡基．阿卡基耶維奇原本滿懷虔敬謄寫公文，訂製新外套後，彷彿「有位可人的伴侶願意與他攜手共度一生」，讓他不再孑然一身。穿上新外套（加冕）與外套被搶（脫冕），不過一夕之間，但這不是狂歡節後的新生，而是被「瞎了一隻眼」的裁縫師（魔鬼）魅惑，偏離原本的信仰所導致的必然後果。同樣的情形也發生在〈涅瓦大道〉的年輕畫家皮斯卡留夫身上。

〈畫像〉延續〈涅瓦大道〉中的藝術家主題，也最能表現果戈里與魔性對抗的決心。

小說分為兩個部分，第一部分充滿「黑暗浪漫主義」（Dark Romanticism）色彩，一幅畫像流露的神祕力量，讓年輕畫家恰爾特科夫夜夢連連，藏在畫框的金幣，是夢境與真實的重疊，導致他完全受到魔鬼控制，內心生起無可抑止的名利欲望，他撒錢買報紙的評論，創作時只講技法，全然無視人物的內在性格，爾後「金錢成為他的熱情、理想、恐懼、喜悅和人生目標」，直至他看到友人充滿神性的畫作，才體悟貪念致使自己的才華消失怠盡。他耗盡財富，收購上乘畫作，只為親手毀掉它們。精神錯亂的他覺得周圍每一個人都是恐怖的畫像，最後在顛狂中死去。

故事進行至此，已經具備完整的中心思想。但果戈里安排了第二部分，解釋畫像由來並交代畫中人的故事。出現在拍賣會上的畫家Ｂ，講述他的父親以高利貸業者為藍圖創造魔鬼形象，賦予他「人類沉痛、壓抑的神情」，亦即那雙挑動觀看者邪念與貪欲的眼睛。與恰爾特科夫不同的是，Ｂ的父親參透自己的畫筆創造出魔鬼，所以斷然拋棄一切出家，以苦修淨化靈魂。

這篇以藝術家為主角的作品具有強烈的隱喻意涵：藝術才華是上帝賜予的無價之寶，藝術家必須以純潔的心善加利用這種才華，因為「崇高的藝術創作降臨凡間，正是為所有人帶來平靜與撫慰」。這個片段，也明確指出果戈里以創作驅魔的論點。

原本應該毀掉的畫像在小說結尾不翼而飛，留下一個開放的結局，也告訴我們「驅魔尚未成功，世人仍需努力」。他自己則在喜劇《欽差大臣》和長篇敘事詩《死靈魂》中，進行更大規模的驅魔儀式。

【推薦跋】

從果戈里的〈外套〉談起

文／作家鄭清文

戰後，日本人回去，留下許多文學書，在舊書攤。我買到一本《俄羅斯三人集》，收契訶夫、高爾基和果戈里的短篇。我讀契訶夫的作品，被迷住了。果戈里的作品只有〈鼻子〉和另外一篇。

那時，因為內容和寫法，我沒有完全進入果戈里的世界。

後來，在《時代雜誌》讀到一篇介紹果戈里的文章，題目好像是〈淚水中的笑〉。我對果戈里有了進一步的了解。

人生有笑有淚，果戈里的作品內容，有些滑稽，卻充滿著哀酸。

我印象最深的是〈外套〉這一篇，它寫一個小公務員，省吃儉用，訂製了一件新外套。不料，剛穿上出外，就被剝奪了。他悒恨而死，變成鬼，想把失去的外套搶回來。

果戈里的人物很特別，他不寫宮廷，也不寫貴族，〈外套〉的主角是一位卑微的小公務員，他完全沒有野心，不想升官，只想一輩子安於做抄寫員。

新的外套是一輩子的唯一欣喜，同事看到，稱讚它，他說，它只是睡袍。有人說，果戈里較少寫女人，而寫小公務員期盼和愛惜外套就像一般人愛惜女人那樣。不幸，在暗夜裡外出，他的外套被剝奪了，警察就在附近，他向警察求助，警察說，我以為你們是同夥，不理會他。他再向大官投訴幫忙找回，大官拒絕了，還笑罵他一頓。

他死了之後，變成鬼，卻不是厲鬼，他不想做大官，也不貪心，他終於碰到了那個大官，立即剝了他的大衣，他只要一件外套，從此鬼也消失了。多麼卑微而又善良的人。

這種作品，是想像還是現實？沒有錯，果戈里寫的是冷漠而殘忍的現實。這篇作品發表於一八四二年，這種現實曾經存在過，卻沒有消失。而果戈里也說，想像更重要，不過只靠想像不能達到高的境界。他的作品提示，一個作家需要一顆善良的心，也更需要一顆崇高的心。

人生充滿悲喜，讀果戈里的小說，他用一點誇張的手法寫出人間的悲喜，讀他的作品或許可以從悲喜的困境中了解世情，提升自己。

【譯後記】

彼得堡故事的荒謬美學

文／何瑄

我很喜歡卡夫卡的《變形記》。

主角格里高．薩姆莎某天一覺醒來變成一隻大甲蟲。變成甲蟲的他儘管保有人類的記憶與情感，卻無法說人話，也無法出門工作，原本依賴他的家人都變得十分害怕他，甚至希望他從世上消失。最後，格里高沒有復原，淒涼孤獨地死去，而他的家人沒有絲毫傷心難過，反倒鬆了一口氣，開開心心相偕出遊，規劃未來的美好生活。

這篇小說最荒謬也最有魅力的地方，就是「人變成蟲」這一點。「人變成蟲」這件事充滿怪誕的想像力，但光有想像力並不夠，還得說服讀者才行；有趣的是，讀者閱讀這篇小說時，並不會質疑為什麼好端端的人會莫名其妙變成一隻大蟲。當荒謬的人與事置入日常生活，便會牽起漣漪，把平凡的現實世界變得混亂、荒謬，在這樣的情境下，原先不可能發生的事都變得合情合理，最後「人變成蟲」這件事不重要了，重要的是小說背後隱含的「人的存在性」的哲學思考，以及人際疏離產生的悲劇。

翻譯這一系列「彼得堡故事」的過程中，我看到了相似的荒謬性與文學高度。唯卡夫卡的荒謬屬單一線性世界：

普通的現實世界↓人變成蟲的荒謬事件發生↓主角與所處的世界分裂

而在果戈里的作品中，荒謬性卻是二元並行：不獨只有荒謬人物與荒謬事件，就連人物所處的世界自始至終都是荒謬、分裂、歪斜的。納博科夫在《尼古拉．果戈里》一書中亦提及這點，並強調「荒謬」在果戈里作品中的重要性：「荒誕是果戈里的謬斯——不過我所謂『荒誕』，並不是指古怪或喜劇性。荒誕有許多色度和程度，就像悲劇一樣，而就果戈里來說，它接近後者。如果說果戈里將他的人物放在荒誕的情境中，那就錯了。如果一個人所生活的整個世界都是荒誕的，你無法將他放到荒誕情境中。……如果你指的是哀憐，指人的處境，如果你是指在不太古怪的世界裡所有那些跟最崇高的志向、最徹骨的遭遇、最強烈的情感相連的東西——那麼通過間接比較，當然就會存在必然的裂口，而某個迷失在果戈里惡夢般的、不負責任的世界中間的可憐人就是『荒誕』的。」（引文自廣西師範大學出版社二〇一〇年版）

據此，納博科夫引申分析的文本為〈外套〉，他視主角阿卡基．阿卡基耶維奇為荒謬精神之代表：「裁縫的鼻煙盒上面印著一位不知名的將軍肖像，因為臉孔部分已經被手指磨穿了，於是貼了一張方形的小紙片做為替代。」他認為這正是阿卡基．阿卡基耶維奇存在的荒謬處，阿卡基是個凡事逆來順受，平庸無奇的小官員，對他所處的世界來說，他的存在無足輕重，隨時可以被任何人取代；但他本人並未意識到這點，仍舊每日辛勤抄寫，做著一成不變的工作。然而，終生汲汲營營換來的也只是一件新外套，最後還被人搶走了，他的努力終究徒勞無功、含恨而逝。

這就是果戈里創造的彼得堡世界，每個角色都是平庸無奇的人物，可以用鼻子鬍子帽子鞋子衣服，甚至是一張小紙片替代；這些平庸角色襯托出果戈里的彼得堡世界有多麼荒謬，這些人沒有清晰的臉孔、沒有個體性、沒有獨立存在的意義，他們日復一日重複相同的工作與習慣，幾乎不曾改變；少數角色意識到這個世界的荒謬，或因突發意外不得不改變的人物，最終都會發現自己的努力僅是徒勞，這個世界充滿各式各樣會吞噬人的裂縫，無論懷抱多高尚的意圖，無論如何辛勤努力都無法扭轉自己的命運，也無法改變這個傾斜、虛假的世界，因隱藏在背後的是小人物們不敢也無力撼動的一個社會階級體制。

由是，這些適應不良的小人物便陷入孤獨疏離，與現實脫節分裂乃至於厭世的狀態，阿卡基．阿卡基耶維奇是一例，〈狂人日記〉的主角波普里辛亦然。波普里辛年逾不惑，仍只是個位卑職小、飽受上司刁難的九等文官，雖愛慕局長千金，卻也明白憑自己的外貌與身分地位絕不可能受局長與其千金青睞，這份苦悶無望、不得翻身的心情使他罹患精神分裂，不僅產生幻覺，以為自己聽見狗的對話，甚至妄想自己是西班牙國王，最後被送進精神病院。

〈涅瓦大道〉也呈現了相似的矛盾。年輕畫家皮斯卡留夫愛上大街上驚鴻一瞥的美女，他對女子充滿純潔美好的幻想，待發現她的真實身分是妓女，幻想破滅的他只能依賴鴉片，沉溺於虛妄的夢境中，甚至以為能夠藉由婚姻與道德勸說拯救女子脫離淫窟，想不到反被女子嘲笑、羞辱，絕望之下選擇自盡。

表面看來，果戈里同情這些渺小卑微的主角：〈外套〉裡，阿卡基．阿卡基耶維奇死後化為鬼魂，四處搶人外套，直到搶走將軍的外套，才獲得安息；荒謬的是，阿卡基．阿卡基耶維奇復仇的對象自始至終都不是搶走他外套的元凶，這段鬼魂作祟的情節，看似一場遲來的正義，將軍學到了教訓，再不敢任意端架子欺凌下屬，但故事最後，真凶依舊逍遙法外，現實社會並不因阿卡基．阿卡基耶維奇之死有所改變。

而在〈狂人日記〉與〈涅瓦大道〉兩篇小說中，果戈里雖嘲諷貪慕虛榮的女性與浮華拜金的社會風氣，然陷入瘋狂／耽溺幻想，與現實斷裂分離的男主角亦為作家嘲弄的對象。於篤信宗教的果戈里眼中，自甘墮落的妓女宛如與魔鬼交易的女巫——「……她竟屈從魔鬼的旨意，從而毀掉了平和的生活，被惡魔獰笑著扔進了萬丈深淵。」皮斯卡留夫竟將熱情與理想寄託在妓女／女巫身上，不啻是種荒謬；而波普里辛明知自己的條件不受局長與其千金青睞，卻無法死心，終導致瘋狂。兩人這番一廂情願、自我蒙蔽的心理，自然淪為悲劇收場。

相較於上述三篇小說，〈鼻子〉的喜劇性較強，然荒謬度愈甚。鼻子緣何脫離人臉？為何莫名其妙藏於麵包中，又搖身一變成為穿戴筆挺的五等文官？有一說認為果戈里在此玩了文字遊戲：鼻子的俄文為「НОС」，顛倒過來即為「СОН」，即俄文的「夢」。此外，故事發生在三月二十五日到四月七日之間，事實上，十九世紀俄國舊曆的三月二十五日等同於新曆四月六日，這天是「聖母領報節」（見六十五頁），果戈里特意將故事時間設定於這兩個日期，正暗示整篇故事就像是發生在一天之內的一場夢，因此，所有荒誕不經的情節，在夢裡都可能發生。

如此，或可將鼻子視為柯瓦留夫分裂的自我：一方面反映其潛意識對功名利祿的渴望，一方面也透過鼻子對柯瓦留夫的冷漠態度，顯示柯瓦留夫本人的性格特點：傲慢自大、依仗官職，欺壓身分地位低於自己的人。

不過，我認為這篇小說最荒謬之處並非鼻子化身五等文官在街上走路一事，而是柯瓦留夫為找回鼻子所做的種種努力，以及彼得堡市民面對此一怪事的反應。柯瓦留夫發現鼻子不見了，他最擔心的並非能否呼吸或喪失嗅覺等生理問題，而是無法吸引女士和參與社交活動，這種不合常理的反應堪稱荒謬。其次，柯瓦留夫追尋鼻子下落時處處碰壁，失去鼻子的他被視為異類，不僅得不到他人同情，還成為市民嘲弄的對象。這種努力追尋卻不可得的行為模式，在〈外套〉、〈狂人日記〉和〈涅瓦大道〉裡也一再重複：阿卡基．阿卡基耶維奇請求將軍協助卻遭到喝斥；波普里辛與皮斯卡留夫追求心儀女子卻慘遭訕笑、拒絕。再次映襯彼得堡的社會體制與風氣是無從撼動的，如同一種隱形暴力，一點一滴毀滅人們。

今日評價果戈里作品與文學地位，多著重其批判社會的諷刺筆法，譽其為俄國寫實主義的奠基者。然細讀「彼得堡故事」這五篇小說，便會發現主角常屬於社會邊緣人（瘋子、吸毒者和除了公文以外，對一切事物都不感興趣的人），這些人眼中的世界有幾分真實性，其實有待商榷。我認為，果戈里刻劃的並非全然真實的彼得堡社會，而是一個作家以藝術理想創造的扭曲世界，透過遊走於真實和想像邊緣的人物，結合嚴肅的人生議題（真善美、藝術、道德、信仰等）、日常生活瑣事（庸俗）及「笑」（諷刺、誇飾、怪誕）的藝術手法，突顯當代社會問題及小人物生存的悲劇與無奈，此即果戈里的荒謬美學，在某種程度上，也體現了作者於彼得堡謀生的辛酸經歷，堪稱是「滿紙荒唐言，一把辛酸淚」的另一種寫照。

【編後記】

遊城驚夢——彼得堡故事新讀

文／丘光

多數人憑藉生活經驗作夢，藝術家會選擇各式各樣的媒材作夢，果戈里以文學來作夢，作品的裡裡外外都看得見他編造的夢。重讀果戈里的彼得堡故事，有許多新的發現和新的樂趣，就好像我又再認識了一位名叫果戈里的俄國作家。

果戈里從一八三〇年代開始創作這一系列的小說，他試圖描繪彼得堡形形色色的人物，包括畫家、軍官、小公務員、大官員、將軍、工匠、理髮師、房東、貴族小姐、妓女、瘋子、馬車、狗，以及鼻子（也自成一種人物），並與這個城市的環境（街道、建築、商店、教堂、河水、灰暗天空、寒冷氣候等）一起塑造成永恆的文學形象。

細看五篇小說的主要人物，集中在兩種類型——小公務員和窮藝術家，再對照果戈里的生平可得知，這其實就是果戈里的兩個分身，是那個從鄉村剛到首都求發展的浪漫年輕人，四處求官感嘆懷才不遇，同時還去學畫，應徵劇院演員，上班薪水低而寫小說投稿卻被長官嫌棄不務正業……這不也是掙扎在理想與現實衝突之間的我們！是啊，果戈里描寫的人物，並非遙遠時空的一串陌生名字，而是你我眼前看得見的張三李四。

新譯本的新結構

重讀幾次後，我決定採用一種新的篇章排序，試著引出新的觀感，從〈涅瓦大道〉、〈鼻子〉、〈狂人日記〉、〈外套〉，再到〈畫像〉，是首尾角色場景呼應的輪迴式編排，想營造出「怎麼又回到原地，莫非又是一場夢？」的虛實交錯感。

這樣串下來，每篇的結尾就顯得重要且意象連貫：

〈涅瓦大道〉：「這條大道上的一切都是幻象……」

〈鼻子〉：「世上總有怪事發生……」

〈狂人日記〉：「眼前所有東西都在旋轉。救救我吧！帶我離開這裡！」

〈外套〉：「鬼魂依舊在城裡出沒……」

〈畫像〉：「是否真的看見那對（彷彿鬼魂附身畫像的）異乎尋常的雙眼，抑或長時間欣賞古畫累了，只是一時浮現眼前的幻影。」

最末的〈畫像〉除了呼應首篇的情節，更重要的是此文後半部花了許多篇幅點出忠於理想的要旨，如何在現實不清的世界中協調物質與精神欲望，堅定信念，最終找到生活的出路——這是他篇所沒有的，放在末尾有一種安下句點的穩當感。

混淆現實的夢幻城市

當我讀到〈外套〉，正以為是篇全然寫實的故事，意外被一些小細節給驚醒，比如，裁縫用手帕包裹新外套送給阿卡基，乍看奇怪，手帕能大到包住厚外套嗎？查看原文便理解，這裡手帕的俄文用「носовой платок」，字面意思是「鼻帕」或「（擦）鼻子的帕巾」，正因為它的大小不可能包住外套而引人注目，正因為俄文是「鼻帕」有所聯想，正因為前面一篇〈鼻子〉中少校用手帕掩住莫名消失的鼻子，果戈里非常講究用字遣詞，因此這裡包裹外套的手帕已經不只是誇大手法，而是魔法道具。當人的意志薄弱時（無論主動或被動），這類的魔法道具或夢幻現象便如影隨形。既然手帕可以生出新外套，又彷彿可以一掀開變走鼻子，那麼，接下來看看擔任無中生有的魔術師是誰呢？

對抗現實的彼得羅維奇們

〈外套〉的裁縫叫彼得羅維奇，〈畫像〉的畫家也是彼得羅維奇，這名字惹人遐想。

俄文的彼得羅維奇是父名，排在全名的中間，表示父親叫彼得，用以帶出父權譜系，彼得羅維奇即意謂「彼得的」或「彼得之子」。我們回想一下一七〇三年，彼得大帝在芬蘭灣的河口沼澤地無中生有出一座仿歐式現代城市的彼得堡，這座建構在強人夢想上的北國水都被許多文人描寫過，而果戈里彷彿是用一個個彼得羅維奇們來伸張幽魂彼得的強人意志——人以夢想創造現實，父親能化爛泥地為美麗彼得堡，裁縫彼得羅維奇則能從手帕變出新外套，畫家彼得羅維奇還能從畫框變出金子，或滿足他人夢想，或遂行一己私欲，儘管只不過是創造出現實的某一個面向也好。

果戈里筆下的彼得堡，繼承了普希金在《青銅騎士》所開創的多面立體城市形象，更用畫筆豐富了它的樣貌與內涵，尤其把城市的陰暗變化調合得細膩精彩，想像奔馳，以嘲諷、誇大、變形、扭曲、似是而非，甚至魔幻般的現實刻畫，讓我們重新思索「想像創造現實，現實檢驗想像」之間的因果。

這系列的故事大抵按照「現實困頓，夢裡尋歡，夢醒驚魂，虛實難分」的情節迴路進行，果戈里的故事人物往往分不清現實與想像，藉由看似鬼怪奇想的城市傳奇，點出了人存在所面臨的荒謬困境。我們讀著讀著，不禁又嘲笑又憐憫，而最終意識到，我們又嘲笑又憐憫的——正是自己！

果戈里年表

編／丘光、何瑄　圖說／丘光

一八〇九年

三月二十日（即新曆四月一日，以下日期除特別標示外，皆為俄舊曆），出生於烏克蘭波爾塔瓦省密爾戈羅德縣大索羅欽西村的地主家庭，是家中六個孩子的長子。父親瓦西里曾任職郵政局，以八等文官退休，喜好文學，是業餘詩人與喜劇作家。母親瑪麗亞是虔誠的東正教徒，對果戈里有莫大的影響。童年時光在父親的領地莊園瓦西里耶夫卡村度過。

一八一八年

果戈里與小一歲的弟弟伊凡一起進入波爾塔瓦小學就讀。

一八一九年

弟弟伊凡發高燒去世。

母親是傳說中波爾塔瓦第一美女，對孩子充滿無限的愛。

父親說話機智，有幽默感，在家鄉積極參與家庭劇院活動，寫過幾齣喜劇，並自導自演，他對文藝的興趣傳給了兒子。

一八二一年

五月，果戈里進入涅仁中學就讀。在學期間對文學及戲劇深感興趣，曾與同學一起出版文學雜誌，演出馮維辛的諷刺喜劇《紈絝少年》，大獲好評。

一八二五年

三月，父親去世。

一八二八年

七月，果戈里自涅仁中學畢業。十二月，與好友丹尼列夫斯基赴聖彼得堡。

一八二九年

一月，抵達聖彼得堡，為官職四處奔走，但無結果。匿名發表兩首詩作：抒情詩《義大利》與描寫德國浪漫主義者的田園詩《漢斯．丘赫力加登》，後者由作家自費出版（六月），被《莫斯科電信報》與《北方蜜蜂》批為差勁的模仿之作，深受打擊的果戈里買回所有詩集燒毀。七月，前

1827 年就讀涅仁中學的果戈里，當時已開始寫《漢斯．丘赫力加登》。

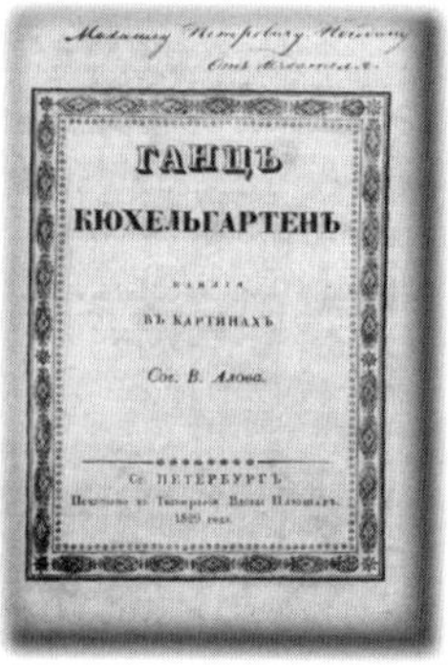

少數僅存的《漢斯．丘赫力加登》書封，這本上方題字：「作者贈波戈金（出版家）」，書封標題下寫：田園詩畫，V．阿洛夫（果戈里當時的筆名）／著。他在 1839 年 9 月給友人瑪麗亞．巴拉賓娜（家教學生）的信裡提到對這部首作的感想：「我想起從前，我那美好的年代，我的青春，我那無法返回的青春……那是詩歌的年代，那時候我不認識德國人卻喜愛他們，或許，是我把德國的哲學、文學跟德國人搞混了。」

往德國進行療傷之旅順便對照自己的詩歌與現實的情況。九月回國。十一月，謀得第一份公職，在內政部國家產業與公共建築局任抄寫員，工作枯燥，收入低微（月薪三十盧布）。

一八三〇年

四月，轉任宮廷部封地局。利用傍晚時間前往美術學院學畫。開始創作以烏克蘭民間風俗為題材的短篇小說，於《祖國紀事》雜誌發表〈伊凡．庫帕拉節前夕〉，獲得好評。十二月，結識詩人茹科夫斯基與文學評論家普列特紐夫。

一八三一年

辭去官職。二月，在普列特紐夫推薦下，進入女子學校擔任歷史教師。五月，結識普希金。夏，認識文化圈名媛斯米爾諾娃。九月，出版《迪坎卡近鄉夜話》第一部，故事以烏克蘭民間傳說為背景，充滿神祕元素，歌頌鄉村風光、哥薩克的英勇與青年男女的熱烈愛情，為果戈里贏得文學

《迪坎卡近鄉夜話》初版書封。1829年果戈里寫信給母親，請她提供小俄羅斯家鄉的風俗與傳奇故事，他那時候已開始構思這部作品。

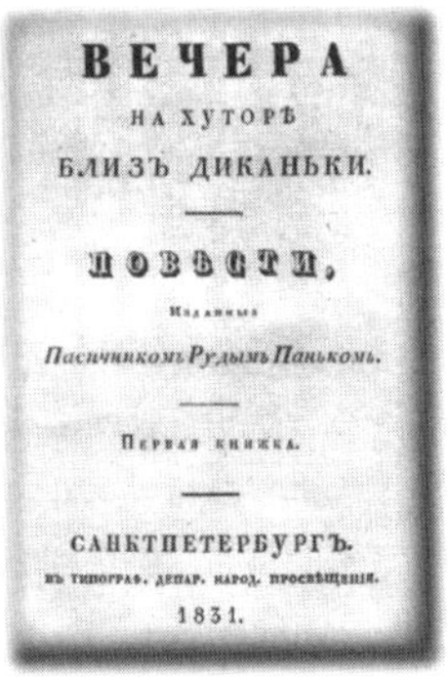

普希金繪的果戈里像（1833年），他給予《迪坎卡近鄉夜話》高度評價，鼓勵這位新人繼續朝這方面創作：「這（作品）是真正的歡樂，真誠、無拘無束、毫不造作……這一切在我們現今的文壇多麼不同凡響，我至今仍陶醉其中……」

名聲。

一八三二年

三月，出版《迪坎卡近鄉夜話》第二部，大受評論家別林斯基與普希金等人讚揚。六月，赴莫斯科，結識作家與出版家波戈金、作家與評論家謝爾蓋．阿克薩科夫及名演員謝普金，果戈里與三人成為知交，日後果戈里赴莫斯科，皆寄居波戈金家中。七月，回烏克蘭家鄉。十月，帶兩個妹妹安娜與伊莉莎白回聖彼得堡，資助她們進女子學校讀書。

一八三四年

七月，經普列特紐夫介紹，受聘為彼得堡大學世界通史副教授，但很快失去信心與教學熱忱。作家屠格涅夫曾上過果戈里教授的歷史課，覺得非常枯燥無趣，並懷疑這位無聊的老師並非大名鼎鼎的作家果戈里。

1835 年的果戈里（戈留諾夫繪）。

《雜文集》書封。這部集子內容繁複，包括論說歷史地理的文章、文學藝術甚至建築評論，以及（彼得堡主題）小說創作，作者前言提到：「這部文集囊括我生命中不同時期的作品，這些不是為了稿費，而是真心誠意寫的，會被我選上的題材只因為我對它們深感震撼。同時，讀者們當然也會找到許多不成熟之處。」

一八三五年

一月，出版上下兩冊的《雜文集》，收錄〈畫像〉、〈涅瓦大道〉、〈狂人日記〉等小說。三月，完成喜劇《結婚》；出版《迪坎卡近鄉夜話》的續集《密爾戈羅德》，共收錄四篇故事：〈舊式地主〉、〈塔拉斯．布利巴〉、〈伊凡．伊凡諾維奇與伊凡．尼基福羅維奇吵架的故事〉和〈維伊〉。開始創作小說〈鼻子〉，完成後投給《莫斯科觀察家》雜誌但未獲採用。十月，請求普希金提供建議，獲得喜劇《欽差大臣》（或譯《檢查官》）與長篇小說《死靈魂》的創作題材。十二月，完成《欽差大臣》。

一八三六年

〈鼻子〉受到普希金鼓勵轉而刊於普希金今年創刊的《現代人》雜誌。四月十九日，《欽差大臣》首度在彼得堡演出，門票搶購一空，但引發民主派與保守派的爭論。五月，《欽差大臣》在莫斯科演出；開始創作《死靈魂》。六月，無法承受

果戈里看欽差大臣預演(1836 年卡拉特金繪)。

《欽差大臣》最後一幕著名的「啞場」（1836 年果戈里繪）。

保守派的攻擊，與好友丹尼列夫斯基一起出國，從此旅居國外十二年。八至十月，在瑞士日內瓦與鄰近小城維威短暫停留，重新提筆創作《死靈魂》。冬季轉赴巴黎。

一八三七年

一至二月，在巴黎，持續創作《死靈魂》，二月底接到普希金過世的噩耗，果戈里十分傷心，大病一場。三月，轉赴羅馬，十二年的異國生活多在此度過。

一八三八年

在羅馬，持續創作《死靈魂》，常與僑居羅馬的俄國畫家往來。十二月，與詩人茹科夫斯基在羅馬會面，結識年輕的約瑟夫．維耶利戈爾斯基伯爵，成為好友，喜歡上他的妹妹安娜。（果戈里曾在一八四〇年代末向她求過婚，但遭到女方家族拒絕，理由是雙方社會地位懸殊，這件事給果戈里相當大的打擊。）

安娜．維耶利戈爾斯卡雅（涅夫繪於1840年代）。
據安娜的姊夫、作家索洛古博（V. A. Sollogub, 1813-1882）的回憶錄，提到她「似乎是果戈里唯一愛過的女人」。
在果戈里給安娜的最後一封信（1850年左右），隱約提到他求婚被拒導致兩人難以維持從前的友誼：自從與您在彼得堡分手後，我痛苦無比……更慘的是我無人可訴苦……您別氣我。我們的關係還不至於形同陌路。

一八三九年

五月，維耶利戈爾斯基公爵因肺結核病逝羅馬，果戈里作〈別墅之夜〉一文紀念他。八月，赴維也納。九月底，回到莫斯科。十月，在莫斯科劇院觀賞《欽差大臣》演出。十月底，赴聖彼得堡，將兩位妹妹接出女子學校。十二月，與母親、妹妹在莫斯科團聚。

一八四〇年

五月九日，在波戈金的莫斯科宅邸花園舉行果戈里的命名日午宴，萊蒙托夫在現場朗讀自己的敘事詩〈童僧〉片段，這是兩大作家首次會面；十八日，離開莫斯科赴義大利。八月，在維也納，生了重病。九月，病情好轉，回到羅馬，重新拾筆創作《死靈魂》。

一八四一年

十月，回到俄國，預備出版《死靈魂》，受政府書報審查制度影響，出版工作極不順利。

果戈里（1840 年拉布斯繪）。

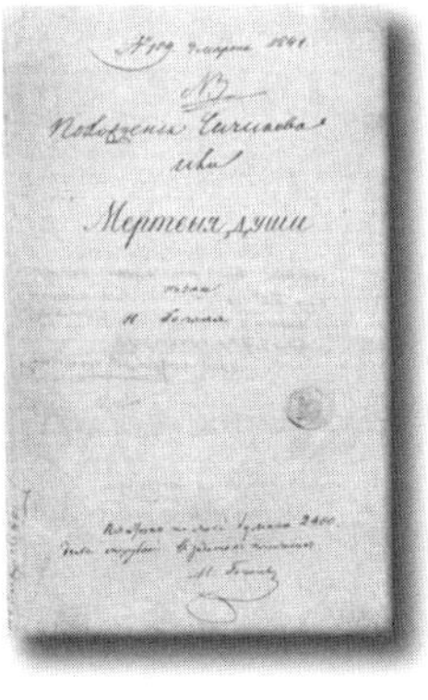

果戈里《死靈魂》第一卷手稿 (1842)。他視此作為普希金交辦的遺囑，是他文學生涯中最重要的事業，原本打算模仿但丁的《神曲》寫成三卷，但結果不從他願。

一八四二年

一月初，果戈里向客居莫斯科的別林斯基請求協助，將《死靈魂》第一卷手稿帶到彼得堡交付書報審查單位。二月初，中篇小說〈羅馬〉完稿，發表於波戈金主編之文學雜誌《莫斯科人》；五月，在別林斯基奔走下，通過審查的《死靈魂》第一卷出版，因此與波戈金產生嫌隙。六月，再次離開俄國。七至九月，在阿爾卑斯山的巴德加斯坦溫泉區休養，創作《死靈魂》第二卷。九月底，回到羅馬。十二月九日，喜劇《結婚》在彼得堡首演。出版作品集四冊：第一冊《迪坎卡近鄉夜話》、第二冊《密爾戈羅德》、第三冊為中篇小說集（收錄〈外套〉）、第四冊為戲劇作品集。

一八四三年

一月，名媛斯米爾諾娃到羅馬拜訪果戈里，此時兩人都面臨心靈困境，同遊歐洲，真正認識彼此，交換尋求精神寄託的意見。果戈里的興趣開始轉向宗教與神祕主義，寫給朋友的信常充滿訓誨、

果戈里（後排右邊第四位站立者，局部放大見一九〇頁）與僑居羅馬的俄國藝術家合影 (1845 年銀版相片)。作家在羅馬的時間大約有十年，視其為第二故鄉，他喜歡觀察羅馬人的現實生活更甚於古蹟雕像。此時他的精神危機升高，藝術理想與現實生活極為衝突，這反映在他的嚴肅面容上。

規勸之語。五月，健康惡化，離開羅馬，再次前往巴德加斯坦溫泉區。此後五年常因健康因素，在歐洲各地漫遊、療養。

一八四五年

五至七月，在漢堡療養，期間焚毀《死靈魂》第二卷手稿。斯米爾諾娃為果戈里的生活費向沙皇奔走，申請的年金補助案通過，政府連續三年每年提供果戈里一千銀盧布。

一八四七年

一月，出版《與友人書信選》，該書宣揚宗教，維護沙皇與農奴制，引起軒然大波，諸多好友對果戈里十分不滿。二月，別林斯基在《現代人》雜誌上發表文章，抨擊《與友人書信選》。七月底，果戈里接到別林斯基寄來的《致果戈里的信》。

一八四八年

二月，前往耶路撒冷朝聖。四月，回奧德薩，結

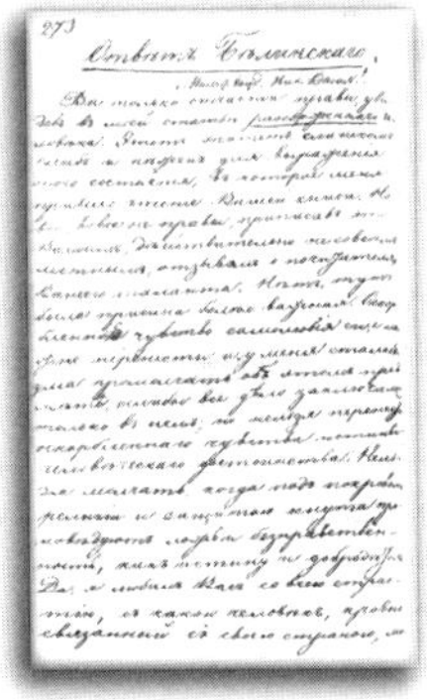

別林斯基〈致果戈里的信〉手稿（1847 年 7 月 3 日），被視為一代知識分子的遺囑。信中嚴厲抨擊果戈里蒙昧，兩人正式絕裂，第一段就說：「您寫的完全不對……但要是真理、人性尊嚴受到屈辱我則不能忍受；當人們披著宗教的外衣，卻用鞭子在辯護，把傳播謊言與不道德，當成是在傳揚真理與美德一般，我也不能沉默。」

斯米爾諾娃（1834-35 年索科洛夫繪），果戈里長年的友人，作家晚年的宗教信仰狂熱與她頗有關係。

束長達十二年的異國生活。五至八月，回到烏克蘭家鄉與親人團聚。九至十月，先後赴莫斯科、聖彼得堡，重新拾筆創作《死靈魂》第二卷。此後至一八五二年，不斷來回於莫斯科、奧德薩與烏克蘭家鄉。

一八五〇年

六月，果戈里拜訪奧普京納小修道院（Optina Pustyn），此地是十九世紀俄羅斯正教重要的靈修中心。

一八五一年

十月二十日，演員謝普金帶屠格涅夫正式拜訪果戈里，兩天後果戈里在莫斯科小劇院讀《欽差大臣》劇本給演員聽，聽眾之一的屠格涅夫在〈果戈里〉一文中回憶這次朗讀給他的印象：「我沉浸在愉快的感動中」。

果戈里在莫斯科小劇院朗讀《欽差大臣》劇本（1894 年舒勃勒繪）。

果戈里（伊凡諾夫素描）。
長年住在羅馬創作的俄國大畫家伊凡諾夫，是果戈里的親近友人，他畫的果戈里肖像似乎最為忠實地記錄了作家的心理特徵。

一八五二年

一月，重新校對作品集，預備出第二版。二月，重病；十一日深夜，二度焚毀《死靈魂》第二卷手稿；開始齋戒禁食；二十一日（新曆三月四日）上午八點，果戈里逝世，享年四十三歲；二十五日，葬於莫斯科丹尼洛夫修道院。

三月十三日，屠格涅夫違法在《莫斯科公報》刊登〈彼得堡來信〉追悼果戈里，其中寫到：「此人，以自己的名字標誌出我國文學史上的一個時代，我們引以為傲……無論歷史最終賦予他什麼地位，我們相信沒人會拒絕再說一次：願他安息，永遠懷念他，他的名字將永世流芳。」

果戈里燒毀《死靈魂》第二卷（1892年克洛特繪）。

果戈里曾為友人霍米亞科夫與薩馬林朗讀《死靈魂》第二卷手稿前兩章，並問：「坦白告訴我，不比第一卷差嗎？」那時的情景讓薩馬林印象深刻，果戈里死後他回憶：「我們倆當時都不敢告訴他我們的感想……我深信，果戈里的死，是因為他自己意識到（《死靈魂》）第二卷比不上第一卷，意識到卻不想對自己承認，於是他開始去美化這個現實……」。

1841 年的果戈里，畫家友人莫勒（F. A. Moller, 1812-1874）繪，這幅是他訂製給母親留念的肖像；此時作家正值創作巔峰，《死靈魂》即將出版，他的神情彷彿小說〈畫像〉中所言：「受到某種不可思議、蘊藏各處的靈感光輝所啟發」。